KB246343

**독경** 讀經

**허담 新무협 판타지 소설**
FANTASTIC ORIENTAL HEROES

# 독경 2

허담 新무협 판타지 소설

초판 1쇄 찍은 날 § 2011년 7월 26일
초판 1쇄 펴낸 날 § 2011년 8월 3일

지은이 § 허담
펴낸이 § 서경석

편집부장 § 권태완
편집책임 § 어정원

펴낸곳 § 도서출판 청어람
등록번호 § 제1081-1-89호
등록일자 § 1999. 5. 31
어람번호 § 제2-2129호

주소 § 경기도 부천시 원미구 심곡2동 163-2 서경B/D 3F (우) 420-822
전화 § 032-656-4452팩스 § 032-656-4453
http://www.chungeoram.com
E-mail § chungeoram@chungeoram.com

ISBN 978-89-251-2584-8 04810
ISBN 978-89-251-2582-4 (세트)

독경 壽經

만 가지의 독 중 가장 무서운 독은 심독(心毒)이라…

심독을 다루는 자 천하를 얻게 되리라.

상계투(商界鬪)

FANTASTIC ORIENTAL HEROES

허담 新무협 판타지 소설

청어람

# 目次

# 第一章
암운(暗雲)

금강밀공은 순후한 신공이었다. 허소산은 백림촌에서 처음 하모극에게 세 가지 무공을 전수받은 후 하루도 **빼놓지** 않고 이 무공들을 수련하고 있었다. 그중에서도 특히 금강밀공은 아침저녁으로 수련을 거르지 않았다.

금강밀공은 하모극의 생각대로 천축 불교에서 연유한 무공인 것이 분명한 듯싶었다. 특히 금강밀공의 비결에 따라 이동하는 기운의 움직임은 무척 순후하고 부드러워 무공을 위한 신공이라기보다는 불도의 참구를 위한 호흡법이라고 부르는 것이 나을 정도였다.

그러나 이런 금강밀공의 순후한 성질은 허소산에게 예상치 못한 이득을 주고 있었다. 본래 금강밀공만으로 적공을 하려면 수십 년의 장구한 세월이 필요했을 터였다. 물론 세월만큼 단전에 쌓이는 공력의 성질은 단단할 테니 그 이름처럼 금강의 공력을 몸속에 지니게 될 터이지만, 빠른 적공을 원하는 무인에게 있어서는 지나치게 느린 신공이라 할 수 있었다.

그런데 공교롭게도 허소산에겐 천독공이 있었다. 천독공은 금강밀공과는 그 궤를 전혀 달리하는 신공이었다. 세상에 존재하는 물질 중 가장 파괴적인 성질을 지닌 것이 독이다. 그 독을 몸으로 받아들여 공력을 쌓아가는 천독공은 금강밀공과는 정반대의 성질, 뜨겁고 강렬하며 역동적인 성질을 가지고 있었다.

이 천독공의 격렬함은 적공의 시간을 보통의 신공보다 수배는 줄일 수 있지만 반면 자칫 실수라도 하면 한순간에 수련자의 몸이 상할 수도 있는 무공이었다. 그런데 허소산은 금강밀공을 수련함으로써 천독공이 지니는 위험을 크게 감소시키고 있었다.

때문에 금강밀공을 주된 수련으로 하고 천독공을 간간이 수련하는 허소산에게 천독공의 파괴적인 성질은 크게 문제가 되지 않았다. 이로써 허소산의 천독공은 그의 몸을 위험에 빠뜨리지 않고도 빠르게 허소산의 공력을 끌어올리고 있었다. 단하나 문제가 있다면 허소산 주변에 천독공의 수련에 이용할 강한 독이 그리 많지 않다는 정도였다.

천독공을 수련하기 위해서는 반드시 독이 필요했다. 사실 천하 만물에는 저마다 미량이라도 독이 존재하니 어찌 보면 천지에 널린 것이 독이라 할 수 있지만 천독공의 수련을 빠르게 하기 위해선 좀 더 강력한 독들이 필요했던 것이다.

그나마 허소산은 약초에 대해 해박한 지식을 지니고 있어 장원 주변의 수풀에서 독초를 어렵지 않게 찾아낼 수 있었다. 그리고 그 기운으로 조금씩 천독공의 수련을 해나가고 있는 허소산이었다. 물론 그런 방식에도 불구하고 천독공의 효능은 신묘해서 허소산의 공력은 여타의 신공을 수련하는 사람들에 비해 수배나 빠르게 진보하고 있었다.

타타탁!

가을이 깊어 나무들도 서서히 옷을 벗기 시작한 작은 숲의 공간, 발이 땅을 차고 주먹이 허공을 끊어 치는 소리가 제법 요란하게 일어나고 있었다.

아침나절을 천독공과 금강밀공의 수련으로 보낸 허소산이 이젠 숙소의 뒤뜰에 나와 이산공을 수련하고 있었다. 하모극이 당부하기를, 풍로검은 살검이니 사람이 없을 때 수련하라 당부했으므로 이렇게 밝은 대낮 훤히 뚫린 공터에서는 항상 투공 이산공을 수련하는 허소산이었다.

한쪽에서는 허산왕이 허소산의 움직임을 보며 이산공을 따라 하고 있었는데 나이에 비해 유연한 허산왕의 움직임은 어찌 보면 허소산보다도 더 위력이 있어 보였다.

휘이익!

허소산이 허공으로 뛰어오르며 손과 발을 어지럽게 움직였다. 그러자 허산왕 역시 같은 동작을 취했는데, 그 움직임이 비호와 같아서 어린 허소산에 비해 훨씬 강력했다.

타탁!

한 번 발을 휘둘러 두 손을 번갈아 가격한 허소산이 가볍게 땅 위에 내려서며 수련을 끝냈다. 그러자 허산왕 역시 허소산과 거의 같은 동작으로 움직임을 멈췄다.

"후욱!"

수련을 끝낸 허소산은 그 자리에 앉아 가볍게 호흡을 고르기 시작했다. 언제나 수련 끝에 하는 금강밀공의 운기였다. 반면 허산왕은 이리저리 몸을 비틀어 한바탕 움직임에 놀란 근육을 풀었다.

그런데 그렇게 두 사람이 무공 수련에 열중일 때 멀리서 한 노인이 두 사람을 주시하고 있었다. 하모극이었다.

하모극은 만재방주 전욱을 따라 벽란도 만재방에 돌아온 후 재차 출타를 해 한동안 모습을 보이지 않았다. 하모극은 허산왕이 몸 풀기를 끝내자 허산왕이 있는 곳으로 다가왔다.

"어르신!"

금세 인기척을 느끼고 하모극을 발견한 허산왕이 재빨리 고개를 숙였다. 본래 허산왕은 저자의 예법이 밝은 사람은 아니었지만 그래도 아들에게 무공을 전수해 준 하모극에 대해선 만재방주 전욱에게보다도 더 극진한 면을 보였다.

"잘 지내고 있는가?"

하모극이 웃으며 물었다.

"만재방 사람이 되었다고는 해도 지금은 방의 이모저모를 살필 뿐 일없이 한가하게 지내고 있습니다."

"그동안 산에서 바쁘게 살았으니 잠시 쉬는 것도 좋겠지."

"뭐, 산에서 사는 거야 저로선 일이라고 할 수 없지요. 그런데 어딜 다녀오셨습니까?"

"음, 볼일이 있어 좀 나갔다 왔네. 그런데 저 아이는 정말 특별하군."

하모극이 관심을 여전히 운기 중인 허소산에게로 돌렸다.

"제 아들이라서가 아니라 본래 특별한 아이죠."

허산왕이 가슴을 펴며 말했다. 허소산에 대해선 누구에게라도 자랑하고픈 허산왕이었다.

"근골이야 이미 알아봤지만 벌써 금강밀공을 저렇게 능숙하게 수련할 줄은 몰랐네. 한참 헤매고 있지 않을까 생각했는데. 내가 저 아이의 재주를 과소평가한 듯하네."

"혹여 소산에게는 그런 말씀 마십시오. 혹 자만에 빠질까 걱정됩니다."

"음, 아닐세. 애초부터 자만에 빠질 성정은 아니지. 그나저나 자넨 어떻게 된 건가?"

갑자기 하모극이 허산왕을 돌아보며 물었다.

"무슨 말씀이신지……?"

"자네도 같이 무공을 익히는 건가?"

하모극의 질문에 허산왕이 흠칫한 표정을 지으며 이내 고개를 숙였다.

"죄송하게 됐습니다, 어르신. 무공이란 것이 전수자의 허락이 없으면 함부로 익히지 못하는 것이라 들었는데 제가 그만 소산의 수련 모습을 보고 저도 모르게 따라 하게 되었습니다. 다만 운기법이나 검을 다루는 것은 따라 하지 않았으니 용서해 주십시오."

"걱정 말게. 자넬 탓하려는 게 아냐."

"하면……?"

"그저 보고 따라 해본 것뿐이라고?"

"그렇습니다만……."

허산왕이 고개를 끄덕였다. 그러자 하모극이 탄식을 흘렸다.

"아, 아깝군, 아까워."

"무엇이……?"

"내 잠시 자네의 움직임을 지켜보고 있었네. 그런데 자네의 움직임은 비록 소산에 비해 정확한 것은 아니었지만 그 기백과 힘에 있어서는 소산을 능가했네. 그건 곧 자네에게 타고난 무재가 있다는 의미지. 그런데 자네의 나이가 이미 오십을 넘었으니 무공을 정식으로 수련하기엔 너무 늦은 나이일세."

"하하, 이 나이에 무공은 익혀 무엇하겠습니까?"

"그렇긴 하지만 타고난 재질이 있는데 아무 공도 이루지 못하고 사라져 가는 것도 아쉬운 일이지. 만약 자네가 젊은 시절부터 제대로 된 무공을 익혔다면 강호에서 이름깨나 날리는 고수가 되었을 걸세."

"전 그런 욕심 같은 건 없습니다. 다만 소산이 잘되기를 바랄 뿐이지요."

"후후후, 소산 하나로 만족한다?"

"그렇습니다. 만금과 천하를 주어도 안 바꿀 아이지요."

"하하하, 자네 제대로 된 장사꾼이군."

"네?"

"솔직히 말하자면 자네 아들은 최고의 재질을 지니고 있네. 그러니 다른 무엇과 바꿀 이유가 없는 거지. 잘만 자란다면 분명 그 어떤 재화보다도 더 많은 복을 자네에게 줄 걸세. 그러니 제대로 된 장사꾼이라면 절대 자네 아들을 다른 무엇과도 바꾸지 않을 것이란 말이네."

"그렇게까지 말씀해 주시니 감사합니다."

"음, 결코 듣기 좋으라고 한 말이 아닐세. 내가 소산을 정식 제자로 들이지 않은 것도 저 아이를 만재방에 묶어두고 싶지 않기 때문이네. 때가 되면 스스로 일가를 이룰 아이이니 내 제자가 되어 만재방에 묶이는 것은 저 아이에게 불행한 일이지."

"그 이야기는 들었습니다. 거듭 감사드립니다."

"하하하, 그리 감사할 건 없네. 덕분에 내 독문 무공은 전수받지 못했으니까."

"지금 주신 가르침만으로 충분합니다."

"그것만으로 저 아이가 천하제일이 될 거란 말인가?"

"그, 그런 뜻이 아니오라……."

"후후, 아네. 어쨌든 다른 이야기를 하게 되었네만, 늦었지만 자네도 무공을 수련해 보게."

"제가 말입니까?"

"그래. 그대로 묻어두기엔 자네의 재주가 아쉽군. 나이가 있어 상승의 경지에 이를지는 모르겠지만 소산으로부터 금강밀공과 이산공을 배우게. 하지만 풍로검은 안 되네. 그 검은 오직 소산에게만 전수한 것이네."

"제가 어떻게 무공을……."

"허허, 내 눈을 의심하는 겐가?"

하모극이 짐짓 노한 얼굴을 했다.

"그, 그런 것이 아니오라……."

"익혀두게. 자넬 위해서가 아니라면 소산을 위해서라도 말이야. 세상에 나왔으니 소산을 지켜줄 누군가는 필요하지 않겠나? 물론 자네의 사냥술이 웬만한 무인보다 더 쓸모가 있다는 것은 알고 있지만 그래도 무공은 무공일세. 사람을 상대하는 건 짐승을 상대하는 것과는 또 다르지."

"그리 말씀하시니……."

"쉬엄쉬엄 익혀보게. 재미있을 걸세."

"알겠습니다, 어르신!"

그때 허소산이 운기를 끝내고 자리를 털고 일어났다. 그리곤 하모극이 와 있는 것을 발견하고는 바람처럼 달려와 하모극에게 인사를 올렸다.

"어르신, 돌아오셨군요?"

"오냐. 지금 막 방주를 뵙고 나오는 길이다. 네가 어떻게 지내나 궁금해 들렀구나."

"저야 잘 지내고 있지요. 그렇잖아도 몇 가지 가르침을 받고
싶어서 어르신을 기다리고 있었습니다.

"후후후, 수련하는 모습을 보니 내 가르침은 더 이상 필요치
않은 것 같던데?"

"그럴 리가요! 몇 군데 막히는 곳이 있어요."

"그렇더냐? 그럼 들어가서 차나 한 잔 하고 갈까?"

"그러세요."

허소산이 재빨리 하모극의 팔을 잡아끌었다.

"이 녀석아, 좀 천천히 가자꾸나. 난 너처럼 젊은 나이가 아
니란다. 하하하!"

하모극이 기분 좋게 웃음을 터뜨리며 허소산의 뒤를 따랐
다. 그 뒤를 따라 허산왕이 마치 시종이라는 되는 듯 조심스레
걸음을 옮겼다.


"허소산이라고 했나?"

허소산 부자가 하모극을 이끌고 자신들의 거처로 들어가는
모습을 지켜보고 있던 젊은 청년이 곁의 사내에게 물었다.

"그렇습니다."

청년보다 십여 세는 많아 보이는 사내가 대답했다.

"얼마나 머물렀지?"

"오늘로 와룡각에 보름째입니다."

"어떻던가?"

"자세히 살피지는 못했지만 그 재질이 뛰어나다는 평이 자자합니다."

"성품은?"

"산에서 살아서 그런지 온후한 편입니다."

"곁에 두고 쓸 만하던가?"

"성품으로 보자면 그렇습니다만 그래도 아직은 애송이라 크게 쓰일 일은 없을 듯합니다만……."

사내의 말에 청년이 고개를 저었다.

"아버님의 말씀대로라면 상인은 언제나 십 년 앞을 내다봐야 하지. 저 아이가 십 년 후 날 도울 수 있을까?"

"십 년 후라면… 잘만 키운다면 그 누구보다 큰 도움이 될 수 있을 겁니다. 이미 방주님의 눈에 들었을 뿐 아니라 사신 어르신들도 그 재능을 인정했으니까요. 다만……."

사내가 말꼬리를 흐렸다.

"문제가 있나?"

"그의 곁에서 도움을 주고 있는 오룡의 말에 의하면 하 어르신께선 그가 만재방에 오래 있을 인물은 아니라고 하셨다는군요. 그래서 정식 제자로는 받아들이지 않으셨답니다."

"이유가 뭐지?"

"글쎄요. 어쩌면 너무 순후하여 상인의 기질에 어울리지 않기 때문이 아닐까 합니다만……."

"그렇군. 그럴 수도 있겠지. 하지만 상인의 가문이라고 눈시 삐든 자사치들만 있으라는 법은 없지 않은가? 저녁에 부르게."

"보시겠습니까?"

"쓰든 안 쓰든 일단 와룡각에 온 사람들이니 만나는 봐야
지."

"알겠습니다, 소방주님."


오랜만에 만난 하모극으로부터 그동안 무공을 수련하며 풀
리지 않았던 의문들에 대해 조언을 듣고 다시 금강밀공에 몰
두하고 있던 허소산을 초저녁 무렵 오룡이 찾아왔다.

오룡은 허소산과 허산왕 부자가 와룡각에 든 이후 수시로
두 사람을 찾아와 이런 저런 도움을 주고 있었다.

"오늘 저녁은 누굴 좀 만나야 할 거 같습니다."

두 부자의 거처로 들어오자마자 오룡이 허산왕에게 말했다.

"누굴 말인가?"

"소방주께서 돌아오셨습니다."

"음, 와룡각의 주인께서 돌아오셨군."

"그렇습니다. 소방주께서 식사를 함께하자십니다."

"식사를?"

허산왕이 조금 의아한 표정으로 물었다. 잠깐 인사를 하는
것은 몰라도 허산왕과 허소산이 만재방의 소방주와 식사를 함
께할 신분은 아니었다.

"그렇습니다. 저도 조금 의외긴 합니다만… 아마도 백림촌
에서의 일을 들으신 모양입니다. 아가씨를 구해준 것에 대한

답례 정도로 생각하시면 될 듯합니다."

"음, 부르면 가야겠지. 소방주시라니. 소산, 가보자꾸나."

"네, 아버지."

허소산 부자가 자리에서 일어나 오룡을 따라 거처를 나섰다.

세 채의 와룡각 건물 중 북쪽에 있는 건물은 만재방의 소방주 전무산의 거처였다. 그 서쪽에 있는 건물은 전조명이 사용하는 것이었고, 허소산과 허산왕이 머물고 있는 남쪽 건물은 와룡각에서 전무산과 전조명의 시중과 호위를 맡고 있는 사람들이 사용하는 건물이었다.

남쪽 건물을 벗어난 허소산과 허산왕이 오룡을 따라 북쪽 건물로 걸음을 옮기는데 마침 자신의 처소에서 나오고 있던 전조명이 두 사람을 보고 재빨리 다가왔다.

"같이 가요!"

"아가씨!"

허산왕과 허소산이 가볍게 고개를 숙여 전조명을 맞았다.

"마침 저도 오라버니께 가는 길이에요. 두 사람을 초대했다는 말은 들었어요. 가요."

전조명이 앞장서서 두 사람을 전무산의 거처로 이끌었다.

전무산의 처소는 수수했다. 해동제일상단의 후계자 거처라고는 생각할 수 없는 단순함이 허소산의 눈에는 오히려 특별해 보였다.

"어서 와라."

전조명이 두 사람을 이끌고 방으로 들어가자 전무산이 앉은
채로 전조명을 맞았다.

"뭐 좀 맛있는 걸 준비했나요? 어디 보자. 에계, 이게 뭐예
요?"

전조명이 실망한 표정으로 전무산을 바라봤다.

"이만하면 괜찮은 저녁상 아니냐?"

"그건 오라버니 생각이고요. 손님을 불러놓고 이게 뭐예요?
대 만재방의 소방주께서 말이에요."

"하하하, 그렇게 빈약한가? 아무튼 일단 인사나 좀 시켜주
거라."

전무산의 말에 전조명이 아차 하는 표정을 짓고는 이내 허
산왕과 허소산을 돌아보며 말했다.

"저 양반이 바로 제 오라버니이자 만재방의 소방주이신 전
무산 대협이에요. 천하에서 자신이 가장 잘난 줄 알고 있는 사
람이죠. 오라버니는 이분들에 대해선 이미 들어서 알고 계시
죠? 이분들이야말로 천하에서 가장 뛰어난 엽사 분들이지요.
제 생명의 은인이기도 하고요."

전조명이 두 사람을 소개하자 전무산이 그제야 자리에서 일
어나 허산왕을 보며 말을 건넸다.

"전무산이라 합니다. 허 엽사님에 대한 소문은 익히 들어 알
고 있습니다. 못난 동생을 구해주신 것, 뒤늦게나마 감사드립

니다."

비록 정중한 말투였지만 전무산에게선 숨길 수 없는 스스로에 대한 자부심이 흘러나오고 있었다.

"허산왕이라고 합니다. 아가씨를 구하게 된 것은 운이 좋았기 때문이지요. 이쪽은 제 못난 아들놈입니다."

"허소산입니다."

허소산이 가볍게 고개를 숙여 보였다. 그러자 전무산이 허소산을 물끄러미 바라보다 입을 열었다.

"너에 대한 소문 역시 많이 들었다. 보기 드문 재질을 지니고 있다고 하더니 정말 총명해 보이는구나. 그래, 무공은 익힐 만하더냐?"

전무산이 호기심을 드러내며 물었다. 아마도 다른 것보다 허소산이 하모극에게서 무공을 전수받았다는 점이 전무산에게는 가장 관심이 가는 모양이었다.

"네. 재미있게 수련하고 있어요."

"재미있게 수련한다…… 역시 뛰어난 재능인 건가? 하 어르신의 무공을 재미있게 수련한다니. 하하하! 아무튼 만재방, 아니, 와룡각에 든 것을 환영한다. 앞으로 잘 지내보자꾸나."

"소방주님의 환대에 감사드립니다."

허소산이 다시 고개를 꾸뻑였다.

"오냐. 나도 이렇게 초대에 응해줘서 고맙구나. 자, 모두 자리에들 앉읍시다. 일단 먹을 것은 먹고 난 후에 이야기를 나누도록 합시다."

전무산이 손을 들어 사람들에게 자리에 앉기를 권했다. 전무산의 말에 사람들이 저마다 자리를 잡고 앉자 다시 전무산이 입을 열었다.

"조명을 구해준 특별한 분들이라 좀 더 푸짐한 상을 차리려고도 생각해 봤지만 또한 앞으로 우리 만재방의 식구로 살아갈 사람들이니 만재방의 검소함을 알려드리려 간소하게 음식을 꾸려봤소이다. 혹 실망하셨는지요?"

전무산이 허산왕을 보며 물었다. 그러자 허산왕이 얼른 고개를 저었다.

"실망이라니요? 산에서는 이 정도면 진수성찬 소리를 듣지요. 그리고 해동제일거부라는 만재방의 소방주께서 이렇게 수수한 식사를 하신다는 것이 오히려 존경스럽습니다."

"하하, 그렇게 생각해 주시니 고맙습니다. 자, 그럼 차린 건별로 없지만 맛있게 드십시오."

전무산이 허산왕에게 식사를 권하고 자신도 수저를 들어 음식을 먹기 시작했다.

전무산은 빈약한 식탁이라고 했지만 허소산에게는 허산왕의 말처럼 진수성찬이었다. 비록 산해진미가 올라와 있는 것은 아니었지만 식탁에 올라온 음식들은 나물 하나라도 정갈하며 맛깔스러웠다. 허소산과 허산왕은 음식을 맛으로 먹던 사람들이 아니라서 제대로 된 숙수의 손으로 만들어진 오늘의 음식은 그들이 지금껏 먹어본 어떤 요리보다도 훌륭했다.

장내의 사람들은 한동안 분주히 식사를 했다. 가끔 나직하게 이야기를 나누기는 했지만 식사를 방해할 정도는 아니었다. 그렇게 한바탕 배를 채운 사람들이 포만감을 차로 다스릴 즈음 문득 전조명이 심각한 이야기를 꺼냈다.

　　"오라버니, 다녀오신 일은 어떻게 되었어요?"

　　전조명의 물음에 전무산의 표정이 조금 심각해졌다.

　　"쉽지는 않더구나."

　　"저들이 어떤 준비를 했는지 알아내지 못한 건가요?"

　　저들이라면 지금 만재방과 분란을 겪고 있는 금가를 말하는 것일 터였다.

　　"대충은 짐작이 가긴 한다만……."

　　전무산이 말꼬리를 흐렸다.

　　"대응하기 쉽지 않은가요?"

　　"일단은 황보 가문의 힘을 빌어야 할 것 같다."

　　"황보 가문이요?"

　　전무산의 말에 전조명이 살짝 얼굴을 찌푸렸다. 그러자 전무산이 정색을 하며 말했다.

　　"저들 뒤에 유씨 가문이 선을 대고 있는 것을 확인했다."

　　전무산의 말에 전조명이 놀란 얼굴을 했다.

　　"유씨 가문이라면… 설마?"

　　"그래, 일이 생각보다 엄중하다. 어쩌면 우리든 금가든 패하는 쪽은 아예 이 땅을 떠나야 할지도 모른다. 그러니… 우리 역시 황보 가문의 도움을 아니 받을 수 없다. 조명, 네 생각은 변함없는 거냐?"

"무슨 생각이요? 설마 다시 그 혼사 이야기를 하시려는 건가요?"

"다시 한 번 생각해 보거라."

"전 싫어요. 아버지도 내가 싫다면 더 혼사를 추진하지 않기로 했잖아요. 이미 결정된 일이에요. 그리고… 오라버니 제 나이가 몇인 줄 아세요?"

"물론 네가 혼인을 하기에는 어리다는 걸 안다. 하지만 혼인을 하지는 않더라도 미리 정혼을 해둘 수는 있지. 황보중명 그 친구도 아직은 혼인을 할 때가 아니니까. 관직에 나아간 것도 아니고. 그 친구에게도 몇 년은 필요할 게다."

"그럼 그 이야기는 몇 년 후에 다시 하면 되죠."

"아아, 조명아, 일이란 것은 다 때가 있는 법이란다. 황보 가문과 우리 만재방이 혼약을 통해 인척이 되려면 바로 지금이 그때란다. 황보 가문은 현재 그 세가 절정에 달해 있다. 반면 유씨 가문은 그런 황보 가문에 도전하려 하고 있지. 해서 황보 가문으로서도 권력을 지키기 위해선 막대한 재물이 필요할 때다. 그들의 가병을 유지하는 것만도 만만치 않은데 가병을 더 늘려야 할 테니까. 그러니 우리 만재방의 금력이 절실할 거다. 반면 우리는 유씨 가문과 손을 잡은 금가의 도전을 받고 있다. 그러니 우리가 황보 가문과 손을 잡으려면 바로 지금이 그 적기라 할 수 있을 것이다."

전무산의 말에 전조명이 차갑게 말했다.

"몰라요. 난 우리 만재방이 황보 가문의 도움이 없다고 해서 금가에 질 것이라고는 생각지 않아요."

"물론 나도 그렇게 생각한다. 하지만 황보 가문의 도움이 없다면 출혈이 많을 수도 있다. 더군다나 금가는 또 하나의 강력한 원군을 얻은 듯하다."

전무산의 표정이 좀 더 심각해졌다.

"도대체 또 어디랑 손을 잡았는데 오라버니가 그렇게 걱정하시는 거죠?"

"내림 목산원의 고수들이 은밀히 금가를 드나든다는 소문이 있다."

전무산의 말에 전조명이 화들짝 놀랐다. 그건 금가의 배후에 개경의 유력자 유씨 가문이 있다는 소리를 들었을 때보다 더 큰 놀람이었다.

"정말… 내림 목산원이가요?"

"그런 듯하다."

"도대체 그들이 어떻게……?"

"들리는 소문에 의하면 올 초 목산원에 작은 사건이 있었다고 하더구나."

"사건이라뇨?"

"목산원의 원주가 그 아우에 의해 실권을 상실했다는 소문이 있더구나."

"목산원주의 동생이라면……?"

"목검원이라는 자인데, 그 형과 달라서 야망이 큰 자로 알려져 있다. 아마도 목산원의 행보를 두고 목산원주와 이견이 있어왔던 것 같구나. 그래서 목산원의 고수들을 충동해 반란 아닌 반란을 일으켜 목산원주를 허수아비로 만들었다고 하더라. 그가 목산원의 실권을 장악한 후 처음으로 한 일이 금가와 손을 잡은 일인 듯하다."

"그렇다면 정말 큰일이군요. 내림 목산원은 해동오대무류 중 한곳인데."

"그러게 말이다. 해서 사신 어르신들이 급히 인연 있는 분들을 모으고 있단다."

"하지만 목산원을 상대할 수 있는 힘을 모을 수 있을까요?"

"목산원이 대단한 곳이기는 하지만 이 싸움에 전력을 기울일 수는 없을 게다. 목검원이 목산원을 완전히 장악한 것이 아닐지도 모르고. 그리고 목산원 내부의 상황도 녹록치는 않을 거다. 더군다나 그들이 본격적으로 움직이면 다른 오대무류도 움직이게 될 테니. 그저 배후에서 은밀히 금가를 돕는 정도겠지. 물론 그것만으로도 우리에겐 큰 위협이 되겠지만……."

"정말 쉽지 않군요."

"그래서 네게 무리한 부탁을 하는 것이다. 혼인이 꺼려지면 정혼이라도 해두는 것이 지금으로선 만재방에 큰 도움이 될 테니……."

"하지만 그건……."

전조명이 단호히 고개를 저었다.

"알겠다. 더 이상 권하지 않으마. 아버님께서도 네 인생을 담보로 만재방의 안위를 구하지는 않으실 테니. 단지 황보중명 그 친구의 성품이 그리 나쁘지 않기에 권해보는 것이다."

"그를 만나보셨죠?"

"몇 번 보았지."

"괜찮은 사람인가요?"

"총명한 사람이다. 물론… 귀하게 자라서 도도한 면이 없지 않지만."

"휴, 저도 한 번 멀리서 본 적이 있지요. 몇 년 전에 개경에 갔을 때."

"아마도 그때 그도 널 본 모양이더구나. 당시 네게 마음을 빼앗긴 것 같다."

"아이 참, 그때 왜 개경엔 가가지고!"

전조명이 인상을 찡그렸다.

"그거야 아가씨가 몰래 도망을 나간 거잖아요."

보현이 나직하게 쏘아붙였다.

"이것이! 지금 그런 걸 따질 때야?"

전조명이 보현을 노려봤다.

"왜 괜히 절 같고 그러세요. 다 자업자득인데."

"요 망할 년이!"

전조명이 손을 들어 올리자 보현이 재빨리 뒤로 물러났다. 그 모습을 보고 있던 전무산이 심각한 분위기를 흩어버리는 웃음을 터뜨렸다.

"하하하, 우리 조명이의 천적은 역시 보현이 너구나. 하하하!"

"오라버니!"

전조명이 전무산을 보며 눈을 크게 떴다.

"자자, 그만들고 이제 돌아가서 잠자리에 들도록 해라. 조명 네 일은 스스로 결정하도록 하고. 아버지나 나나 강요는 하지 않으마."

"알… 았어요. 뭐, 이미 결정했지만요."

전조명이 시무룩하게 고개를 끄덕였다.

"알겠다. 자, 그럼 다음에 또 보지요."

전무산이 허소산과 허산왕을 보며 말했다. 그러자 허산왕이 입을 열었다.

"오늘 초대에 다시 한 번 감사드립니다."

"하하, 나도 두 분을 만나서 무척 즐거웠습니다."

전무산이 가벼운 목례로 허산왕의 감사에 답을 했다.


"내림 목산원이 어떤 곳이죠?"

전무산의 거처를 벗어나 전조명과도 헤어진 후 허소산이 오룡에게 물었다. 그러자 오룡이 심각한 표정으로 대답했다.

"내림 목산원은 대단한 곳이야. 해동오대무류 중 한곳이지."

"해동오대무류가 뭐예요?"

"지금 이 고려 땅의 무계는 해동오대무류가 장악하고 있단다. 해동오류는 봉황문, 목산원, 유문, 사자림, 그리고 최근 들어 서해를 장악한 구룡문까지 다섯 문파를 가리키는 말인데,

고려 땅에서 무인으로 이름을 얻은 자들은 대부분 이 다섯 문파 출신이란다. 개경에서 세도 좀 부린다는 가문들도 이 다섯 문파 출신 무사가 머물지 않는다면 명문 취급을 받기 어렵지."

"이상하군."

문득 허산왕이 고개를 갸웃했다.

"무엇이 말씀입니까?"

오룡이 의아한 시선으로 허산왕을 바라봤다.

"난 이 땅에서 가장 뛰어난 고수들은 구산선문에 모여 있는 줄 알았는데? 그럼 해동오류에 꼽히는 다섯 문파가 구산선문의 무승들보다 더 강한 무공을 지니고 있단 말인가?"

"하하, 그건 아닙니다. 무공의 고하로야 어찌 천하제일을 다투는 구산선문에 비하겠습니까? 단지 구산선문은 산속에 들어 선도를 추구하는 불승들이니 세속의 무계에선 논외로 한 거지요. 선문의 고승이 세속의 일에 관여하는 일은 극히 드무니까요."

오룡의 말에 그제야 허산왕이 고개를 끄덕였다.

"음, 그렇다면 이해가 가는군. 그런데 그 구룡문이란 곳은 방주께서 새롭게 친교를 맺으려는 곳 아니던가?"

"그렇습니다. 사실 이번에 북로의 상행을 방주께서 직접 가신 것도 구룡문에 선물할 백호의 호피를 구하기 위함이었지요."

"알고 있네. 소산이 내놓은 영약들이 그 자리를 대신했지만 말일세."

"아, 그랬던가요? 그 이야기는 미처 듣지 못했습니다. 어떤 약재들인데 백호의 호피를 대신했나?"

오룡이 허소산을 보며 물었다.

"삼충을 드렸어요. 오래된 석목과 봉령도 드렸지만 역시 삼충이 제일 값지지요."

"삼충? 그게 뭐지?"

"그런 게 있어요. 삼밭에서 크는 놈인데 약효가 천년삼에 육박하지요."

"허! 그런 게 있었군."

"어쨌든 그런 구룡문과 일이 잘되면 이번에 큰 도움이 될 수도 있겠군."

허산왕이 다시 말을 이었다. 그러자 오룡이 고개를 끄덕였다.

"그렇지요. 구룡문의 배경은 신비에 싸여 있지요. 가장 근거 있는 소문은 그들이 과거 남해를 주름잡던 청해진의 후예들이란 말입니다만… 어쨌든 그들과 손을 잡을 수만 있다면 이 싸움에서 금가를 상대하는 것은 한결 수월해질 겁니다. 다른 무가들이 육지에 있어 개경의 권세가들로부터 자유롭지 못한 반면 구룡문의 경우에는 바다를 근거로 하기에 누구의 눈치도 보지 않는 곳이니까요. 사실 구룡문은 오류 중 가장 늦게 나타났지만 지금은 그중 가장 강한 곳으로 인정받고 있지요. 그들의 대단함은 그들이 해동오류에 속하면서도 또한 중원의 막강한 기반을 바탕으로 중원무림을 대표하는 팔황의 한곳으로 꼽힌다는 점에서도 알 수 있지요."

"중원무림에서도 강자의 위치에 있다면 구룡문과의 일을 서둘러야겠군."

"그렇잖아도 삼 일 뒤에 구룡문의 인물 몇이 장원에 들른다고 합니다."

"아, 그런가? 궁금하군. 도대체 어떤 사람들인지."

"저도 역시 궁금합니다. 그들이 서해의 제해권을 장악하고 있지만 그들의 수뇌가 모습을 드러낸 일은 거의 없었으니까요. 그들과 손을 잡을 수만 있다면, 금가의 도전을 넘어 중원에서도 크게 사업을 일으킬 수 있을 겁니다."

오룡이 자못 기대가 넘치는 표정으로 말했다. 그때 허소산이 조심스럽게 물었다.

"그런데 조명 아가씨의 혼사 얘기는 뭐예요?"

"응, 그것 말이냐? 사실은 지금 개경의 권문세가 중 가장 강력한 힘을 지니고 있는 황보가에서 조명 아가씨에게 청혼을 해왔단다. 작년에 조명 아가씨가 몰래 개경 나들이를 갔었는데 그때 황보가의 공자가 조명 아가씨를 보고 반한 모양이야. 음… 사실 황보가와 만재방이 사돈을 맺으면 이번 위기를 극복하는 데 큰 힘이 될 거다. 하지만 개인적으로 난 황보가와 사돈이 되는 걸 반대한단다."

"왜요?"

허소산이 조금 시무룩한 표정으로 물었다. 허소산에게 전조명의 혼사 이야기는 무척 우울한 소리였다.

"권력을 따르는 자들의 흥망성쇠는 너무 급변하기 때문이지.

언제 어느 때 황보가가 몰락할지도 모른다는 말이다. 그렇게 되면 자연히 그들의 친인척도 몰락할 수밖에 없다. 만재방은 상가이지만 그런 정변의 회오리에서 자유롭지는 못하지. 그러니 개경의 권문세가들과는 그저 적당히 거리를 두고 지내는 것이 좋아. 혈족으로 얽히는 것은 상가들에게 좋은 일이 아니란다."

"그렇군요. 하지만 방주께선 원하시는 일 아닌가요?"

"내심은 어떠실지 모르겠지만 현재로선 황보가의 청혼을 거절하는 것도 쉬운 일은 아니지. 금가의 도발이 시작된 상황에서 그들의 심기를 건드리는 것은… 모르겠구나. 어쨌든 아마 지금쯤은 이 혼사를 사양한다는 기별을 황보가에 전했을 거다. 이미 사람이 떠난 걸로 알고 있으니까. 모르지. 상황이 급박하면 다시 이 문제가 거론될지……."

오룡이 고개를 저었다. 허소산도 더 이상 전조명의 혼인 문제를 입에 올리지 않았다.


다음날 허소산이 아침부터 작은 바랑을 메고 신발을 단단히 발에 잡아매고 있었다.

"어딜 가려고?"

허산왕이 허소산을 보며 물었다.

"장원 뒤쪽 산에 오르려고요."

"산에는 왜?"

"어떤 약초들이 있나 보게요."

"소산, 여기까지 와서 약초를 캐야겠느냐?"

"후후, 그냥 바람이나 쐬려는 것이니 걱정 마세요. 사실은 독초가 필요해요, 천독공 때문에. 같이 가실래요?"

허소산의 물음에 허산왕이 물끄러미 허소산을 보다 고개를 저었다.

"아니다. 난 몸이 무겁구나. 쉬련다."

"알았어요. 그럼 다녀올게요."

허소산이 손을 툭툭 털고는 자리에서 일어나 처소를 떠났다. 그러자 허산왕이 걱정스런 표정으로 중얼거렸다.

"녀석이 아가씨를 마음에 두고 있었나? 후, 그러나 소산아, 애초에 아니 될 인연이면 마음을 주지 않는 게 좋단다. 넌 똑똑한 아이이니 오늘 하루 바람을 쐬고 와선 훌훌 잔망을 털어내거라. 그래서 일부러 혼자 보내는 것이니 이 아비의 마음을 알아주렴."

허산왕이 이미 멀어진 허소산을 걱정스런 표정으로 바라봤다.


차가운 기운이 해풍을 타고 서쪽에서 밀려들어 왔다. 포구가 한눈에 보이는 야트막한 산 정상. 허소산은 약초를 캐는 대신 산봉우리 근처 바위 위에 올라앉아 분주한 포구의 모습을 내려다보고 있었다. 포구는 천하 각지에서 몰려온 배들로 장사진을 이루고 있었다. 시전은 포구 전체를 덮을 듯 웅장하게 펼쳐져 있었고, 해안선 멀리 옹진현으로 오가는 배들 역시 줄을 이어 이동하고 있었다.

"포구만이 아니라 예성강 하구 전체가 시전이라더니 정말 그런가 보구나. 만재방도 개경에 다른 장원이 있다고 했지?"

허소산이 무심히 시선을 돌려 예성강을 따라 오르는 배들이 향해 가는 곳을 바라봤다. 그리곤 잠시 후 다시 고개를 돌려 이번엔 끝없이 펼쳐진 바다로 시선을 주었다.

"저 바다를 건너면 중원인가? 언제쯤 기회가 오려나?"

애초부터 이 삶은 만재방의 상선을 타고 천하를 유람하기 위해 선택한 길이었다. 하지만 만재방에 든 지 꽤 오래되었지만 아직 허소산은 만재방 사람이 아니었다. 그와 허산왕은 여전히 만재방에서 손님으로 취급되고 있었다.

"기왕 이렇게 된 것, 그냥 내일이라도 바다를 건너는 상선이 있다면 훌쩍 떠나볼까? 수중에 전표도 충분하니 어려울 것도 없을 것 같은데……."

허소산이 홀로 중얼거리고 있는데 문득 등 뒤에서 소녀의 목소리가 들려왔다.

"어딜 간다고?"

허소산이 화들짝 놀라 고개를 돌려보니 어느새 나타났는지 전조명이 보현과 나란히 서서 허소산을 바라보고 있었다.

"아가씨!"

허소산이 얼른 자리에서 일어났다.

"약초를 캐러 갔다고 하더니 이렇게 떠날 궁리만 하고 있는 거야? 어딜 가고 싶은 건데?"

전조명이 새치름한 표정을 지으며 허소산 곁으로 다가왔다.

그리고는 허소산의 걸망을 흘끔 바라보며 말했다.

"어라? 제법 캤네? 무슨 약초들이야?"

"약초가 없어 독초를 캤습니다."

"독초를? 어디에 쓰게?"

"독도 잘 다루면 약이 되지요."

허소산은 독을 이용해 적공을 하는 천독공을 익히고 있다는 말 대신 대충 둘러댔다.

"뭐, 그런 말을 듣기는 했지. 그나저나 어딜 가고 싶은 거야?"

"배를 타고 바다를 건너 천하를 여행하고 싶어요."

허소산이 다시 아련한 눈으로 바다를 응시했다.

"어차피 만재방에 있으면 가게 될 거야. 서두를 필요 없어."

"내일이라도 떠나고 싶은 걸요."

"응? 왜?"

전조명의 물음에 허소산이 입을 닫았다. 그것이 어쩌면 전조명 때문일지도 모른다는 걸 말할 수는 없었다. 신분의 차이라는 것은 없는 듯하면서도 무척 두꺼운 벽이어서 전조명은 허소산이 마음에 둘 수 있는 소녀가 아니었다.

"왜 떠나고 싶냐니까?"

"답답해서요."

전조명의 재촉에 허소산이 또다시 둘러댔다.

"그래? 흥! 온 지 얼마나 됐다고."

전조명이 콧방귀를 흘리며 고개를 돌렸다. 그리곤 그녀도 말없이 바다를 바라봤다. 한동안 그렇게 소년과 소녀가 침묵을 지켰다. 그러다 문득 전조명이 입을 열었다.

"어떻게 생각해?"

"뭘요?"

"내 혼사 문제 말이야. 난 어쩌면 좋을까?"

전조명이 정말 허소산이 하라는 대로 할 것처럼 물었다.

"제가 알 수 있나요?"

허소산이 잠시 침묵을 지켰다가 대답했다. 그러자 전조명이 실망한 표정을 짓더니 이내 고개를 끄덕였다.

"그래, 맞아. 네가 결정해 줄 문제는 아니지."

전조명의 말에 갑자기 허소산의 가슴 한쪽이 덜컹 내려앉았다.

"이미 황보가에 통보를 한 것 아닌가요? 사양하는 쪽으로. 아니면 간밤에 아가씨 생각이 변하신 건가요?"

허소산이 자신의 마음을 들키지 않으려는 듯 재빨리 물었다.

"내 생각? 글쎄… 어젯밤 생각하니 내 생각이 과연 중요할까 싶어. 방이 위기에 처했는데……."

전조명이 흘끔 허소산을 보며 말을 흘렸다. 그런데 그때 갑자기 그들의 뒤쪽에서 한줄기 서늘한 음성이 들려왔다.

"아가씨, 그 혼사는 아마 이뤄질 수 없을 것이오."

第二章

독공 시전

독경讀經

"누구냐?"

전조명이 소리쳤다. 홀연히 등 뒤에 나타나 전조명의 혼사가 이뤄지지 않을 거라고 말한 자는 사십대 중반으로 보이는 사내였는데, 그의 뒤에는 얼추 그와 나이가 비슷해 보이는 사내가 한 명 더 서 있었다.

허소산과 전조명이 있는 곳은 비록 만재방의 장원 뒤쪽에 있는 야산이었으나 만재방 경내라고 해도 과언이 아닌 곳이었다. 단 일, 이각만 서둘러 달리면 금세 만재방의 장원에 도달할 거리. 그러니 만재방의 식솔들이 누군가의 암습을 걱정할 장소는 아니었다.

그런데도 장내에는 불안한 기운이 감돌았다. 비록 만재방에 수많은 사람이 머문다 해도 그 식솔들 얼굴을 대부분 기억하는 전조명이다. 그런데 이 두 사람의 얼굴은 낯설었다.

"아가씨께서 고민을 하시는 것 같아 그 고민을 덜어드리러 온 사람이오."

말하는 투로 보아 만재방의 사람이 아닌 것은 확실했다.

"어디서 온 자들이냐? 금가에서 보낸 자들이냐?"

"글쎄올시다. 그건 말씀드리기가 곤란하구려."

"흥, 금가가 아니라면 본 방의 경내에 이렇게 은밀히 사람을 보낼 곳은 없지. 그래도 너무 대범하구나. 염탐을 하는 것이야 어쩔 수 없다만 모습을 드러내다니."

"하하하, 우리가 아가씨 앞에 모습을 드러낸 것은 충분히 위험을 극복할 자신이 있기 때문이 아니겠소?"

"만재방의 고수들이 무섭지 않다는 것이냐?"

"물론 만재방의 고수들은 무섭소. 하지만 아가씨와 그 어린아이는 무서울 것이 없지 않겠소? 설마 이곳에서 만재방의 아가씨를 노리는 사람이 있을 거라고 누가 생각이나 하겠소. 등잔 밑이 어둡다고 하지 않소이까? 그러니 만재방의 고수가 이곳에 나타날 일은 없을 거요."

"흥! 순순히 네놈들 뜻대로 될 것 같으냐?"

창!

전조명이 재빨리 검을 뽑아 들었다. 그러자 보통의 검보다 길이가 한 뼘 정도 작은 검신이 번쩍이며 모습을 드러냈다.

"저런, 칼은 위험한 물건이오. 어서 거두시오. 자칫 아가씨의 몸에 평생 지워지지 않을 상처가 남을 수도 있소."

"내 몸 걱정보단 네놈들 목숨이나 걱정해라."

전조명의 차가운 말에 유들거리던 사내들의 표정도 서서히 변하기 시작했다. 그리고 갑자기 뒤쪽에 있던 사내가 천천히 앞으로 나서며 나직하게 말했다.

"서두르세. 시간을 끌 일이 아니네."

"그러지."

전조명과 말을 섞고 있던 그의 동료가 고개를 끄덕였다. 그리고는 번개처럼 검을 빼 들고 천천히 전조명을 향해 다가오기 시작했다.

"순순히 검을 버리고 우릴 따라갑시다. 그러면 목숨을 잃는 일은 없을 것이오."

"너희들이야말로 지금 당장 이곳을 떠나라. 그러면 목숨은 살려주마."

"아가씨께서 정말 세상물정을 모르시는구려. 말을 아니 듣겠다면 어쩔 수 없는 일이지."

슉!

사내가 번개처럼 검을 내밀었다. 그러자 그의 검에서 한차례 바람이 일더니 눈 깜짝할 사이에 전조명의 눈앞에 사내의 검이 도달했다.

"흥!"

전조명이 재빨리 몸을 틀어 사내의 검을 피하며 검을 휘둘렀다.

"창!"

전조명의 검과 사내의 검이 격돌하며 불꽃이 터져 나왔다.

"소문대로 나이에 걸맞지 않게 제법 대단한 무공을 지니고 있구려. 하지만 그런 정도로 날 상대할 수는 없소."

우우웅!

사내의 검법이 일변했다. 그의 검이 갑자기 폭풍처럼 거세게 움직이기 시작했다. 그러자 그의 검 주위로 거무스름한 검영이 일어나기 시작했다.

'고수다!'

허소산은 일변한 사내의 검법에서 한순간 두려움을 느꼈다. 사내의 검법은 너무도 강렬해서 가녀린 전조명이 당해낼 가능성이 없어 보였다.

'어쩌지?'

허소산이 한 손으로 허리춤을 만지며 망설였다. 그의 허리춤에는 한 자루 검이 매달려 있었는데, 하모극이 전수한 풍로검을 수련하기 위해 지니고 다니는 검이었다.

싸움의 양상으로 보아 전조명이 사내 둘을 모두 물리칠 가능성은 없어 보였다. 그렇다면 허소산이 전조명을 도와야 하는데 허소산은 이제 겨우 무공을 배운 지 두어 달밖에 되지 않는 어린애였다. 물론 어려서부터 아버지에게 배운 사냥술이 있으나 그 대부분은 궁술. 더구나 지금은 그의 손에 활과 화살도 없었다. 가진 것이라고는 들고 있는 검 한 자루뿐.

차창!

"앗!"

갑자기 전조명의 비명 소리가 들렸다. 망설이던 허소산이 고개를 돌려보니 전조명의 검이 허공으로 튕겨져 나가고 있었고, 사내가 손을 뻗어 전조명을 낚아채려 하고 있었다.

"멈춰!"

허소산이 앞뒤 생각 없이 노성을 터뜨리며 사내를 향해 달려들었다. 어디서 그런 용기가 생겨났는지 허소산 자신도 알 수가 없었다.

팟!

허소산의 검이 날카롭게 사내의 옆구리를 찔러갔다.

"엇!"

사내의 입에서 한순간 다급성이 흘러나왔다. 이제 겨우 열서너 살 먹은 허소산의 검이 생각보다 날카롭고 위험했기 때문이다.

스슥!

사내가 재빨리 뒤로 물러났다.

삭!

그런 사내의 앞섶을 허소산의 검이 아슬아슬하게 스치고 지나갔다.

"이놈이 위험한 검을 익혔구나!"

뒤로 물러나 허소산의 검을 피해낸 사내가 검을 고쳐 잡으며 허소산을 향해 소리쳤다. 그러나 허소산은 사내의 말에 대꾸하는 대신 사내를 노려보며 다시 일 검을 날렸다.

"음!"

처음보다도 더욱 위맹해진 허소산의 검에 사내가 다시 나직한 침음성을 발하며 재빨리 신형을 날렸다.

창!

사내의 검과 허소산의 검이 허공에서 부딪쳤다. 그러자 허소산의 검이 맥없이 허공으로 튕겨져 나갔다.

"역시 어리긴 어린 녀석이구나. 검에 힘이 없으니……."

아직 허소산은 검에 공력을 싣는 경지가 멀고 먼 어린 수련자였다. 그러니 수십 년 검과 공력을 수련한 사내의 힘을 당해낼 수 없었다. 허소산의 힘이 부족한 것을 알아챈 사내가 여유 있게 허소산을 공격해 들어왔다.

허소산은 급격히 수세에 몰리기 시작했다. 풍로검의 검로는 잊은 지 오래였고, 이젠 마구잡이로 검을 휘두르는 허소산이었다.

허소산이 위기에 처하자 허소산 덕에 잠시 여유를 찾았던 전조명이 얼른 놓쳤던 검을 찾아 들고 싸움에 뛰어들려 하였다. 그러자 지금껏 싸움에 끼어들지 않던 다른 사내가 전조명의 앞을 막았다.

"아가씨는 나와 놀아봅시다."

"비켓!"

허소산의 위기에 마음이 급해진 전조명이 힘껏 검을 휘둘렀다. 그러나 사내는 능숙하게 전조명의 검을 걷어냈다.

차앙!

전조명의 검이 사내의 검에 밀려 다시 방향을 잃었다. 그러나 전조명은 재빨리 다시 검을 부여잡고 훌쩍 신형을 날려 사내의 어깨를 내려치며 소리쳤다.

"보현! 사람들에게 알려!"

그러자 겁에 질려 오들오들 떨고 있던 보현이 정신을 퍼뜩 차리고는 울부짖으며 산을 내리닫기 시작했다.

"살려줘요! 아가씨가… 아가씨가……!"

두서없이 외쳐대는 보현의 신형이 금세 숲 속으로 사라졌다.

"서둘러야겠네."

보현이 사라지자 사내들의 표정도 일변했다. 만재방의 고수들이 몰려오면 전조명을 납치하기는커녕 그들 자신의 목숨이 위험할 터였다.

사내들의 검이 더욱 날카로워졌다. 허소산은 정신없이 뒤로 밀려나고 있었다. 산에서 사냥을 하며 자라 빠른 몸놀림을 가지고 있지 않았다면, 또한 짧으나마 하모극에게 배운 이산공의 투술과 풍로검을 수련하지 않았다면 허소산의 목은 이미 오래전에 상대의 검에 떨어져 나갔을 것이다.

삭!

사내의 검이 한순간 허소산의 허벅지를 가볍게 스치고 지나갔다.

"흑!"

허소산의 입에서 자신도 모르게 신음성이 흘러나왔다.

"죽어 줘야겠다."

사내가 살기를 드러냈다. 허소산의 허벅지를 벤 사내의 검이 번개처럼 허소산의 심장을 찔러왔다. 그러자 허소산이 본능적으로 허리를 틀어 사내의 검을 피하며 이산공의 투로에 따라 왼발로 사내의 정강이를 걸어찼다.

"웃!"

비록 부상으로 인해 힘이 빠진 허소산의 발길질이었지만 정강이를 걸어차인 사내의 중심이 크게 흔들렸다.

"핫!"

그런 사내의 등을 향해 허소산이 날아들며 검을 찔러 넣었다.

팟!

날카로운 파공음이 일어나며 검이 사내의 등을 스치고 지나갔다. 만약 사내가 노련한 고수가 아니었다면 허소산의 일검에 회복하기 힘든 부상을 입었을 터였다. 그러나 사내는 무척 경험이 많은 자인지라 위기에서도 허소산의 날카로운 공격을 최소한의 피해로 피해냈다. 그럼에도 사내의 등에선 한 줄기 붉은 피가 솟구쳤다.

"놈!"

사내의 분노가 폭발했다. 한차례 위기를 넘긴 그가 검을 휘둘러 허소산의 머리를 쳐왔다. 허소산이 급히 검을 들어 사내의 검을 막았으나 진기를 머금은 사내의 검은 허소산의 검을 단번에 잘라 버렸다.

쩡!

날카로운 파열음과 함께 허소산의 검이 두 동강이 났다. 그리고 다음 순간,

팍!

허소산의 목덜미를 사내의 손이 움켜잡았다.

"곱게 죽여주려 했다만 내 몸에 상처를 입혔으니 그 대가로 고통을 겪어야겠다."

사내의 눈에서 차가운 살기가 번들거렸다. 허소산은 사내의 눈이 백두에서 보았던 상처 입은 늑대의 눈과 비슷하다고 느꼈다. 순간 허소산도 살고자 하는 본능이 솟구쳤다.

콱!

허소산이 번개처럼 자신의 목을 잡고 있는 사내의 팔목을 움켜쥐었다. 그리고는 힘껏 사내의 손을 풀어내려 힘을 썼다.

"흐흐흐, 네 힘으론 살아날 수 없을 거다. 아이야, 천천히 잘 봐두어라. 이것이 네가 보는 마지막 세상일 테니까."

사내가 상대가 어린아이임에도 불구하고 승리의 쾌감에 취해 중얼거렸다. 그리고 그의 말대로 허소산의 힘으론 도저히 내공을 지닌 사내의 손을 풀어낼 수 없었다. 허소산은 서서히 온몸의 기운이 사라져 감을 느꼈다. 눈꺼풀이 무거워지고 입과 코를 통해 들어오는 공기가 급격하게 줄어들었다. 조금 더 지나자 이젠 정신마저 아득해지기 시작했다.

'이렇게 죽을 수는 없어!'

한순간 강렬한 삶의 욕구가 허소산의 심장에서 솟구쳤다.

그러나 죽음을 향해 가는 시간을 멈출 방법이 허소산에겐 없었다. 그런데 바로 그 순간, 허소산은 갑자기 자신의 단전에서 뭔가 강렬한 기운이 꿈틀대는 것을 느꼈다.

'독이?'

죽음으로 향해 가면서도 허소산은 당황했다. 천독공을 수련하며 단전에 모아두었던 독 기운이 갑자기 강렬한 힘으로 단전을 벗어나려 하고 있었기 때문이다.

'하필이면 이럴 때!'

상대의 손을 풀 힘도 없는 상황에서 단전의 독까지 제어할 여유는 도저히 찾을 수 없었다. 독의 기운이 마치 풀어놓은 뱀처럼 온몸의 혈맥을 타고 스멀스멀 이동하기 시작했다. 그런데 그 순간 생각지도 못한 일이 벌어졌다.

'이게 어떻게 된 일이지?'

갑자기 허소산의 정신이 명료해졌다. 아득해져 가던 그의 의식이 새로운 생명의 기운을 얻은 것처럼 맑아졌다. 그리고 그 순간 그의 몸을 휘돌던 독의 기운이 사내의 손을 움켜잡고 있는 허소산의 손으로 향했다.

불현듯 허소산의 머릿속에 천독공의 구결들이 떠오르기 시작했다. 그러자 독의 기운이 천독공의 구결에 따라 움직이더니 거짓말처럼 그의 손을 통해 자신의 목덜미를 잡고 있는 사내의 손으로 이동했다.

"악!"

갑자기 사내가 비명을 내지르며 허소산을 잡고 있던 손을 놓아버리고는 뒤로 물러났다. 그리고 순식간에 그의 얼굴이 검게 변하기 시작했다.

"네… 네놈! 무슨 짓을 한 거냐?"

사내가 고통을 참지 못하고 얼굴을 일그러뜨리며 허소산을 향해 소리쳤다. 그러나 사실 허소산도 자신이 무슨 일을 벌였는지를 미처 알고 있지 못했다. 단지 하나 확실한 점은 천독공이 백림촌에서처럼 자신의 목숨을 구했다는 것, 그리고 아직이 싸움이 끝나지 않았다는 것이다.

허소산이 재빨리 반 토막으로 부러진 검을 들어 올렸다. 상대의 모습을 보건대 단 일 초의 검식이면 상대를 제압할 수 있을 것 같았다. 허소산이 독하게 마음을 먹고는 반으로 잘린 검을 머리 위로 들어 올렸다. 그러나 상대를 향해 검을 쓸 필요가 없었다. 얼굴이 검게 변한 사내가 한순간 가래 끓는 소리를 내더니 그 자리에서 죽어 넘어졌기 때문이다.

"이게 대체……."

허소산이 놀란 얼굴로 사내를 향해 다가갔다. 그리고는 사내의 얼굴을 살폈다. 검게 변한 것이 영락없이 독에 중독된 자의 모습이었다.

'내 몸에서 독이 나와 이자를 죽인 건가?'

허소산은 불현듯 두려운 생각이 들었다. 이런 기괴한 일은 그가 생각했던 천독공의 모습과는 사뭇 다른 것이었다. 그는 천독공이 그저 독의 기운을 이용해 공력을 기르는 무공이라고 생각했지 독 자체를 이용해 상대를 죽이는 무공이라고는 생각지 않았다.

그리고 다음 순간 한 가지 걱정이 떠올랐다. 만약 자신이 독을 써서 사람을 죽인 것을 다른 사람들이 알게 되면 분명 그에게 좋지 않은 일이 벌어질 것 같았다.

그런 생각들이 떠오르자 허소산이 자신도 모르게 쓰러진 사내에게 손을 댔다. 그리고 재빨리 천독공을 운기했다. 그러자 사내의 몸을 검게 물들였던 독 기운이 거짓말처럼 허소산의 손을 통해 그의 몸속으로 빨려들어 오는 것이었다.

'아, 정말 놀랍고도 무서운 무공이구나. 오늘 이 일을 벌인 것은 천독공의 두 번째 비결인 독류의 비결이 분명한데 이상하구나. 난 아직 독정의 단계로 완성하지 못했는데……. 그럼 천독공의 비결을 순서대로 수련하는 것이 아니라 네 단계의 무공을 모두 함께 수련할 수 있다는 것인가?

어느새 평범한 시신으로 변한 사내의 시체를 앞에 두고 허소산이 천독공에 대한 생각에 잠겨 있을 때 갑자기 전조명의 목소리가 들려왔다.

"뭘 하는 거야, 도와주지 않고!"

전조명의 외침에 허소산이 화들짝 놀라 고개를 돌렸다. 그러자 바위를 등지고 위기에 처한 전조명의 모습이 눈에 들어왔다. 아마도 전조명을 상대하던 사내가 그녀를 죽이고자 했다면 벌써 사라졌을 생명이었다. 그러나 사내는 그녀를 산 채로 제압하려 했기에 전조명은 사내의 검을 근근이 버텨내고 있다가 이젠 더 이상 버티지 못할 상황에 처해 있는 것이다.

"물러섯!"

허소산이 부러진 자신의 검 대신 죽은 자의 검을 집어 들고 전조명을 위기에 몰아넣고 있는 상대를 향해 뛰어갔다. 그러자 전조명을 위기에 몰아넣었던 사내가 훌쩍 뒤로 물러나더니 허소산을 노려봤다.

"네놈이 감히 척 형을 죽이다니… 네놈의 정체가 뭐냐?"

"내 이름을 알고 싶으면 당신 정체부터 밝혀!"

허소산이 재빨리 전조명의 앞을 가로막으며 소리쳤다.

"요 소악귀 같은 놈이!"

사내가 검을 들어 단숨에 허소산의 목을 칠 것 같은 표정으로 소리쳤다.

"흥, 누가 악귀라는 거지? 네놈들이야말로 마귀가 아니냐!"

허소산의 등 뒤에 있던 전조명이 지지 않고 소리쳤다. 그러자 사내가 더 이상 분노를 참지 못하고 두 사람을 향해 달려들려는 찰나, 갑자기 멀리서 사람들의 고함 소리가 들려왔다.

"멈춰라, 이놈!"

갑작스런 고함 소리에 놀란 사내가 시선을 돌리자 어느새 만재방의 고수들이 산을 치달아 오르고 있었다. 그 선두에는 평소 전조명의 호위를 맡고 있던 오룡이 서 있었다.

"이런 제길!"

사내의 입에서 낭패한 음성이 흘러나왔다.

"흥! 죽고 싶지 않으면 얼른 도망가는 게 나을걸!"

전조명이 사내를 보며 소리쳤다. 그러자 사내가 전조명을 한 번 노려보더니 이내 시선을 돌려 허소산에게 소리쳤다.

"반드시 척 형의 복수를 하겠다! 기다리거라, 소악귀!"

한마디 경고를 남긴 사내가 훌쩍 날아올라 서쪽 능선을 타고 바람처럼 사라졌다. 연이어 만재방의 고수들이 급하게 장내에 도착했다.

"놈을 쫓아!"

오룡이 뒤따르던 자들에게 명을 내리자 그중 셋이 사내의 뒤를 쫓기 시작했다.

"아가씨, 괜찮으십니까?"

오룡이 재빨리 다가와 전조명의 안위를 물었다.

"걱정 마요. 멀쩡하니까."

"소산 너는?"

"저도 괜찮아요."

허소산이 고개를 끄덕였다. 그러나 오룡은 허소산의 허벅지에 난 상처와 목덜미의 손자국을 놓치지 않았다.

"이런, 부상을 입지 않았느냐?"

"조금 피가 났을 뿐이에요."

"아니다. 본래 검으로 입은 상처는 쇳독에 노출되었기에 아무리 가벼운 상처라도 사람을 크게 상하게 할 수 있다. 어디 보자."

오룡이 재빨리 허소산 앞에 무릎을 꿇고 앉아 허소산의 허벅지를 살피기 시작했다.

"음, 네 말대로 상처가 깊지는 않구나. 하지만 돌아가는 대로 금창약을 발라라. 덧나면 큰일이니."

"알겠어요."

허소산이 자신을 걱정하는 오룡의 마음이 고마워 순순히 고개를 끄덕였다.

"그나저나 놈들의 정체는……?"

오룡이 전조명에게 물었다.

"모르겠어요. 하지만 뭐, 결국 금가의 사람들이 아니겠어요?"

"놈들이 감히 이곳까지 사람을 보냈겠습니까?"

"등잔 밑이 어둡다잖아요."

"음, 그럴 수도 있겠군요."

오룡이 고개를 끄덕이는데 다시 일단의 사람이 산 위로 올라섰다. 가장 앞에는 소방주 전무산이, 그 뒤에는 허소산이 처음 보는 선풍도골의 노인이 서 있었다.

"조명, 괜찮으냐?"

전무산이 산 위에 내려서자마자 전조명의 안위를 살폈다.

"괜찮아요. 소산 덕분에 살았어요."

"음, 다쳤구나."

전무산이 시선을 돌려 허소산을 보며 말했다.

"깊지 않은 상처예요."

허소산이 아무렇지도 않다는 듯 대답했다. 그때 전무산과 함께 온 노인이 문득 입을 열었다.

"저자는 어떻게 죽은 거냐?"

노인의 질문에 사람들의 시선이 일제히 허소산에 의해 죽은 자에게로 향했다. 그제야 사람들은 죽은 자의 시신이 이상하다는 사실을 깨달았다. 그의 몸엔 등 뒤의 얕은 검상 외에는 어떤 상처도 남아 있지 않았던 것이다.

순간 허소산은 크게 당황했다. 비록 시체에 남은 독은 천독공을 이용해 다시 거둬들였지만 사내가 죽은 이유를 설명해야 한다는 걸 간과하고 있었던 것이다.

허소산이 흔들리는 마음을 진정시키며 재빨리 머리를 회전했다. 그리고는 침착하게 입을 열었다.

"본래 그자는 제가 상대하고 있었습니다. 전 그자의 검에 거의 죽을 뻔했어요. 검은 부러지고 목을 잡혔지요. 그런데 목을 잡혀 숨이 거의 넘어가려는 찰나 갑자기 하 어르신이 가르쳐 주신 이산공이 떠올랐습니다. 그래서 거의 무의식적으로 그의 명치를 가격했는데 그가 그만 죽고 말았어요. 저도 그가 왜 제 주먹질 한 번에 죽었는지는 잘 모르겠어요."

허소산의 말에 노인이 고개를 갸웃했다. 그리고는 사내의 상처를 살피며 말했다.

"가끔 어린아이의 주먹도 일류고수의 급소를 가격해 죽음에 이르게 할 때가 있지. 더군다나 하 아우님의 이산공이라면 비록 한두 달 익혔다고 해도 충분히 상대를 죽일 수 있다. 그런데… 이상한 것은 그 정도 충격이라면 그래도 시신에 흔적이 남아야 하는데……."

"너무 정확하게 급소를 때렸기 때문이 아닐까요? 기실 가해진 힘은 그리 크지 않을 수도 있습니다."

전무산이 흘깃 죽은 자에게 눈길을 주며 말했다.

"음, 그럴 수도 있긴 하지. 아무튼 네 말대로라면 넌 정말 운이 좋았다고 할 수 있다."

노인이 허소산을 보며 말했다.

"그런 것 같아요. 검도 부러졌는데……."

허소산이 한쪽에 나뒹굴고 있는 반 토막 난 자신의 검을 보며 말했다. 사람의 심리란 기이해서 부러진 검을 본 것만으로도 사람들은 허소산이 하는 말이 모두 사실인 것처럼 느끼게 만들었다. 노인 역시 더 이상 사내의 시신에 대한 의문을 입에 올리지 않았다.

"아무튼 천행이다. 그나마 네가 하 아우의 이산공을 익히고 있었다는 것이 천행이로구나. 자, 모두들 그만 내려가지. 소방주."

"예, 어르신."

전무산이 공손한 모습으로 대답했다.

"아무래도 당분간 장원의 경계 범위를 넓혀야 할 것 같네."

"그리하겠습니다."

"음, 추격했던 사람들이 쉽게 돌아오지 않는 걸 보니 놈을 잡는 것이 쉽지 않은 모양이군."

"혹시 모르니 다시 몇을 더 보내겠습니다."

"그게 좋겠어."

노인이 고개를 끄덕이자 전무산이 머리를 돌려 사내들 중

하나에게 눈짓을 했다. 그러자 사내가 고개를 숙여 보이고는 동료 한 명과 함께 서쪽 능선으로 달려나갔다.

"자, 우린 그만 내려가지."

두 명의 추격자가 시야에서 사라지자 노인은 말과 함께 먼저 산을 내려가기 시작했다.


"소산아!"

산을 중턱쯤 내려왔을 때 산 아래에서 비호처럼 달려온 허산왕이 허소산 앞에 내려섰다.

"다친 곳은 없느냐?"

허산왕이 마치 세상에서 가장 귀중한 보물을 만지듯 허소산의 몸을 어루만졌다.

"허벅지를 좀 베이기는 했지만 괜찮아요."

"허벅지를? 저런! 피가 나지 않았느냐?"

"피는 멎었어요. 걷기도 불편하지 않고요. 걱정 마세요."

허소산이 미소로 허산왕을 안심시켰다.

"다행이다. 다행이야. 도대체 어떤 놈이⋯⋯?"

허산왕의 눈에서 한순간 맹수를 사냥하는 사냥꾼의 눈빛이 번뜩였다. 그러자 그의 모습이 짧은 순간 어려서부터 사람들이 두려워하던 야차와 같은 모습으로 변했다. 두 사람의 모습을 보고 있던 전조명이 흠칫 놀라 뒤로 물러날 정도였다

"사람들이 추격해 갔으니 잡히면 그 정체를 알게 될 거예요."

"그래? 놓쳤단 말이냐?"

"한 사람은… 죽었어요. 제가 다급한 나머지 주먹을 내질렀는데 그만……."

허소산이 어두운 안색으로 말했다. 비록 목숨을 건 싸움이었지만 사람을 죽인 것은 결코 유쾌한 일이 아니었다.

"음, 그랬구나. 괜찮다. 마음에 두지 말거라. 사냥 많이 해봤지?"

"예."

"가끔 사람은 금수만도 못하기도 하다. 널 죽이려는 자를 죽였으니 사냥으로 짐승을 죽인 것보다 무겁지 않은 일이니라. 그러니 마음에 두지 말거라."

허산왕이 가볍게 허소산의 등을 쓰다듬었다. 그러자 그 모습을 보고 있던 노인이 빙그레 미소를 지으며 말했다.

"아버지의 말이 옳구나. 그를 죽이지 않았다면 네가 죽었을 테니 네가 성인(聖人)이 아닌 이상에야 어찌 그에게 네 목숨을 내놓을 수 있겠느냐? 강호란 그런 곳이다. 가끔 어쩔 수 없이 날 지키기 위해 다른 사람을 상하게 해야 하는 곳이지. 소산이라고 했지?"

"네."

"난 최항이라고 한단다. 만나서 반갑구나. 그리고… 넌 정말 좋은 아버지를 두었구나."

노인이 다시 빙그레 미소를 짓고는 걸음을 옮기기 시작했다.

"누구예요?"

산을 거의 다 내려왔을 때 허소산이 오룡에게 나직하게 물었다.

"응? 누구 말이냐?"

오룡이 되묻자 허소산은 눈짓으로 노인을 가리켰다. 그러자 오룡이 놀란 표정으로 말했다.

"저분이 누군지 모른단 말이냐?"

"네. 처음 보는 분인데요?"

"저런, 정말 모르고 있구나. 내가 미처 말해주지 않았군. 저분이 바로 최항 노사시다."

"이름이야 좀 전에 들었고요."

"사신 어른들을 알지?"

"물론이죠."

사신 중 한 명인 하모극에게 무공을 배우고 있으니 만재사신을 모를 리 없는 허소산이었다.

"그분들 중 몇 분이나 뵀지?"

"두 분이요. 하 어르신과 임후 노사를 뵀지요."

"그랬구나. 저 최항 어르신 역시 만재사신 중 한 분이시란다. 그것도 만재사신 중 가장 웃어른이시지."

"아, 그렇구나!"

허소산이 새삼스런 눈으로 노인 최항을 바라봤다.

"본래는 외부에 모습을 잘 드러내지 않으시는데 마침 오늘은 소방주님을 만나고 있던 차에 암습자가 나타났다는 소식을 듣고 나오시게 된 것이란다. 더군다나 아가씨의 일이니……. 사신 어른들은 아가씨라면 밤낮을 가리지 않고 달려나오시거든."

오룡의 말에 허소산이 고개를 끄덕였다. 백림촌에서도 전조명에 대한 하모극과 임후의 애정은 무척 대단했다.

"아무튼 앞으로는 좀 더 조심하거라. 돌아가는 사정이 심상치 않구나. 감히 만재방의 경내에서까지 소란을 일으킬 정도라면… 금가가 단단히 각오를 한 모양이다."

"금가의 사람들일까요?"

"아마도 그럴 게다."

"방주께선 어찌하실 생각이죠?"

"본래 만재방은 먼저 다른 곳을 공격하는 일이 없단다. 지금은 금가의 움직임을 기다리고 계실 거다. 이후에 반격을 가하시겠지. 그게 만재방의 방식이야."

"그럼 오늘 저들이 공격을 시작한 것 아닌가요?"

"하하, 내가 말한 공격은 그런 것이 아니란다. 상인의 싸움은 좀 다르단다. 아무튼 앞으로는 조심하거라."

"예, 형님."

허소산이 고개를 끄덕이고는 훌쩍 걸음을 옮겨 허산왕 곁으로 다가갔다. 그러자 허산왕이 기다렸다는 듯이 허소산의 어깨를 감쌌다. 그렇게 소란스러웠던 하루가 지나가고 있었다.

*　　　*　　　*

금가와 시작된 분쟁으로 상가임에도 불구하고 전운이 감도는 듯한 기운을 머금은 만재방에서의 시간이 흐르고 있었다. 만재방에게 전방을 거두라는 도발적인 요구를 한 금가는, 만재방이 여전히 전방을 운영하고 있음에도 특별한 움직임을 보이지 않았다. 그러나 그것이 금가가 단 한 번의 요구를 끝으로 뒤로 물러났다는 의미가 아니라는 사실은 모든 사람이 알고 있었다. 이렇게 허무하게 물러날 일이었다면 애초에 금가가 그런 요구를 할 이유가 없었다.

더군다나 만재방을 중심으로 곳곳에서 은밀히 움직이는 수상한 사람들이 계속해서 눈에 띄고 있었다. 덕분에 오히려 본격적인 싸움이 시작된 것보다도 더한 긴장감이 만재방을 휘감고 있었다.

그러는 사이 허소산과 허산왕도 와룡각의 생활을 접고 만재방에서 본격적으로 일을 시작했다. 두 부자가 처음으로 맡은 일은 요동의 상인들을 상대하는 일이었다. 두 사람은 백두 부근에서 요동과 고려를 넘나들며 살았기에 양쪽 언어에 모두 익숙했고, 또한 북방 사람들의 성정을 잘 알고 있었으므로 요동 상인들을 상대하는 일은 그들에게 가장 적합한 일이라 할 수 있었다.

또 하나 다행인 것은 북로의 거래를 담당하는 사람이 일대행수 장익이라는 점이었다. 장익은 요동과 요서, 멀리는 몽고의 상인들까지도 상대했는데, 아무래도 무인다운 그의 품성이 북방의 거친 장사치들을 상대하는 데에 가장 적당하기 때문인 듯했다.

한 척의 배가 검은 돛을 달고 미끄러지듯 벽란도의 포구로 밀려들어 왔다. 돛 위에는 푸른색 깃발이 휘날리고 있었는데 깃발 중앙에 모용(慕容)이라는 글씨가 금빛으로 아른거리고 있었다. 요동의 대명문 모용세가의 배임을 알리는 깃발이었다.

모용세가의 배 뒤쪽으로는 세 척의 배가 뒤따르고 있었는데, 그 배들의 돛에는 어떤 깃발도 꽂혀 있지 않았다. 세 척의 배도 모두 요동에서 건너오는 상인들을 태우고 있었는데, 대모용세가의 위세를 빌어 안전하게 바다를 건너려고 때를 맞춰 배를 띄운 중소 상인들의 상선들이었다.

"왔습니다."

포구의 앞쪽에서 누군가의 목소리가 들려왔다. 그러자 장익과 그를 따르는 행수들이 일제히 자리에서 일어났다. 허소산과 허산왕 역시 장익을 따르는 다섯 사람의 행수 중 한 명인 묘산이란 사람의 뒤를 따라 움직였다. 두 사람은 북로의 상인들을 상대하는 일을 맡은 이후 줄곧 묘산 밑에서 일을 하고 있었다.

끼이익끼이익!

포구가 가까워져 오자 바람을 받던 돛을 내리고 사공들이 배를 저어 포구에 대기 시작했다.

쿵!

돛을 거둬 속도를 늦췄지만 배는 제법 큰 충격음을 내며 움직임을 멈췄다.

"어서 오십시오, 대가!"

장익이 배 위에 오연히 서 있는 노인 한 명을 보며 소리쳤다. 그러자 노인이 가볍게 고개를 숙여 보이며 마주 인사를 했다.

"장 대행수가 나와 계셨구려. 오랜만이오."

"먼 길 변고는 없으셨습니까?"

"하하하, 하루 이틀 다니는 길도 아닌데 변고랄 게 무어 있겠소. 그나저나 만재방이야말로 심상찮은 소식이 들리더구려."

"지금까지는 특별한 일이 없습니다."

"하긴 천하의 만재방을 어느 누가 감히 얕잡아보겠소이까?"

노인이 도도한 자세로 장익을 상대하는 사이 십여 개의 사다리가 내려져 배와 포구를 연결했다. 그러나 노인은 사다리가 내려졌음에도 불구하고 이를 이용하지 않고 훌쩍 몸을 날려 포구로 날아내렸다. 그리고는 배 위를 돌아보며 소리쳤다.

"물건들을 내려라!"

노인의 명이 떨어지자 모용세가의 식솔들이 분주히 움직이기 시작했다.

"저쪽으로 가시지요. 간단한 주안상을 마련해 놓았습니다."

장익이 가리킨 곳에 고급스런 천막이 세워져 있고, 얼핏 그 안에 차려진 주안상이 보였다.

"헛허, 매번 이렇게 환대를 해주시니 고맙구려."

익숙한 일인 듯 모용세가의 노인이 너털웃음을 흘리며 천막 쪽으로 걸음을 옮겼다.


모용세가의 노인과 장익이 천막 쪽으로 자리를 옮기자 모용 세가의 상선과 그 뒤를 따라온 세 척의 요동상인 상선에서 물건 하역이 시작됐다. 요란한 고성과 함께 배에서 내린 수많은 짐이 삽시간에 산더미처럼 쌓였다.

"저쪽으로 가지."

하역이 어느 정도 마무리되자 묘산이 자신을 따르는 자들을 이끌고 가장 북쪽에 정박한 상선 쪽으로 이동했다. 그러자 허소산과 허산왕도 재빨리 묘산의 뒤를 따랐다.

"나 대인!"

북쪽의 상선에 접근한 묘산이 마침 상선에서 내리는 금포 차림의 중년인에게 아는 척을 했다. 그러자 중년인이 반색을 하며 묘산을 맞이했다.

"아이고, 묘 행수 아니시오? 이거 오랜만이외다."

두툼한 살집을 자랑하는 중년인이 서둘러 묘산에게 다가왔다.

"이즈음이면 나 대인께서 오실 거라 생각했는데 역시 오셨군요."

"하하하, 모용세가의 배가 뜨는 기회는 일 년에 한두 번뿐인데 어찌 그 기회를 마다하겠소. 다른 때 오려면 칼잡이들을 고용해야 하는데 그 비용이 어디 한두 푼이겠소? 이렇게 모용세가의 뒤를 따르면 칼잡이들을 고용할 필요가 없지요."

"그렇지요. 서해의 해적들이 요란을 떨고 있으니 모용세가의 위세를 빌 필요가 있지요."

"뭐, 그 해적들의 난동도 얼마 남지 않았소이다."

"구룡문을 두고 하시는 말씀이시군요."

"맞소이다. 구룡문이 요하 하구까지 세를 넓히고 있으니 이제 서해는 곧 구룡문의 손에 들어올 거요. 그럼 해적들은 더 이상 발을 붙이기 어려울 겁니다. 요즘 해적들이 그 난리를 치는 것도 다 마지막 발악을 하기 위함이지요."

"어쨌든 구룡문의 위세가 하늘을 찌르는군요."

"만재방도 앞날을 생각해 구룡문과 친분을 맺어둬야 할 거요."

"그 일은 방주께서 이미 일을 추진 중이시지요."

"하하, 하긴 만재방주께서 어찌 세상의 흐름을 놓치겠소이까?"

나 대인이라 불린 사내가 자못 호탕한 웃음을 흘렸다. 그러자 묘산이 재빨리 물었다.

"그래, 나 대인께선 이번에 어떤 물건들을 가져오셨소이까?"

"뭐 북쪽에서 나는 물건이야 언제나 마찬가지지요. 모피와

녹용을 좀 가져왔습니다."

"녹용을요?"

묘산이 호기심을 보였다.

"지난번 장춘에 갔을 때 북쪽에서 내려온 장사치들을 사귀어두었지요. 그래서 제법 질 좋은 녹용을 구할 수 있었소이다."

"어디 한 번 볼까요?"

"어허, 성미도 급하시지. 이제 막 하역을 했는데 여기서 짐까지 풀라는 겁니까? 자자, 오늘은 피곤하니 인사나 하고 내일 봅시다. 난 춘추관에 머물 겁니다. 짐을 모두 춘추관으로 옮겨라!"

중년 사내가 자신을 따르는 자들에게 명을 내리자 십여 명의 사내가 각자 등에 짐을 지고 서둘러 포구를 빠져나가기 시작했다.

"자, 그럼 내일 봅시다. 하하, 오늘 밤 벽란도의 달이 참 밝겠구나."

나 대인이 흐뭇한 표정으로 포구를 벗어나는 짐꾼들을 보며 묘산에게 작별을 고했다. 그리고는 서둘러 자신도 포구를 떠났다.

"후, 능구렁이 같으니라고."

포구를 벗어나는 나 대인을 보며 묘산이 묘한 미소를 흘렸다.

"오늘 밤에라도 찾아가야 하지 않겠습니까?"

묘산을 따르는 식솔 중 한 명이 물었다.

"그래야겠지. 분명 오늘 밤 찾아와 거하게 한잔 사라는 말이겠지. 언제나 그러하니."

"그래도 물건이 좋지 않습니까?"

"그렇지. 그러니 저런 인간의 비위를 맞추지. 아, 강 대인, 오랜만이오!"

묘산이 다시 한 명의 중년인을 발견하고 재빨리 그쪽으로 발걸음을 옮겼다.

"이런 식으로 거래가 이뤄지는군요."

묘산이 다른 중년인과 반갑게 인사를 나누는 것을 보며 허소산이 입을 열었다.

"생각보다 치열하구나. 만재방뿐 아니라 수십 개의 상단에서 포구에 몰려나와 경쟁을 하니."

허산왕도 포구를 돌아보며 중얼거렸다. 허산왕의 말처럼 요동에서 온 네 척의 배에 타고 있던 상인들은 벽란도에 상주하는 상단의 사람들에게 둘러싸여 자신들이 가져온 물건을 자랑하느라 여념이 없었다. 그러나 요동 상인들 중 오늘 거래를 매듭지을 상인은 별로 없었다. 적어도 이삼 일, 물건이 좋은 경우 길게는 십여 일까지 상단 간의 경쟁을 붙이는 것이 물건 주인들의 장사법이었다.

묘산은 어느새 또다시 새로운 장사치를 상대하고 있었다. 그를 따르는 만재방의 식솔들은 눈치 빠르게 묘산이 상대하는 장사치가 가져온 물건들을 살피고 있었다.

그렇게 요동에서 온 장사치들을 상대하는 만재방 식솔들에 섞여 장사하는 법을 눈과 귀로 배우고 있는 중, 문득 만재방 삼대행수 지몽하를 따르는 행수 한 명이 급히 묘산을 찾아왔다.

"묘 행수."

"아니, 봉 행수가 여긴 웬일인가? 남쪽에서도 배가 오지 않았던가?"

묘산이 의아한 표정으로 봉오송이란 이름을 가진 지몽하 휘하의 행수를 맞았다.

"음, 삼대행수께서 저기 소산이를 급히 찾으시네."

"소산이를? 무슨 일로?"

"남쪽에서 기이한 약재를 가져온 자가 있는데 그 약재들을 거래하는데 소산이가 필요한 모양이야."

"약재 거래에 소산이가 필요하다니?"

"자세한 건 나도 잘 모르겠고, 소산이를 좀 데려가야겠네."

"뭐, 그건 좋을 대로 하게. 지금이야 일을 배우는 중이니 자리를 비워도 상관없지. 허 엽사님!"

묘산이 허산왕을 불렀다. 허산왕은 만재방의 사람이 되었지만 여전히 엽사로 불리고 있었다. 더군다나 나이가 지긋해 웬만한 행수들은 허산왕에게 존대를 하는 편이었다.

"부르셨소?"

허산왕이 대답했다.

"여기 봉 행수를 따라가 보십시오. 삼대행수께서 소산이를 찾으신답니다."

"삼대행수께서 왜 소산이를……?"

"무슨 약재 거래 때문이라는데 일단 가보십시오."

"알겠소이다."

"절 따라오십시오."

봉오송이 재빨리 앞장을 섰다. 봉오송을 따라 허소산 부자
는 급히 걸음을 옮겨 번잡한 북쪽 포구를 벗어났다.

第三章
남쪽에서 온 상인

독경
讀經

 

남쪽 포구엔 한 척의 배가 닻을 내리고 있었다. 그런데 배의 모습이 기이했다. 돛에서부터 선체까지 온통 검은색 일색인 배는 상선이라 하기에는 그 모습이 너무 어둡고 무거워 보였다.

만재방의 삼대행수 지몽하는 그 배와 십여 장 떨어진 천막에서 그를 따르는 행수들과 세 명의 노인을 상대하고 있었다. 노인 중 한 명은 다른 상인들과 같이 비단 장삼을 걸친 살집 두둑한 사람이었지만, 다른 두 명의 노인은 확연히 풍기는 기운이 달랐다. 살집 두둑한 노인 뒤에서 먼 산을 보며 서 있는 두 노인에게선 장사치의 영활함보다는 무인의 서늘함이 느껴졌다.

"데려왔습니다, 대행수님!"

천막에 도착하자 봉오송이 입을 열었다. 그러자 지몽하가 반색을 하며 허소산을 맞았다.

"왔느냐?"

"부르셨어요?"

허소산이 지몽하에게 고개를 숙여 보였다. 그러자 지몽하가 급히 허소산을 자신의 옆에 앉혔다.

"자자, 이리로 앉으렴."

"무슨 일이에요?"

허소산이 지몽하 곁에 앉으며 물었다. 그러나 지몽하의 맞은편에 앉아 있던 비단 장삼의 노인이 흘깃 허소산을 바라봤다. 그리고는 의미를 알 수 없는 미소를 지었다. 어떻게 보면 어린 허소산을 귀엽게 보는 것 같기도 하고 또 다른 한편으론 상인들의 큰 거래에 이런 어린아이를 데려온 것을 비웃는 것 같기도 했다.

"여기 이분은 남쪽 광주에서 오신 왕 대인이시다. 우리 만재방과는 두어 번 거래를 하신 분이지. 보통은 남쪽의 비단을 가져오시는데 오늘은 특별히 약재를 가져오셨다는구나. 그런데 가져오신 약재 중 내가 값을 매길 수 없는 약재가 있다. 그래서 혹시나 해서 널 부른 것이란다."

"하지만 제가 어떻게……?"

"약재에 대한 네 지식이 나를 넘어선 것을 알고 있다. 그러니 한번 살펴보아라. 물론 우리 해동과 요동에서 나는 약재와

중원 남쪽에서 나는 약재는 많이 다르겠지만 그래도 모르니 한번 보아라."

지몽하가 산더미처럼 쌓인 약재들은 제쳐 두고 그와 왕 대인 사이에 놓인 세 개의 작은 목함에 든 약재를 허소산 앞으로 밀어놓았다. 허소산은 지몽하의 기대가 부담스러우면서도 한 편으로는 목함에 든 약재에 호기심이 일어 목함의 약재들을 하나하나 살피기 시작했다.

허소산이 약재를 살피는 동안 왕 대인은 팔짱을 낀 채 빙글 빙글 웃으며 허소산과 지몽하를 바라보고 있었다. 그의 표정 에선 절대 허소산이 약재의 정체를 알아볼 수 없을 것이란 자 신감이 묻어났다.

허소산이 목함의 약재를 살피길 이각여, 사람들이 조금 지 루할 시간이 지나고, 지몽하의 얼굴에도 언뜻 실망의 기색이 드리워지는 순간 허소산이 입을 열었다.

"잘 봤어요."

허소산의 목소리가 밝자 지몽하의 얼굴에 사라져 가던 일말 의 기대가 다시 떠올랐다.

"그래, 알아보겠느냐?"

"두 개는 짐작이 가는데 하나는 반반이에요."

"오, 그래? 그래, 무슨 약재냐?"

지몽하가 반가운 얼굴로 물었다. 그러나 허소산이 지몽하의 물음에 대답을 하기도 전에 건너편의 왕 대인이 불쑥 입을 열 었다.

"정말 네가 이 약재들의 정체를 알아냈다는 말이냐?"

왕 대인은 제법 능숙하게 고려의 말을 했는데 고저가 확실한 것으로 보아 어쩌면 그가 고려 출신의 상인일지도 모르는 생각이 들 정도였다.

"어느 정도는요."

"그래? 난 의술이 아주 뛰어난 의원이 아닌 이상 이 약재들을 알아볼 사람이 없다고 생각했는데, 만약 네가 정말 이 약재들의 정체를 알아냈다면 이건 정말 놀라운 일이다. 그래, 이 약재들이 어떤 것이냐?"

여전히 왕 대인의 얼굴에는 불신의 빛이 깃들어 있었다.

"먼저 이건 남만에서 난다는 천왕초, 그리고 이건 화신충인 것 같네요."

허소산의 말에 왕 대인의 눈이 화등잔처럼 커졌다. 그리고는 잠시 허소산을 응시하다 불쑥 물었다.

"넌 누구에게 약재를 배웠느냐?"

"어려서부터 산에 살아 이것저것 배웠고, 나중에는 서책을 통해 배웠지요. 그런데 제가 말한 약재들이 맞나요?"

"그래, 정확하구나. 그런데 이 약재들은 오직 남만에서만 나는 것이기에 이 약재들이 기록된 서책은 거의 없을 텐데?"

"어려서 아버님이 기물선초라는 서책을 구해주셨어요. 그곳에서 읽은 기억이 나요."

"기물선초……. 그런 약재서도 있었나? 어쨌든, 그럼 이 약재들이 어떤 기능을 하는지도 알고 있느냐?"

"기물선초에 이르기를 천왕초는 남만에서 만 가지 약초의 왕이라 불리는 것으로 무병장수의 약초라 했고, 화신충은 양기를 보하는 데는 천하제일의 약재라고 적혀 있었어요."

"오라, 정말 네가 제대로 알고 있구나. 이 약재들은 바로 그것들이다. 대행수!"

"말씀하시지요."

지몽하가 득의한 표정으로 말했다.

"만재방에는 정말 인재가 많구려. 난 아무리 만재방이라 해도 이 약재들에 대해 알고 있는 사람은 없을 것이라 생각했소. 그래서 대행수께 그런 장난스런 내기를 건 것이고."

"하하, 저 또한 자신을 가지고 내기에 응한 것은 아닙니다."

지몽하가 겸양의 표정을 지었다. 그러자 왕 대인이 다시 눈빛을 빛냈다.

"사실 천왕초와 화신충을 알아본 것만으로도 내가 이 내기에서 진 것과 진배없소. 하지만 어디까지나 이번 내기는 이 세 가지 약재 모두를 맞히는 것이었소. 이제 나머지 한 가지 약재가 남았는데 과연 이 약재의 정체도 이 아이가 알 수 있겠소?"

왕 대인의 말에 지몽하가 조금 걱정스런 표정으로 허소산을 바라봤다. 허소산이 나머지 하나에 대해서는 반신반의하고 있었기 때문이다.

"네가 생각한 것을 말해보아라."

지몽하가 이 정도로도 대견하다는 듯 부드럽게 말했다. 그러자 허소산이 고개를 갸웃하며 입을 열었다.

"제가 이 약재에 대해 의문을 갖는 것은 이것이 약이 아닌 것 같기 때문입니다."

허소산의 말에 지몽하가 의아한 표정으로 물었다.

"약이 아니라니? 그럼 왕 대인께서 약재를 잘못 구입하셨다는 거냐?"

지몽하가 아는 왕 대인은 절대 그런 실수를 할 사람이 아니었다. 허소산은 지몽하의 물음에 대답을 하는 대신 왕 대인에게 물었다.

"정말 이 물건을 약재로 구입한 것입니까?"

허소산의 질문에 왕 대인의 얼굴이 딱딱하게 굳었다. 그리고는 고개를 돌려 두 명의 노인을 바라봤다. 그러자 두 노인이 고개를 끄덕였다. 두 노인의 의사를 확인한 왕 대인이 허소산을 보며 물었다.

"약재가 아니라면 네 눈엔 이것이 무엇으로 보이느냐?"

왕 대인의 질문에 허소산이 턱을 괴며 말했다.

"제가 보기에 이 물건은 약이 아니라 독인 듯싶은데요."

"독?"

지몽하가 흠칫 놀라며 본능적으로 몸을 뒤로 젖혔다.

"지금 독이라 했느냐?"

왕 대인이 더욱 눈빛을 굳히며 물었다.

"네. 사실 얼마 전까지만 해도 전 이 물건의 정체를 몰랐어요. 그런데 제가 이곳에 오기 전 고향에서 서책 하나를 얻었지요. 서책의 이름이 독집(毒集)이란 것이었는데 제가 모르는 온

갖 독이 기록되어 있었지요. 그곳에서 본 독인 것 같아요. 혹시… 짐독이 아닌가요?"

"헛! 허."

왕 대인이 놀란 눈으로 허소산을 바라보며 말을 잇지 못했다.

"맞습니까?"

지몽하가 말을 잇지 못하는 왕 대인에게 물었다. 그러자 왕 대인이 천천히 고개를 끄덕이며 말했다.

"맞소이다. 이건 이 아이의 말대로 짐독이외다. 아아, 천하는 넓다더니 짐독을 알아보는 아이가 다 있네."

왕 대인이 탄식을 흘려냈다. 그로서는 허소산이 짐독을 알아보리라는 생각을 전혀 하지 못한 모양이었다.

"도대체 짐독이 뭡니까?"

지몽하가 고개를 갸웃하며 물었다. 약과 독에 관한 한 만재방 최고라는 그조차도 짐독에 대해선 전혀 들은 바가 없었다. 그러자 왕 대인이 허소산에게 물었다.

"설명할 수 있겠느냐?"

"독집에서 읽으니 짐독은 광동에 사는 독조 짐새의 깃털을 술에 담가 만든 독이라고 하더군요. 그런데 이 약재가 액체로 되어 있지 않고 마른 깃털로 되어 있어서 제가 망설였던 거예요. 약효가 마른 깃털로 보관해도 지속되나요?"

허소산이 호기심을 드러냈다. 그러자 왕 대인이 고개를 저었다.

"솔직히 말하자면 나도 잘 모른단다. 지 대행수께서도 아시다시피 나는 사실 약재나 독을 거래하는 상인이 아니라서……."

"그럼 이번엔 어째서 이렇게 기이한 약재와 독을 가지고 온 것입니까?"

지몽하가 그동안 줄곧 궁금하던 것을 물었다. 그러자 왕 대인이 고개를 돌려 다시 두 명의 노인을 바라봤다. 그러자 그중 한 명이 다시 고개를 끄덕였다. 노인의 동의를 구한 왕 대인이 정색을 하며 지몽하에게 말했다.

"대행수, 내가 내건 내기의 조건을 기억하시오?"

"당연하지요. 만재방이 내기에 이기면 우리가 원하는 가격에 가져오신 약재들을 넘기기로 했고, 만약 만재방이 지면 왕 대인께서 한 가지 일을 요구하겠다고 하셨지요. 저야 왕 대인께서 무리한 요구를 하실 분이 아니기에 그 내기를 받아들인 것이고요."

지몽하의 대답에 왕 대인이 고개를 저었다.

"그렇지가 않소이다. 사실 이번에 내가 내기에 이겼다면 만재방으로서도 제법 어려운 일을 부탁했을 것이오."

"도대체 무슨 일이시기에……?"

"음, 간단히 말하자면 사람을 찾는 일이오."

"그런 일이라면 그리 어려운 부탁은 아닌데……."

만재방의 장사치들은 고려 전역에 깔려 있다. 그러니 정체만 안다면 사람을 찾는 일은 그리 어려운 일이 아니었다. 그러나 왕 대인은 다시 고개를 저었다.

"우리가 찾는 사람들은 보통 사람들이 아니외다. 그래서 무척 어려운 일이라고 한 것이오. 그들은… 무서운 사람들이오."

"무섭다면……?"

"무림의 고수들이란 말이오. 더군다나 독에도 능한 사람들이오."

순간 지풍하가 크게 놀랐다. 왕 대인이 찾는 자들이 무림의 고수들이라면 정말로 만재방을 곤란하게 할 수도 있었다. 대저 상계와 무계는 순치의 관계이지만 상인들이 가장 꺼리는 일이 무림의 은원에 관여하는 일이었다. 잘못 발을 들여놓으면 한순간에 멸문에 이르는 것이 무림의 은원이 아니던가.

"음, 정말 어려운 일이군요."

"방주님을 한번 뵐 수 있겠소?"

내기에서 졌으나 왕 대인은 사람을 찾는 일을 포기하지 않을 생각인 모양이었다.

"도대체 찾는 사람이 어떤 사람들입니까?"

"그건… 만재방주님을 만나 뵌 후에야 말씀드릴 수 있을 것 같소이다. 만재방이 이 일에 관여치 않는다면 그들의 정체를 모르는 것이 좋을 테니 말이오."

왕 대인의 대답에서 지풍하는 그가 원하는 사람을 찾는 일이 생각보다 훨씬 위험한 일임을 깨달았다. 생각 같아서는 이 자리에서 그의 청을 거절하고 싶었다. 그러나 함부로 그의 부탁을 거절할 수 없었다. 이번엔 약재지만 왕 대인은 좋은 비단을 공급할 수 있는 거상이기 때문이었다.

"알겠습니다. 일단 방주께 말씀을 드려보지요."

"고맙소. 꼭 좀 부탁합시다. 이 일이 성사된다면 오늘 가지고 온 약재의 처리는 모두 만재방에 맡기겠소. 더불어 값도 절반의 가격으로 넘기겠소이다."

"그렇게까지……."

지뭉하의 표정이 더욱 어두워졌다. 장사치에게 손해란 곧 죽음과도 같은 것이다. 그런데 이 노련한 장사꾼 왕 대인이 그런 손해를 감수한다는 것은 그들이 부탁하려는 일이 그만큼 위험하다는 말이었다.

\* \* \*

차가운 밤, 서늘한 기운이 만재방주 전욱의 처소를 휘감았다. 그의 앞에 네 명의 노인이 앉아 있었고, 다시 그 뒤로 장익을 비롯한 다섯 명의 대행수가 심각한 표정으로 앉아 있었다.

전욱의 옆에는 장내의 인물들과 어울리지 않는 나이의 소방주 전무산이 역시 심각한 표정을 한 채 전욱과 다른 네 명의 노인을 번갈아 바라보고 있었다. 전무산의 곁으로 총관 공우보의 모습도 보였다.

"거절해야 합니다."

문득 침묵을 깨고 이대행수 유웅비가 입을 열었다. 선비풍의 모습을 한 그는 냉정한 표정으로 고개를 젓고 있었다.

"나도 유 대행수의 생각과 같습니다. 방주, 이 일은… 거절해야 할 것 같습니다."

허소산에게 무공을 가르쳐 준 노고수 하모극도 입을 열었다.

"저 또한 같은 생각입니다. 왕 대인이 비록 오래된 고객이기는 하나 남황성의 내분에 관여하는 것은 너무나 위험한 일입니다."

일대행수 장익도 심각한 표정으로 말했다. 그러나 전욱은 세 명이 반대 의견을 말했음에도 여전히 침묵을 지키고 있었다. 그러자 총관 공우보가 조심스럽게 전욱에게 물었다.

"방주께서 망설이시는 다른 이유가 있으신지요?"

보통의 경우 사신들과 대행수들의 의견이면 대체로 수긍하는 것이 전욱이었다. 그런데 오늘은 모든 사람이 반대함에도 쉽게 결정을 내리지 못하고 있는 전욱이었다. 총관 공우보의 질문에 만재방주 전욱이 천천히 고개를 끄덕였다.

"그렇소. 다른 문제가 있소."

전욱의 입에서 의외의 말이 흘러나왔다.

"그 문제가 무엇입니까?"

이번엔 사신 중 가장 윗사람인 최항이 물었다. 그러자 전욱이 갑자기 서탁의 한쪽에서 한 장의 첩지를 들어 최항에게 건넸다.

"읽어보십시오."

"무엇입니까?"

"오늘 낮 황보가에서 보내온 소식입니다."

"황보가에서요?"

최항이 재빨리 서찰을 펼쳐 읽었다. 그러다가 나직하게 신음성을 흘려냈다.

"으음."

"도대체 무슨 일입니까?"

하모극이 최항을 향해 손을 내밀었다. 그러자 최항이 들고 있던 서찰을 넘겼다. 서찰을 받아 든 하모극이 급히 서찰을 읽어 내려가다 역시 나직한 신음성을 흘렸다.

"으음, 짐독이라……."

짐독이라는 말에 장내의 고수들이 화들짝 놀랐다. 짐독이라면 사람 찾기를 요구한 남황성의 고수들이 가지고 온 독이 아니던가.

"짐독이라니요? 황보가에서 짐독이 발견되었다는 겁니까?"

장익이 급히 물었다. 그러자 하모극이 대답했다.

"설화 낭자를 아는가?"

"그야 물론이지요. 황보가의 따님 중 가장 현숙하다고 알려진 여인이 아닙니까? 현재 태자의 비로 거론된다는……."

"그렇다네. 그런데 그 설화 낭자가 며칠 전 독에 중독되었다고 하네. 이미 태자의 마음이 설화 낭자에게 크게 기울어져 있어 황실에서도 어의를 보내 설화 낭자를 진찰하게 했다네. 그런데 황실 어의가 설화 낭자가 짐독에 중독되었다는 소견을 내놓았다는군. 어의가 아니라면 독의 정체를 누구도 알 수 없었을 거라네. 어의는 짐독은 백약이 무효한 극독이니 그 해약을 구하기 어렵다고 했다네. 단지 오직 짐독의 출처인 광동 남황성이라면 해약을 가지고 있을 거라면서. 그래서 황보가에서 우리에게 광동 남황성에서 해약을 구해올 수 없느냐는 의견을 보내온 것일세."

"하지만 여기서 광동까지는 만 리 길입니다. 아무리 빠른 배를 띄워도 그사이 설화 낭자는 필히 죽고 말 것입니다."

"설화 낭자에게 독을 쓴 자가 독의 고수인 모양일세. 짐독의 독기를 조절해 가사 상태에 빠지게 만들었다는군. 다시 말해, 쉽게 죽지는 않는다는 거지. 어의 판단으론 그 상태로 삼사 개월, 길면 육 개월까지도 살 수 있다고 했다네. 황실에선 설화 낭자의 해약을 구해오는 자에게 큰 상을 내리겠다고 공포했고."

"갑자기 이 시점에서 왜 짐독이 여기저기서 튀어나오는 걸까요?"

장익이 얼굴을 찌푸리며 중얼거렸다.

"그보다는 누가 독을 쓴 것이냐가 중요한 걸세. 또한 독을 쓰면 쓰는 거지, 왜 설화 낭자를 죽지도 살지도 못한 상태로 만들었는가 하는 것도 문제고. 결론은… 하나지."

하모극이 손으로 이마를 짚으며 말했다.

"하 노사께서도 역시 그리 생각하시는지요?"

만재방주 전욱이 물었다. 그러자 하모극이 고개를 끄덕였다.

"그렇습니다, 방주. 만약 설화 낭자에게 사용된 독이 짐독이 확실하다면 하독을 한 자, 아니, 적어도 그 독이 흘러나온 출처는 분명 오늘 낮 본 방을 찾아온 남황성의 고수들이 찾는 자들일 겁니다."

"아!"

여기저기서 나직한 탄성이 흘러나왔다.

"이렇게 되면 싫으나 좋으나 그들의 청을 받아들여야 한다는 말인데… 끙!"

최항이 신음과 함께 고개를 저었다.

"그냥 그들의 존재를 모른 체하면 되지 않습니까?"

전무산이 불쑥 입을 열었다. 그러자 전욱이 책망하듯 말했다.

"모르는 소리! 지금 황실까지 나서서 남황성의 해약을 구하려고 하는데 우리가 남황성의 사람들과 접촉을 하고도 이 일을 모른 체했다는 것이 알려진다면 이 고려 땅에서 더 이상 장사를 하지 못할 것이다."

"하지만 그들이 온 것은… 아, 우리가 거절하면 그들은 다른 조력자를 찾겠군요. 그러다 보면 결국 그들의 존재가 다른 사람들에게도 알려질 것이고. 아!"

전무산이 그제야 일의 전후 사정을 깨닫고는 탄식을 흘려냈다. 그러자 전욱이 결심을 한 듯 말했다.

"그들의 요구를 받아들여야겠습니다. 일이 어떻게 진행되든 이미 기호지세이니."

"왠지… 예감이 좋지 않습니다."

최항이 고개를 저으며 말했다. 그러자 지금껏 조용히 사람들의 말을 듣고 있던 총관 공우보가 입을 열었다.

"만일을 준비해야겠습니다."

"만일이라니, 무슨 말이시오?"

최항이 물었다.

"만약 이것이 함정이라면……."

"함정이라니?"

"어쨌든 설화 낭자는 짐독에 당했고, 그 짐독의 출처인 남황성의 고수가 만재방에 머물고 있지 않습니까?"

"서… 설마?"

"만약이겠지만 이게 함정이라면 우리 만재방은 빠져나올 수 없는 덫에 걸릴 수도 있습니다. 방주님."

"말하시오, 총관."

"삼선(三船)을 준비하겠습니다."

"삼선을? 너무 서두르는 것 아니오?"

"늦었는지도 모릅니다. 삼선을 준비하려면 적어도 보름 이상은 걸리니."

"음, 알겠소. 그 일은 총관께서 알아서 해주시구려. 지 대행수!"

"예, 방주."

지몽하가 재빨리 대답했다.

"가서 왕 대인과 남황성의 고수들을 다시 데려오시게."

"알겠습니다, 방주."

지몽하가 급히 고개를 숙여 보인 후 장내를 벗어났다. 그러자 전욱이 이번에는 장익을 보며 말했다.

"장 대행수는 개경으로 갈 준비를 해주게."

"방주께서 직접 가시렵니까?"

"아무래도 그래야 할 것 같네. 무산!"

"네, 아버님!"

"내가 없는 동안 이곳은 네가 맡는다. 작은 거래는 중지하고 중요한 거래들만 마무리 지어라. 그리고 우 총관의 도움을 받아 만약의 경우에 대비해라."

"제가 개경으로 가는 것이⋯⋯."

"아니다. 이 일은 내가 나서야 해결할 수 있는 일이다. 그러니 방을 네게 맡기마."

"알겠습니다, 아버님. 이곳은 걱정 마십시오."

"특히 구룡문과의 관계에 신경을 쓰거라. 이미 구룡문의 수뇌와 제법 호의적인 관계를 맺어놓았으니 벽란도를 출입하는 구룡문의 문도들은 빠짐없이 보살펴 주도록 해라. 특히 며칠새 들를 구룡문 수뇌들에게 준비한 선물을 꼭 전하도록 해라. 만약의 경우 서해를 장악한 그들의 힘이 큰 도움일 될 것이다. 자, 모두들 서둘러 움직이시게."

전욱의 명에 장내의 사람들이 분주하게 자리를 뜨기 시작했다.

＊　　　　＊　　　　＊

금가의 도전 이후 폭풍전야의 시기를 보내고 있던 만재방이 요동치기 시작했다. 하루에도 수십 차례 만재방의 쾌속선들이 사방으로 떠났고, 또 그만큼의 배들이 벽란도로 귀환했다.

그 와중에도 벽란도로 밀려드는 천하 각지의 큰 상인들을 상대하는 장사 역시 계속되었다. 그러나 예전처럼 만재방을 직접 찾아오는 소규모 상인들은 만재방의 정문을 넘지 못하고 발길을 돌렸다.

그리고 남황성에서 온 자들이 사람 찾기를 청한 지 사흘 후, 만재방주의 처소 앞으로 수십 명의 사람이 모였다. 모두가 만재방에서 내로라하는 명성을 지닌 자들로 대부분 상인이라기보다는 무인이라고 보아야 옳은 사람들이었다.

"무슨 일이죠?"

아침부터 영문을 모른 채 개경으로 갈 채비를 한 후 전욱의 처소 앞으로 불려나온 허소산이 행수 묘산에게 물었다. 그러자 묘산이 심각한 표정으로 고개를 저으며 말했다.

"나도 자세한 내용은 잘 모르겠구나. 그러나 무척 중요한 일이 개경에서 일어난 것은 확실한 듯하구나."

"개경으로 간다고 했지요?"

"그래. 방주께서 일 년에 한두 번 개경에 가시기는 하지만 이렇게 많은 사람을 데리고 가는 경우는 드물지. 역시 보통 일이 아닌 것 같다."

"혹여 있을지 모를 금가의 공격에 대비하는 것 아니겠소?"

허산왕이 옆에서 말을 거들었다.

"그럴 수도 있지만… 그래도 이렇게 많은 숫자의 사람을 데리고 가는 것은……."

묘산이 여전히 의문스럽다는 듯 고개를 갸웃할 때 방주 전욱의 처소가 열리면서 세 사람이 걸어 나왔다. 만재방주 전욱과 만재사신 중 두 사람인 하모극과 임후였다.

"모두 준비되었는가?"

"예, 방주!"

처소를 나선 전욱이 묻자 대행수 장익이 고개를 숙이며 대답했다.

"좋아, 그럼 지금 즉시 출발한다. 이번 길은 무척 중요한 길이니 모두들 행동에 신중을 기하라."

"예, 방주님!"

"출발하지."

전욱이 시간을 끌지 않고 출발 명령을 내렸다. 그러자 삼십여 명의 만재방 식솔이 바람처럼 장원을 벗어나 포구로 움직였다.

\*          \*          \*

시원한 바닷바람이 알싸한 바다 냄새를 일으키며 허소산의 코를 간질였다. 작은 섬이 연이어 이어지며 예성강과 바다가

합쳐지는 해안의 정경은 청명한 늦가을 햇살에 그림처럼 아름다웠다. 그러나 허소산은 그림 같은 풍경에 관심을 두는 대신 포구에서 만나 일행에 합류해 배에 오른 이십여 명의 사람을 주시하고 있었다.

"그들이 함께 갈 줄은 몰랐구나."

허산왕도 새로 일행에 합류한 사람들을 살피며 말했다.

"남황성의 고수들이라 했지요?"

"그랬지. 사람을 찾는다고 하더니 방주께서 그들의 청을 받아들인 모양이군."

"그럼 그들이 원하는 사람을 찾으려 이렇게 많은 사람들이 개경으로 가는 걸까요?"

"글쎄다. 꼭 그런 것 같지는 않은 것이 포구에서 합류한 사람들 중 다섯은 남황성 사람들이 아닌 것 같던데?"

"맞아요. 제가 좀 전에 장익 대행수께 여쭤보니 하 어르신이 백림촌에서 돌아오신 후 방으로 초청해 들인 고수 분들이래요. 방으로 초청된 다른 사람들은 장원에 남았고 저분들만 개경으로 간다고 하더라구요."

"그렇구나."

허산왕이 배의 선미에서 여유롭게 멀리 예성강 하구의 바다 풍경을 구경하고 있는 다섯 사람을 보며 고개를 끄덕였다. 그들은 세 명의 노인과 한 명의 중년 사내, 그리고 한 명의 중년 여인이었는데 무척 가까운 사이인 듯 줄곧 함께 모여 두런두런 이야기를 나누고 있었다. 배에 탄 수십 명의 사람 중 오직 그들 다섯만이 여유가 있었다.

그러던 중 다섯 사람의 시선이 허산왕과 허소산에게로 향했다. 그리곤 잠시 서로 무슨 말인가를 나누더니 이내 허소산 부자 쪽으로 다가오기 시작했다.

"왜들 저러지?"

허산왕이 자신들을 향해 다가오는 다섯 사람을 보며 경계심을 드러냈다.

"아마도 하 어르신이 우리 얘길 했나 봐요."

"그런 걸까?"

"그렇지 않다면 우리에게 관심을 둘 이유가 없지요."

허소산이 대답하는 사이 어느새 두 사람 앞에 다가온 다섯 사람 중 중년 사내가 굵은 목소리로 물었다.

"네가 소산이냐?"

투박하지만 정이 느껴지는 목소리가 허산왕과 닮아 있었다. 그래서인가, 허소산이 별반 거리감을 두지 않고 대답했다.

"그런데요?"

"음, 네가 하 노사의 무공을 이어받았다고 하던데 사실이냐?"

"네, 맞아요. 하지만 하 어르신의 독문 무공을 배운 것은 아니에요."

"음, 그 말도 들었다."

중년 사내가 고개를 끄덕였다. 그러자 옆에 있던 허산왕이 입을 열었다.

"그런데 무슨 일이시오?"

비록 상대가 무공의 고수인 것이 분명했지만 허산왕은 전혀 주눅이 들지 않았다. 그제야 중년 사내가 허산왕을 보며 말했다.

"아, 별일 아닙니다. 그저 하 노사께서 아드님의 재질을 극구 칭찬하시기에 어떤 아이인가 궁금해서 와봤습니다. 그나저나 이것도 인연인데 통성명이나 하시지요. 난 박광이라 합니다. 본래 고향은 명주인데 벽란도엔 처음이군요. 하하하! 그리고 여기 아리따운 분은……."

"주오요예요. 만나서 반가워요."

무공을 하는 여인이라 그런지 주오요라 자신의 이름을 밝힌 중년 여인이 쾌활한 목소리로 말을 건넸다. 여인은 비록 중년의 나이로 보였지만 그 미모가 대단해서 그녀가 웃을 때는 아무러한 허산왕조차도 가슴이 살짝 떨려왔다. 중년 여인 주오요가 자신을 소개하자 다른 세 명의 노고수도 차례로 입을 열었다.

"난 이세교라 하오."

"난 윤용전이라는 늙은이요. 만나서 반갑소."

"난 민유이라고 하오. 아주 잘난 아들을 두셨구먼."

세 명의 노고수는 허산왕보다도 나이가 훨씬 많아 보였으므로 자연스레 편하게 말을 했다.

"전 허산왕이라고 합니다. 이쪽은 제 아들인 소산이고. 이렇게 고수 분들을 만나게 되다니 영광입니다."

"끌끌끌, 영광은 무슨, 이 땅에서 칼잡이야 천민이나 다를 바 없는 것을."

이세교라 자신을 밝힌 노인이 실소를 흘리며 말했다.

"그야 덜떨어진 글쟁이들 이야기고요. 태조도 무인이었어요."

주오요가 말하자 민육이란 노인이 고개를 저었다.

"아니지. 장사치였지. 태조의 왕씨 가문이 송악의 거상이었다는 건 잘 알려진 사실이잖아?"

"흠, 장사치든 무인이든 어쨌든 글쟁이는 아니었잖아요?"

"태조는 문재도 뛰어났다던데?"

"그래서 우리가 글을 못 읽나요?"

"아아, 주 매는 왜 항상 그렇게 말꼬리를 잡고 늘어지나. 그저 그렇다는 거지."

"아무튼 전 책벌레들은 별 흥미 없어요."

"하하, 그들도 주 매에게는 관심이 없을 거야. 아니, 관심이 있다 해도 감히 접근하지 못하겠지. 언제 주 매의 비검에 목이 날아갈지 모르니."

"홍, 민 오라버니도 늙긴 늙었군요. 그런 농도 던질 줄 알고."

"그래, 늙었지. 이젠 주 매의 뒤를 쫓아다니기도 힘든 나이인걸. 자식도 없고 후사도 없고……."

민육이 갑자기 신세 한탄을 하며 슬쩍 허소산을 보았다. 그러자 다른 네 명의 고수도 다시금 허소산에게 관심을 보이기 시작했다.

"그래, 무공은 익힐 만하더냐?"

이세교란 노고수가 허소산에게 물었다.

"재밌어요."

"재밌다……. 이것 참, 남들은 목숨 걸고 무공을 수련하는데 넌 재미로 무공을 수련하는구나."

"그렇다고 이 아이가 게으름을 피우는 것은 아닙니다."

자신의 아들이 나쁜 평을 받는 것이 싫은지 허산왕이 재빨리 입을 열었다.

"아아, 아드님을 비난하는 건 아니오. 오히려 칭찬하는 거지. 본래 목숨 걸고 배우는 자보다 즐기면서 배우는 자가 더 성취가 좋은 법이라오. 단지 세상의 모든 스승이 그 이치를 모를 뿐이지."

"칭찬이시라면 감사합니다."

허산왕이 머리를 긁적이며 말했다. 허산왕의 그런 순후한 모습에 이세교가 빙그레 미소를 지으며 말했다.

"사실대로 말하자면 우린 하 노사에게 부탁을 받았소이다."

"부탁이시라면……?"

"음, 하 노사 말로는 이번 만재방주의 개경 길이 제법 위험한 모양이더이다. 덕분에 그는 만재방주 곁을 떠날 수 없다고 합디다. 그는 아마도 두 사람의 안위가 걱정이 되었던 모양이오. 그래서 우리 보고 두 사람을 좀 사귀어보라고 하더구려."

하모극이 허소산 부자의 안위를 다섯 고수에게 부탁한 모양이었다.

"제 몸 하나는 지킬 수 있습니다만……."

"아, 물론 허 엽사께서 해동제일의 사냥꾼이란 건 알고 있
소. 그러니 기분 상해하지 마시오. 그냥 서로 알고나 지내자는
얘기요."

"그런 것이 아니라, 어르신들께 폐가 되고 싶지 않아
서……."

"하하, 폐라니 걱정 마시오. 사실 우리 다섯은 아주 오래전
부터 알고 지낸 사이라 이젠 서로 달리 할 말도 없소. 무료한
여행에 이렇게 새로운 인연을 만나 교분을 트는 것은 오히려
큰 즐거움 아니겠소? 어떻소이까? 개경까지 가는 길에 동행을
좀 합시다. 아, 하 노사가 부탁한 게 하나 더 있는데, 기회가 되
면 아드님의 무공을 좀 살펴봐 달라고 하더이다. 그 양반이 일
이 바빠 스승 노릇을 제대로 못하니 우리에게 그 일을 잠시 떠
넘기려는 모양이오."

이세교의 말에 허산왕의 눈빛이 반짝였다. 세상의 어느 부
모가 자식 가르치고 싶은 욕심이 없을 손가.

"그렇게 해주신다면야……."

허산왕이 급히 머리를 조아렸다.

"좋소, 그럼 이번 개경행은 우리 함께해 봅시다. 듣자 하니
두 사람도 비록 만재방에 의탁하고는 있어도 손님 같은 처지
라니."

이세교가 빙그레 미소를 지었다. 그렇게 허소산 부자와 다

섯 고수의 인연이 시작됐다.

하모극이 초청한 다섯 고수와 동행을 하게 되면서 허소산의 무공은 일취월장하기 시작했다. 그들의 눈은 매처럼 날카로워서 이산공과 풍로검의 수련에 있어서 허소산에게 큰 도움을 주었다. 특히 중년 여고수인 주오요의 경우 비검의 달인으로서 풍로검의 검로를 익히는 데 어려움을 겪던 허소산에게 큰 도움을 주었다. 그녀의 비검술은 여러 면에서 풍로검의 검식과 일맥상통하는 면이 많았던 것이다. 그렇게 하모극의 배려로 다섯 고수를 만남으로써 허소산은 점점 더 상승 무공의 놀라운 세계로 들어서고 있었다.

그런데 기실 다섯 명의 고수도 함께 여행을 하며 허소산 부자에게 크게 놀라고 있었다. 그들이 살펴본 두 부자의 재질은 지금껏 그들이 보아온 어떤 사람보다도 뛰어났기 때문이다. 특히 그들이 놀란 것은 허소산보다는 허산왕이었다.

허소산의 재능이야 이미 하모극으로부터 여러 번 들은 터라 그리 놀라운 것이 아니었다. 하지만 허산왕이 허소산을 곁눈질해 익히기 시작한 이산공의 성취는 다섯 고수를 경악스럽게 만들 만큼 대단한 것이었다.

허산왕의 몸은 마치 이산공을 익히기 위해 태어난 사람 같았다. 이미 오십이 훌쩍 넘은 나이였지만 평생 사냥을 하며 살아온 그의 몸은 이십대 청년의 몸보다 강하고 빨랐다. 그는 마치 그가 그동안 사냥해 온 야생의 맹수들과 비슷한 몸을 지니고 있었던 것이다.

그런 이유로 이산공은 허소산보다는 오히려 허산왕의 몸에서 더 무서운 무공으로 수련되고 있었다. 단지 하나의 단점이 있다면 그의 공력이 부족하다는 것이었다. 비록 타고난 신력이 있고 금강밀공의 호흡법을 얼추 배워 축기를 하고 있다지만 그의 나이를 생각하면 공력이 크게 증진될 수는 없었다. 더군다나 금강밀공은 그 기초가 무척 단단한 신공이기는 해도 단시간에 크게 공력 증진의 효과를 볼 수 있는 신공이 아니었다.

그러나 그럼에도 불구하고 타고난 신력과 재능은 허산왕을 박투의 고수로 만들고 있었다. 그래서 그의 놀라운 발전은 단 하루 만에 허산왕과 동행한 다섯 고수를 경악하게 만들었던 것이다.

그렇게 다섯 고수와 인연을 맺으며 개경으로 향한 허소산 부자는 배를 타고 잠시 예성강을 따라 오른 후 금세 배에서 내려 말을 타고 개경으로 이어진 관도로 들어섰다. 그리고 삼 일쯤 지나서 개경 인근에 접어들었다.

만약 급히 서둘렀다면 하루 만에도 개경까지 치달았을 테지만 만재방주 전욱은 웬일인지 절대 길을 서두르지 않았다. 아니, 오히려 평시보다도 훨씬 느리게 이동했다. 그는 개경으로 향하면서 수시로 행렬을 멈추고 사람들을 사방으로 내보냈다. 또한 개경에 이르는 길 주변에 산재한 만재방의 점포에서 사람을 불러들여 개경의 상황을 세세하게 살폈던 것이다.

그 와중에 이번 개경행에 대한 상세한 이야기가 하나둘 허소산 부자의 귀에 들려왔다.


"해약은 있답니까?"

개경을 앞에 두고도 좋은 객점에 드는 대신 노숙을 택한 만재방의 식솔들이 소나무 숲에 둥글게 막사를 치고 단잠에 빠져 있었다. 허소산 부자는 그 와중에 다섯 고수의 세심한 가르침 아래 한바탕 무공 수련을 하고는 밤이 깊어서 자신들의 막사로 돌아왔다.

질문을 던진 것은 무공 수련을 도운 후 숙영지로 돌아오던 다섯 고수 중 중년의 나이인 박광이었다. 박광의 질문에 이세교가 대답했다.

"마침 남황성에서 온 자들이 짐독의 해약을 가지고 있다고 하더군."

"다행이군요."

"불행 중 다행이지. 하지만 여전히 위험한 것은 사실일세. 황보설화의 독을 치료한다 해도 의심의 눈초리가 사라지는 것은 아니니까."

"큰일이군요. 결국 하독한 자들을 찾아내야 한다는 건데……."

"빨리 찾아내지 못하면 꼼짝없이 지금 동행하고 있는 남황성의 고수들이 의심받게 될 걸세. 그리되면 결국 만재방도 무사치는 못할 테지. 자네도 당금 태자의 성정을 잘 알고 있지

남쪽에서 온 상인 99

않은가?"

"모를 리가 있나요. 절대 태자의 그릇이 아니지요."

"이 사람, 그런 말 함부로 말게. 밤 말은 쥐가 듣네."

"흥, 들은들 어떻습니까? 우리 같은 사람이 황제인들 무서워합니까? 수틀리면 들어가서 태자의 목을 따버리지요."

박광이 호방하게 말했다.

"우리야 그렇다 치고, 만재방은 어떡하고요?"

주오요가 치기 어린 동생을 나무라듯 박광에게 물었다.

"주 매, 사실 우리가 만재방과 깊은 인연이 있는 것은 아니잖아?"

"그래도 지금은 그들을 돕고 있잖아요."

"그거야 하 노사와의 인연 때문이지. 에이, 아무튼 상인들과 어울리는 것은 귀찮아. 별일이 다 생기니까. 개경으로 가는 일은 더더욱 그렇지."

박광이 투덜댔다.

"그럼 오라버니는 이만 빠지세요."

"뭐라고? 날 빼고들 가겠다고?"

"그렇게 불만이 많은데 뭐하러 가요? 빠지는 게 서로를 위해 좋지."

"아니, 주 매, 무슨 말을 그렇게 섭섭하게 해!"

"됐어요. 그러니 불평 그만 늘어놓으시라고요. 사실 오라버니도 이번 일이 어떻게 진행될지 궁금하시잖아요?"

"흐흐, 그렇긴 하지. 제법 복잡하고도 미묘한 일이니까."

박광이 그답지 않은 음침한 웃음을 흘렸다. 그러는 사이 일행이 그들의 막사에 도착했다.

"그럼 편히 쉬십시오."

"편히 쉬세요."

허산왕과 허소산이 다섯 고수에게 인사를 했다.

"두 사람도 푹 쉬게. 아마도 내일부터는 이런 여유가 없을지도 모르네. 내일이면 개경에 입성을 하게 될 테니."

이세교가 두 사람에게 고개를 끄덕여 보이고는 서둘러 자신의 막사로 들어갔다. 그러자 다른 네 명의 고수 역시 각자 잠자리를 찾아들었다.

"그러니까 황보가의 여식이 독에 중독되어 이렇게 개경으로 가는 것이란 말이지?"

다섯 고수가 사라지자 막사 앞에서 허산왕이 확인하듯 물었다.

"네. 황보가에서 짐독의 해약을 구해달라고 만재방에 요청했나 봐요. 그런데 마침 만재방에는 그 남황성의 고수들이 와 있었던 거지요."

"일이 참 묘하구나. 까마귀 날자 배 떨어진다고, 이때에 짐독이 출현하다니. 까딱하면 만재방이 오해를 받을 수도 있겠어. 더군다나 조명 아가씨에 대한 황보가의 청혼을 거절한 이때에."

"그러게요."

"자칫하면 두 가문이 척을 지게 되겠어. 그리되면 아무리 만재방이라도 고려 땅에서 장사를 하긴 어려울 거야. 황보가는 대대로 개경의 가장 강력한 외척 중 한곳이니까. 지금까지 황보가와 만재방은 무척 밀접한 관계를 유지했다고 하더구나. 그런데 그 관계가 깨지면 생각보다 심각한 일이 벌어질 거야."

"잘 해결될 거예요. 남황성 고수들에게 짐독의 해약이 있다 잖아요."

"그렇긴 하지만… 사람의 오해란 생각하면 할수록 깊어지는 법이라서……."

허산왕이 혀를 찼다. 그러자 허소산이 장난스럽게 말했다.

"조금 아쉽네요."

"뭐가 말이냐?"

"해약이 없었다면 제가 크게 한몫 해보는 건데."

"그게 무슨 말이냐?"

"그 황보설화라는 여인의 독을 제가 해독하면 큰 보답이 있지 않겠어요? 천독공을 이용하면 충분히 그 독을 해독할 수 있을 거예요."

"아서라. 그랬다가는 넌 요괴 취급을 당할 거야."

"히히, 그런가요?"

"그럼. 천독공은 영원히 너와 나만의 비밀로 묻어두자꾸나."

"알았어요, 아버지. 그만 주무세요."

"오냐. 늙어서 무공을 익히려니 피곤하구나."

第四章

황보설화

독경 讀經

멀리서 송악산이 고도 개경을 굽어보고 있었다. 숙영지를 일찍 거두고 길을 나선 만재방의 식솔들은 정오가 되기 전 개경을 눈앞에 두고 있었다. 송악산을 중심으로 길게 이어진 성벽들이 구중심처로 들어가는 길을 알 수 없는 미로로 만들어 놓고 있었고, 그 성벽 밖에는 사방에서 들어오는 물산들을 거래하는 시전이 끝없이 펼쳐져 있었다.

"와, 생각보다 커요!"

송악산 아래 펼쳐진 개경을 바라보며 허소산이 감탄사를 흘려냈다.

"뭐, 해동의 중심이니까. 벌써 이곳에 도읍이 선 지 백 년이 훨씬 넘지 않았느냐."

허산왕이 당연하다는 듯 말했다.

"이곳보다 더 큰 곳이 있을까요?"

"중원에는 이곳보다 큰 성읍이 있다고 하더구나. 직접 가보지는 못했지만 항주가 대단하다지? 장안도 그렇고."

"그래요? 언젠가 꼭 가봐야지."

"만재방에 있다 보면 기회가 올 거다. 항주에도 만재방의 장원이 있으니까. 사실 만재방의 사업은 이 고려 땅보다도 항주에서 더 크게 성장하고 있다더구나."

"그런가요? 그럼 항주에 갈 기회가 많겠군요?"

"그렇지. 이번 일이 잘 해결되면 한번 방주께 부탁해 보자꾸나."

"그래요, 아버지."

허소산이 새로운 세계에 대한 꿈에 부풀어 있을 때 문득 전욱의 목소리가 들려왔다.

"서둘러 장원으로 이동한다. 특별히 행동을 조심하도록 하라. 본 방을 주시하는 눈들이 있을 터, 외부 출입도 대행수들의 허락을 받은 이후에 하도록."

"알겠습니다, 방주님!"

만재방의 식솔들이 일제히 대답을 하고는 서둘러 예성강으로 흘러드는 지류를 따라 나 있는 관도로 말과 마차를 몰기 시작했다. 그러자 전욱이 하모극과 장익 등 십여 명의 만재방 식솔과 남황성 고수들을 이끌고 길을 달리해 서북쪽으로 향하기 시작했다.

"방주님은 어디로 가는 거죠?"

허소산이 허산왕에게 물었다.

"글쎄, 나도 잘 모르겠구나."

허산왕이 고개를 저으며 말했다. 그러자 그들 뒤에서 유람하듯 이동하고 있던 다섯 고수 중 주오요가 입을 열었다.

"그들은 황보가로 가는 것이란다."

"황보가라면 성안에 있지 않나요?"

"그렇지가 않단다. 물론 성안에도 안가가 있기는 하지만 그들의 본거지는 서쪽 운암사 아래 있단다. 황보가는 태조 이후 고려의 명문이라 그 식솔이 수백을 넘는다. 가병의 숫자까지 합치면 성안에 거처를 마련할 수 없는 일이지."

"그렇군요. 정말 대단한 가문이군요."

"호호, 이 고려는 왕의 나라이기 이전에 호족의 나라니까."

주오요가 미소를 지으며 말했다. 하모극의 초청에 의해 만재방에 온 이 다섯 고수는 특이하게도 모두 홀로 살아가는 사람들이었다. 혼인을 한 사람도, 제자를 들인 사람도 없었다. 그래서인지 그들은 허소산을 무척 귀엽게 대했다. 아마도 평생 느끼지 못했던 아이에 대한 정을 허소산을 통해 느끼고 있는지도 몰랐다.

"하여간 호족들이 문제요. 그들이 이 나라를 좀먹고 있지."

박왕이 투덜대며 말했다.

"하지만 그들 없이는 고려가 서지 못했을 거네."

이세교가 고개를 저으며 말했다.

"그렇긴 하지만 그들의 위세가 왕가를 누를 정도이니 나라 꼴이 이 모양 아닙니까? 가병을 내놓지 않아 북변의 정세가 항상 불안한 것은 모두가 아는 일이지요."

"광종 대에 있었던 혁파의 책이 실패한 것이 아쉬울 따름이지."

다섯 고수 중 특별히 입이 무거운 윤웅전이 오랜만에 입을 열었다.

"그러나 광종 대에는 피를 너무 흘렸어."

또 다른 노고수 민육이 고개를 저었다.

"그러니 더더욱 성공했어야지. 피를 뿌리고도 호족을 혁파하지 못했으니……."

윤웅전이 혀를 찼다.

"뿌리가 호족인 나라이니 어쩌겠나. 그나저나 이 여행도 끝이군."

민육의 고개를 들어 강변을 향해 있는 고풍스런 장원을 바라봤다.

"저곳이 개경의 만재방 장원인가요?"

허소산이 고개를 빼 들며 묻자 박광이 대답했다.

"그렇단다. 한동안은 저곳에 머물러야겠구나."

홀쩍 앞서간 만재방 행렬의 선두가 어느새 장원 안으로 들어가고 있었다.


개경 만재방의 장원에는 평시에도 수십에서, 많게는 일백여 명의 사람이 기거하고 있었다. 비록 큰 장이 서는 곳은 벽란도지만 그곳에서 거래된 물건들이 제각기 주인을 찾아가는 곳으로는 개경이 가장 큰 시장이었다. 그래서 고려 천하의 상인 중 이름깨나 있는 자들은 하나같이 개경에 터를 잡고 있었다.

기존에 머물던 사람들과 벽란도에서 올라온 사람들까지 합류하자 개경 만재방 장원은 사람들로 가득 찼다. 그러나 평소보다 많은 사람들이 들어찼음에도 불구하고 장원의 분위기는 오히려 차갑고 서늘했다. 사람들 얼굴에는 저마다 근심이 드리워져 있었고, 개경 시전에 나가 거래하는 사람들을 제외하고는 대부분 자신의 거처에 틀어박혀 외부 출입을 삼갔다.

허소산과 허산왕, 그리고 그들과 인연을 맺은 다섯 명의 고수 역시 자신들의 처소에서 움직이지 않고 있었다. 장원의 분위기가 워낙 무거워 밖으로 나가 무공을 수련할 수도 없었다. 일곱 사람은 그저 그들이 묵고 있는 처소에서 차나 홀짝이고 있을 뿐이었다.

"늦는군요."

무료했는지 차를 한 모금 머금은 박광이 입을 열었다. 그러자 이세교가 고개를 끄덕였다.

"그러게 말이네. 예감이 썩 좋지 않군. 이미 하루가 지나고 있는데…… 남황성의 고수들이 짐독의 해약을 가지고 있다고 했으니 황보 소저의 독은 이미 해독이 되었어야 하는데… 황보가와의 거리가 그리 먼 것도 아니고."

"걱정할 일은 없겠지요?"

주오요가 말은 그렇게 하면서도 걱정스런 표정으로 장원의 정문 쪽을 바라봤다.

"일이 틀어졌다면 이미 기별이 왔을 거네. 혹여 황보가에서 분란이 있었다고 해도 하 노사의 능력이라면 충분히 이곳까지는 왔을 거야."

"그렇긴 하지요. 하 노사의 무공이 어디 흔한 것인가요."

박광이 고개를 끄덕였다.

그러나 그의 표정에도 일말의 불안감은 가시지 않고 있었다. 그러던 중 문득 장원의 정문 쪽에서 말발굽 소리가 요란하게 흘러나왔다.

"응? 왔나보네."

민육이 자리에서 일어났다. 그러자 장내의 사람들도 모두 장내에서 일어나 처소를 벗어났다.


"방주께서 오셨다!"

장원의 밖 멀리에서부터 누군가가 외치는 소리가 들렸다. 그러자 잠자듯 조용했던 장원이 한순간에 부산해지기 시작했다.

끼이익!

거대한 장원의 문이 열리며 만재방주를 선두로 황보가에 갔던 사람들이 일제히 장원 안으로 밀려들어 왔다. 그런데 기이한 것이 만재방주와 함께 갔던 남황성의 고수들은 그 모습이 보이지 않았다.

"남황성의 고수들이 없어요."

눈이 밝은 허소산이 한눈에 남황성 고수들이 사라진 것을 발견했다.

"그러게 말이다. 어찌 된 일일까?"

허산왕도 고개를 갸웃했다. 남황성의 고수들이 함께 돌아오지 않았다는 것은 분명 황보가에서 무슨 일인가가 벌어졌다는 의미다. 그런데 그때 만재방주와 함께 황보가에 갔던 사람들 중 한 명이 재빨리 방향을 바꿔 허소산 등이 있는 곳으로 달려왔다.

"어르신들, 방주께서 청하십니다."

허소산 등이 있는 곳으로 달려온 사내가 이세교 등 다섯 고수를 보며 말했다.

"우리를?"

"네."

"돌아오자마자 우리를 찾다니 무슨 일이 있기는 있는 모양이군."

이세교가 무거운 안색으로 말했다.

"두 사람도 함께 오시랍니다."

사내가 문득 허산왕과 허소산을 보며 말했다.

"우리도 말이오?"

허산왕이 의아한 얼굴로 되물었다. 그들이 비록 만재방주가 손수 받아들여 만재방에 의탁하고는 있어도 이런 시기에 만재방주의 부름을 받을 만한 위치는 아니었다.

"그렇습니다."

사내가 다시 한 번 만재방주의 부름을 확인했다.

"왜 우리를 오라는 거지?"

허산왕이 고개를 갸웃했다.

"가보면 알겠죠, 뭐. 가요, 아버지."

허소산은 오히려 호기심이 일어나는지 서둘러 허산왕의 소매를 끌었다.


허소산 부자와 다섯 고수가 만재방주의 처소에 들어서자 이미 장내에는 십여 명의 만재방 수뇌가 심각한 표정을 한 채 모여 있었다.

"어서 오시오."

하모극이 다섯 고수를 맞이했다.

"가셨던 일은?"

이세교가 가장 궁금한 일을 물었다. 그러자 하모극이 고개를 저으며 말했다.

"일이 참 묘하게 됐소이다."

"도대체 무슨 일이……?"

"잠시 기다려 주시구려, 방주께서 말씀을 하실 터이니."

하모극이 다섯 고수에게 자리를 권하고는 자신의 자리로 돌아갔다. 허소산과 허산왕 부자는 사람들의 가장 뒤쪽에 우두커니 서서 장내의 사정을 살피고 있었다. 그러자 만재방주 전욱이 입을 열었다.

"일이 급하게 되었소. 황보가에 갔던 사람들은 알겠지만 이곳에 머물렀던 사람들은 일의 전말을 모를 테니 간단히 황보가에서의 일을 설명해 주겠소. 이야기를 듣고 대책을 논의해 주시오."

만재방주 전욱의 목소리는 심각하기 이를 데 없었다.

"우리가 황보가에 도착했을 때 황보설화는 무척 위중한 상태였소. 듣던 것보다 더 위중했지. 의식이 없고 맥은 약했소. 남황성의 고수들에게 보이니 전형적인 짐독의 중독 증상이라더군. 해서 남황성의 고수들이 급히 해약을 썼소. 그러자 과연 황보설화의 호흡이 안정되고 맥이 살아나며 의식이 돌아오기 시작했소."

"그렇다면 잘된 일 아닙니까?"

지풍하가 물었다. 그러자 전욱이 고개를 저었다.

"그렇지가 않네. 일단 황보설화가 의식을 회복한 것까지는 좋았으나 그녀가 남황성 고수들의 복식을 보고는 크게 놀라며 다시 의식을 잃은 것이네. 물론 연후 급히 의원이 손을 써 그녀가 의식을 다시 회복하기는 했네. 그런데 거기에서 문제가 발생했네. 그녀가 자신에게 독을 하독한 사람들로 남황성의 고수들을 지목한 거네."

"단지 의복이 비슷하다는 이유로 말입니까?"

"황보설화는 어둠 속에서 창졸지간에 독에 당했다고 하네. 그러니 그 의복의 유사함만으로도 남황성 고수들을 흉수로 지목할 수도 있지. 어쨌든 그래서 그 즉시 남황성 고수들은 황보가의 무사들에 의해 제압됐네. 남황성의 고수들은 반발하려 했으나 내가 일단 그들을 진정시켰네. 그리고 황보가주에게 전후 사정을 설명했지, 남황성의 반역자들이 고려에 들어왔다 는 것까지."

"황보가에서 이해를 해주던가요?"

"음, 반신반의하는 눈치였네. 남황성의 반역자들이 고려로 도주해 들어왔다는 것은 사실 오직 남황성 고수들이 한 말일 뿐 누구도 눈으로 확인한 것은 아니니까."

"그래서 어찌 되었습니까?"

"남황성의 고수들이 의심을 받으니 우려대로 자연히 그 의 심의 시선은 우리 만재방로 향했네. 그래서 황보가에서 우리 에게 한 가지 요구를 했다네."

"그 요구가 무엇입니까?"

"당연한 일이지만 고려로 숨어들었다는 남황성의 반역자들 을 찾아내는 것이라네. 기한은 보름. 그 안에 그들을 행방을 찾지 못한다면 모든 것은 우리 만재방이 뒤집어써야 할 상황 이네."

"어찌 그런 억지가……!"

지몽하가 노기를 드러냈다.

"지금으로선 어쩔 수 없는 일이네. 그런데 그보다 더 심각한 일이 발생했네."

전욱이 한 손으로 이마를 짚으며 말했다. 그로서도 무척 곤 란한 일인 듯 보였다.

"또 무슨 일이……?"

"일단 짐독을 해독해 깨어났던 황보설화가 오늘 아침 다시 의식을 잃은 것이네."

"해독이 완전히 된 것이 아니란 말입니까?"

"짐독은 해독되었네. 그런데 또 다른 독에 당한 것이지."

"그새 누가 다시 독을……?"

"누군가 다시 하독을 한 것인지 아니면 애초에 짐독과 함께 다른 독이 섞여 있었던 것인지는 알 수 없네. 문제는 황보설화를 다시 정신 잃게 한 독이 무엇인지 누구도 모른다는 거네. 황보가에서 궁으로 사람을 보내 다시 어의를 청했으니 어의가 나오면 독의 정체를 밝힐 거라 기대하고 있네만, 이미 어의는 여러 번 황보설화를 살핀 사람이니 그가 숨어 있던 독의 정체를 밝혀낼 거라 장담할 수도 없네. 해서… 우리도 의원을 황보가에 보내기로 했네. 특히 조 의원은 천하를 여행한 사람이니 혹 독의 정체를 알 수 있지 않을까 싶네."

직후 잠시 말을 멈춘 전욱의 시선이 갑자기 허소산에게로 향했다.

"소산 네가 약초뿐 아니라 독에도 일가견이 있다고 알고 있다. 해서… 너와 지 대행수도 한번 황보설화를 보았으면 하는구나. 본 방의 의원이 내일 황보가로 갈 때 함께 가보는 것이 어떻겠느냐?"

갑작스런 전욱의 말에 허소산이 놀란 눈으로 전욱을 보며 말했다.

"하지만… 전 그저 서책으로 독을 배운 것뿐이라서… 의원님들이 가신다면 저 같은 것이…….."

"아, 물론 네게 부담을 주려는 것은 아니다. 그저 지푸라기라도 잡는 심정인 것이지. 혹여 네가 알고 있는 독일 수도 있지 않느냐? 넌 짐독도 알아봤지 않느냐? 짐독은 웬만한 의원도 알아보지 못하는 독이지 않더냐?"

전욱의 말에 허소산이 머리를 긁적이며 대답했다.

"그건… 어쩌다 운이 좋아서…….."

"운이란 게 어디 한 번만 찾아온다더냐. 이번에 한 번 더 네운을 기대해 보자꾸나."

"가라시면 가보겠지만…….."

허소산이 자신없는 어투로 말했다. 황보가에 있는 의원들은 천하의 명의일 터였다. 그런 사람들도 알아보지 못한 독을 자신이 어찌 알아볼 수 있단 말인가. 그러나 한 번 보는 것조차 거부할 수는 없는 문제였다.

"내일 아침 일찍 의원을 따라 지 대행수와 함께 황보가로 가보거라."

"알겠습니다, 방주님."

허소산이 순순히 고개를 숙여 보였다.

"그리고 다섯 분께 부탁이 있습니다."

전욱이 이세교 등을 보며 말했다.

"말씀하시지요."

이세교가 고개를 끄덕였다.

"지금 급한 것은 황보설화의 독을 해독하는 일이지만 그보다 우리에겐 남황성의 반역자들을 찾는 일이 더 급합니다."

"음, 만재방으로서는 그렇겠지요."

"만약 이번 일이 누군가 우리 만재방을 함정에 빠뜨리기 위해 계획한 음모라면 그 주모자는 한 곳밖에 없다고 할 수 있습니다."

"금가를 말씀하시는 것이겠군요."

"그렇습니다. 그러므로 만약 남황성의 반역자들이 이 일에 관여되어 있다면 결국 그들이 숨어 있을 곳은 금가일 것입니다. 해서 그들을 찾으려면 금가를 살펴야 하는데 우리 만재방의 사람들은 이미 금가에 눈에 모두 노출되어 있는 실정입니다. 사신 어른들조차도 금가의 눈을 피할 수는 없을 겁니다."

"무슨 말인지 알겠습니다. 은밀히 금가를 조사해 달라는 것이군요. 그리하지요."

이세교가 선선히 전욱의 부탁을 수락했다.

"어려운 부탁을 드려 죄송합니다."

"애초에 하 노사의 초청으로 세상에 나올 때야 이만한 일은 당연히 각오하고 나온 것이지요."

그러자 하모극이 입을 열었다.

"위험할 수도 있소이다. 금가에 남황성의 고수만 있는 것이 아니라 내림 목산원의 고수들도 있습니다. 목산원이 금가에 고수를 파견한 것을 우리 쪽 사람들이 확인했습니다. 추측으로는 목산원의 실권을 장악한 목산원주의 아우인 목검원이 직접 나와 있는 듯하오."

"목검원이라……. 괜찮은 상대구려."

이세교의 표정에서 두려움보다 호승심이 일었다.

"목검원이라면 저도 한번 상대해 보고 싶었던 자입니다. 그의 검이 해동제일이라던데… 과연 그럴지 말입니다."

박광 역시 호기를 드러냈다.

"중요한 것은 남황성의 반역자들을 찾아내는 것이니……."

하모극이 걱정스레 말했다. 다섯 고수가 지나치게 목검원에 대해 호승심을 드러냈기 때문이다.

"하하, 걱정 마시오, 하 노사. 경거망동은 없을 테니. 사실 우리도 우리의 신분이 드러나는 것은 바라지 않소이다."

이세교가 하모극의 걱정을 알아채고는 그를 안심시켰다.

"물론 이 하 모는 다섯 분을 믿소이다."

"세세히 살펴보리다. 그들이 금가에 있다면 절대 우리 눈을 피할 수 없을 것이오."

"그럼 부탁하겠소."

하모극이 고개를 끄덕여 보이고는 전욱을 바라봤다. 그러자 전욱이 다시 입을 열었다.

"우리 쪽 사람들도 계속 금가를 주시한다. 저들이 우리를 경계해야 다섯 분께서 저들을 살피는 것이 더 수월할 테니. 그리고 지 대행수는 내일 아침 조 의원을 호위해 소산과 함께 황보가로 가게. 하 노사께서 함께 가주실 걸세."

"알겠습니다, 방주님."

"모두들 장원 밖으로 나가면 신중에 신중을 기해 행동하시오. 이곳은 도성이오. 더불어 우린 사람들의 의심을 사고 있는 실정이오. 각자의 행동 하나가 방의 운명과 직결될 수 있음을 잊지 마시오."

"명심하겠습니다, 방주님!"

장내의 사람들이 일제히 고개를 숙여 전욱의 당부에 답했다.

*　　　*　　　*

호젓한 산길을 다섯 사람이 말을 몰아가고 있었다. 아침 일찍 장원을 나선 허소산과 그 일행이었다. 일행을 이끄는 것은 하모극이었는데, 그의 얼굴에는 수심이 가득했다. 그 수심의 무게 때문에 일행은 조용한 침묵 속에 이동하고 있었다.

얼마쯤 가니 이른 새벽 운암사에 들러 불공을 드리고 내려오는 사람들이 하나둘 보이기 시작했다. 그리곤 이내 서쪽으로 이어진 커다란 관도가 모습을 드러냈는데 족히 마차 서너 대는 다닐 만한 넓이였다. 그 길 끝에 아스라이 한 채의 거대한 장원이 눈에 들어왔다. 황보가였다. 황보가가 눈에 보이자 침묵을 지키고 있던 하모극이 입을 열었다.

"가서 조심들 하시게. 그들은 지금 우릴 무척 경계하고 있네. 행동 하나, 말 한 마디에 오해가 깊어질 수도 있네."

"명심하겠습니다."

하모극을 따르던 사람들이 일제히 대답했다.

"조 의원."

하모극이 특별히 만재방 최고의 의원으로 꼽히는 조송복을 불렀다.

"말씀하시지요, 어르신."

"너무 오래 황보설화를 살피지 말게. 독의 정체를 못 알아내도 상관없네. 그동안 수많은 의원들이 살피고도 알아내지 못한 독이니… 오히려 괜히 시간을 끌다가는 오해를 받을 수도 있네."

"이각을 넘기지 않겠습니다."

"그리고 지 대행수와 소산은 조 의원이 진맥하는 동안 뒤에서 눈으로만 황보설화를 살피게. 달리 두 사람에게 황보설화의 상태를 살펴볼 시간을 주지는 않을 걸세. 두 사람은 의원이 아니니 두 사람이 황보설화를 살피겠다면 오히려 의심을 할 걸세."

"알겠습니다, 어르신."

"알겠어요."

허소산과 지뭉하가 동시에 대답했다. 그러는 사이 어느새 일행은 황보가의 정문 앞에 도달하고 있었다.


"멈춰라!"

검을 든 자가 일행을 막아섰다.

"만재방에서 왔소."

하모극이 길을 막은 자에게 나직하게 말했다. 그러자 길을 막은 자의 눈에 한 순간 적의가 일어났다.

"만재방이라고 하셨소?"

"그렇소."

"만재방에서 무슨 일이오?"

순간 하모극의 눈이 가늘어졌다. 감히 일개 문지기 따위에게 무시당할 하모극이 아니었다. 만재방과 황보가의 인연이 하루 이틀이던가. 비록 오늘날 서로의 관계가 불편해졌다 해도 만재방은 만재방이었다.

"이름이 뭐냐?"

하모극이 차가운 목소리로 물었다. 그의 눈에서 칼날처럼 날카로운 안광이 사내를 뚫고 지나갔다. 그러자 사내가 흠칫한 표정을 지으며 되물었다.

"그, 그건 왜 묻소?"

"감히 일개 문지기 따위가 행차 이유를 밝히라 하니 얼마나 대단한 인물인지 알아보려 그런다. 만약 네게 나에게 질문을 던질 자격이 없다면 내 검이 네 물음에 답을 해줄 거다. 이름이 뭐냐?"

목소리도 높이지 않은 나직한 하모극의 경고는 어떤 협박보다도 소름 끼쳤다. 본래 황보가의 가솔들은 빗자루를 들어 마당을 쓰는 자들일지라도 황보가 밖으로 나오면 그 세도가 대단했다. 저자의 사람들도 황보가에서 일하는 사람이라면 누구나 한 수 양보해 주는 것이 상례. 그런 그들이기에 누군가에게 이런 식의 협박을 당하는 경우는 거의 없었다.

예상치 못한 하모극의 반응에 사내의 얼굴이 파랗게 질려갔다. 그리곤 거의 본능적으로 고개를 돌려 정문 쪽을 바라봤다. 그러자 이번에는 제법 말끔한 차림의 중년 무사가 나는 듯 달려와 사내에게 물었다.

"무슨 일이냐?"

"그, 그것이… 만재방에서 오셨다기에 온 이유를 물었더니 이렇게 화를 내십니다."

순간 중년 사내의 표정이 일변했다.

"네놈이 진정 황보가에서 쫓겨나고 싶은 것이냐? 만재방에서 오셨다면 두말없이 내게 고할 일이지, 네가 감히 무엇이라고 길을 막고 쓸데없는 질문을 하는 것이냐?"

"죄, 죄송합니다. 제가 주제넘은 짓을 했습니다."

"썩 물러가라. 죄는 나중에 묻겠다."

"알겠습니다."

사내가 얼른 고개를 숙여 보이고는 서둘러 정문 안쪽으로 사라졌다. 그러자 중년 사내가 하모극을 보며 정중한 말투로 입을 열었다.

"수하가 감히 만재방의 손님께 불편을 드렸습니다. 최근 본가의 상황이 엄중해 검문을 강화하다 보니 그런 실수를 하였습니다. 너그럽게 용서해 주십시오."

말은 정중했지만 중년 사내의 표정에서도 여전히 하모극 일행에 대한 경계심이 묻어나고 있었다.

"괜찮소. 최근 만재방과 황보가 사이가 예전만 못하니 어쩔 수 없는 일인가 보오. 어쨌든 난 만재방의 하모극이오. 가주를 뵙고자 하오. 황보 소저의 상세를 살필 본 방의 의원을 데리고 왔소."

"아, 그렇습니까? 그럼 안으로 드셔서 잠시 기다려 주십시오."

중년 사내가 급히 하모극 일행을 장원 안으로 맞아들였다.

장원 안으로 들어선 허소산은 일순 싸늘한 한기에 몸을 떨었다. 한기의 정체는 금세 드러났다. 황보가 곳곳에 도검을 든 무사들이 촘촘하게 경계를 서고 있었던 것이다.

"이곳에서 잠시 기다려 주십시오."

중년 사내가 허소산 일행을 넓은 마당 한가운데 세워두고 장원 안쪽으로 사라졌다.

"정말 황보가가 우리 만재방과 연을 끊으려는 모양이군요."

사내가 사라지자 지몽하가 씁쓸한 어조로 말했다.

"그러게 말이네. 내가 황보가를 출입한 지 여러 해지만 이런 대접은 처음이군."

"이번 일이 잘 해결된다 해도 두 가문의 관계가 예전으로 돌아가기는 어려울 것 같습니다."

"아무래도 그럴 걸세. 황보설화의 일도 일이지만 사실은 조명의 혼사 문제부터 서로의 관계가 어긋나기 시작한 거지."

"역시 그렇겠지요? 만약 아가씨와 황보중명의 혼사가 이뤄졌다면 황보설화의 일로 만재방이 곤란을 겪지는 않았을 겁니다. 아쉬운 면이 있지요."

"그렇다고 조명을 정략혼으로 내몰 수 없는 일 아닌가? 더군다나 이번 혼사를 받아들이지 않는 것이 장기적으로는 만재방에 득이 되면 됐지, 해가 되지는 않을 걸세. 황보가의 세도가 영원히 지속되지는 않을 테니."

"그렇긴 하지요. 하지만 당장의 한파가 너무 매섭군요."

"잘 이겨내야지."

그러는 사이 안으로 들어갔던 중년 사내가 초로의 인물과 함께 나왔다.

"어서 오십시오, 하 노사!"

초로의 노인은 허소산 일행이 있는 곳까지 빠르게 다가오더니 반갑게 하모극을 맞이했다.

"방 노사께서 마중을 나오시다니……."

하모극이 조금 의외라는 듯 말했다. 그러자 초로의 노인이 겸연쩍은 표정으로 말했다.

"죄송합니다. 마땅히 황보가의 어른이 나와 마중을 해야 하는데……."

"아니, 아니오. 내가 실망한 것이 아니라 방 노사께서 나오셔서 놀란 것뿐이라오."

"흐흠, 일이 그렇게 되었습니다. 지금 장원 내에 사람이 그리 많지 않습니다. 모두 백방으로 아가씨를 구할 방도를 찾고 있지요. 태자께서도 하루에 여러 번 사람을 보내 아가씨의 상세를 살피고 있습니다."

"음, 남황성의 사람들은 어찌하고 있소?"

"별관에서 지내고 있습니다만… 상황이 썩 좋지 않습니다."

"그들을 죄인 취급하는 모양이구려."

"뭐, 결국은 그렇지요."

그러자 하모극이 걱정스런 표정으로 말했다.

"방 노사이니 말하는 거지만 그들은… 함부로 대할 사람들이 아니외다."

하모극의 말에 노인이 고개를 끄덕였다.

"알고 있습니다, 남황성이 어떤 곳인지. 그들이 마음만 먹는다면 그중 한둘은 이곳을 벗어날 수도 있겠지요."

"그들이 남황성으로 복귀해 또 다른 고수들을 몰고 온다면 황보가는 큰 위협에 직면할 겁니다. 중원에 사는 그들이 고려 조정을 신경 쓰는 것도 아니고… 은밀하게 일을 치르고 바다를 건너가면 누가 그들을 치죄할 수 있겠소이까?"

"저 역시 그걸 걱정하고 있습니다만 가문 내의 의견들이 워낙 강경한지라……."

"휴, 방 노사 한 사람의 힘으로 어쩔 수는 없지요. 일단 황보 소저를 좀 봅시다."

"그리하시지요. 따라오십시오."

방 노사라 불린 노인은 본명이 방숙통으로 황보가의 십대가신으로 불리는 삼객칠호에 해당하는 인물이다. 삼객은 뛰어난 문재의 인물들이었고 칠호는 무공의 달인들이었는데 방 노사라 불린 사람은 칠호에 속한 고수였다.


　허소산 일행은 방숙통의 뒤를 따라 거대한 황보가의 장원 후미로 이동했다. 방숙통은 후원 깊숙한 곳, 볕이 잘 드는 곳에 위치한 한 채의 건물로 일행을 안내했다.

　'마치 왕이 사는 곳 같구나.'

　건물 주변은 황보가의 무사들이 촘촘히 에워싸고 있었는데, 건물의 지붕 위에도 두 명의 무사가 올라가 있었다.

　"오셨습니까?"

　"아가씨는?"

　"여전하십니다."

　"어의는 다녀갔나?"

　"방금 전 다녀갔습니다."

　"독에 대한 실마리는 여전히 풀지 못했나 보군."

　"짐독이 풀린 것으로 일단은 안심이라는 말만 했습니다."

　"음, 어의도 독의 정체를 모르니 한심한 일이군. 안에 만재 방의 의원이 왔다고 알리게."

　"알겠습니다."

　방숙통과 이야기를 나누던 사내가 조심스런 걸음으로 건물 안으로 들어갔다. 그리고 잠시 후 다시 밖으로 나온 사내가 방숙통에게 나직하게 말했다.

　"지금 안에 대부인께서 계십니다. 극히 조심해야겠습니다."

　"알겠네. 노사, 지금 안에 대부인께서 납시어 계신답니다.

혹 진맥을 뒤로 미루시겠습니까?"

마치 대부인이 있는 곳에서 망신을 당하지 말라는 듯 방숙통이 하모극에게 말했다. 그러자 하모극이 고개를 저었다.

"어의도 풀지 못한 숙제 아니오? 만재방의 의원이 풀지 못한다고 어찌 대부인께서 역정을 내시겠소. 지금 봅시다."

하모극이 더 이상의 결례는 용납하지 않겠다는 듯 말했다. 그러자 방숙통의 표정이 살짝 변했다. 그도 무인인지라 하모극이 어떤 인물인지 누구보다 잘 알고 있었다.

만약의 경우 일이 틀어져 만재방이 겁난에 휩싸인다고 해도 하모극은 충분히 일신의 안위를 지킬 수 있는 인물이었다. 그리고 일단 만재방이 무너진다면 그 이후엔 더더욱 무서운 사람이 될 수도 있었다. 그는 만재방이 멸문이라도 한다면 그 복수로 칼끝을 황보가로 돌릴 것이고, 그것이 드러나지 않은 은밀한 공격이라면 황보가의 그 누구도 하모극의 검 앞에서 생사를 장담할 수 없었다.

"안으로 모시겠습니다."

방숙통이 더 이상 하모극을 자극하는 것이 후일을 위해 좋지 않다는 점을 깨닫고는 정중하게 허소산 일행을 안으로 이끌었다.


"대부인, 방숙통입니다."

건물 안으로 들어서자 넓은 대청 안에 약 냄새가 가득했다. 방숙통이 대청과 연해 있는 오른쪽 방문 밖에서 나직하게 입을 열었다.

"만재방의 의원이 왔다고요?"

"그렇습니다."

"흠, 어의도 알 수 없는 일을……. 어쨌든 일단 안으로 들이세요."

방 안에서 들려오는 목소리가 얼음처럼 차다.

"듭시지요."

방숙통이 슬쩍 하모극의 눈치를 살피며 문을 열었다. 그러자 하모극이 앞장을 선 채 만재방에서 온 다섯 사람이 문 안으로 들어갔다.

문 안에 들어서자 동쪽으로 난 창을 통해 빛이 들어오는 화사한 침실이 눈에 들어왔다. 그리고 넓은 침상 위에 금침에 싸인 아름다운 여인의 모습이 보였다.

'아, 정말 아름답구나. 조명 아가씨와는 또 다른 아름다움이다.'

허소산은 기실 전조명이 세상에서 가장 아름다운 여인일 거라 생각하고 있었다. 당연히 그의 마음은 전조명에게 빼앗긴 지 오래였다. 그런데 오늘 처음 본 황보설화의 미모는 전조명과는 전혀 다른 모습을 보여주고 있었다.

전조명이 아름답다고는 해도 아직 열세 살의 소녀였다. 반면 황보설화는 만개한 여인의 아름다움을 보여주고 있었다. 들기로 그녀의 나이가 올해 스물하나, 생의 충만한 생명력이 만개하는 나이의 황보설화는 아직 소녀에 지나지 않은 전조명이 가지지 못한 아름다움을 가지고 있었던 것이다.

'태자가 애를 태울 만하구나.'

백옥처럼 하얀 황보설화의 얼굴을 보며 허소산이 자신도 모르게 고개를 끄덕였다.

"누가 의원이죠?"

여인은 백설이 하얗게 내린 머리를 하고 있었다. 적게 잡아도 칠순을 넘긴 듯했으나 피부는 중년의 여인보다도 맑고 생기가 있었다. 이 여인이 황보설화의 조모이자 황보가 최고의 어른으로 불리는 대부인 왕유하였다.

왕유하는 십여 년 전 죽은 황보중의 아내로 황실의 여인으로 자라난 여인이었다. 황보가가 오늘 날 고려 최고의 명문이 된 것은 황실 출신인 그녀의 배경이 큰 힘이 되었기 때문이다. 그런 그녀가 황보가의 식솔 중 가장 아끼는 사람이 바로 황보설화였다.

"제가 만재방의 의원입니다. 조송복이라고 합니다."

의원 조송복이 앞으로 나서자 대부인 왕유하가 도도한 시선으로 조송복을 한 차례 훑어본 후 황보설화 옆에서 자리를 비켰다.

"귀한 아이요. 태자의 비가 될 아이이니 몸에 손을 대는 것은 허락할 수 없소."

"부족하나 왕실의 법도를 모르는 바 아닙니다."

"좋소, 진맥을 하시오."

왕유하의 허락이 있자 조송복이 품속에서 작은 비단 주머니를 꺼내 황보설화의 곁에 풀어놓았다. 비단 주머니 안에는 여러 개의 은침과 흰 무명실이 들어 있었는데 조송복이 무명실을 들어 황보설화의 시중을 드는 여인에게 건네자 여인이 능숙하게 황보설화의 손목에 무명실을 감았다.

그러자 조송복이 무명실을 잡고는 가만히 눈을 감았다. 실을 통해 진맥을 보는 조송복의 이마에 송골송골 땀이 맺혔다. 그렇게 조송복은 일각 정도 황보설화의 진맥을 보고는 눈을 떴다.

"됐습니다."

조송복의 말에 시녀가 재빨리 황보설화의 손목에서 무명실을 풀어냈다.

"어떻소?"

대부인 황유하가 별로 기대치 않는다는 표정으로 물었다. 황실의 어의도 알아내지 못한 독의 정체를 일개 상가의 의원이 알 수는 없을 거라 생각하는 것이 분명했다.

그러자 조송복이 고개를 갸웃하더니 정중한 목소리로 입을 열었다.

"혹 혈을 볼 수 있겠습니까?"

혈을 본다는 것은 황보설화의 피를 보겠다는 것, 곧 몸에 침을 꽂겠다는 말이었다.

"침을 쓰겠단 말이오?"

"허락하신다면… 피를 보면 어쩌면 실마리를 잡을지도……."

순간 하모극이 놀란 얼굴로 물었다.

"그럼 진맥의 성과가 있었다는 말인가?"

"그저 짐작일 뿐입니다."

사실 하모극은 조송복이 황보설화가 중독된 독을 알아낼 수 있을 거라곤 기대하지 않고 있었다. 비록 그가 만재방 최고의 의원이고 젊은 시절 의술을 익히기 위해 천하를 주유한 기인이라고 해도 말이다. 그런데 예상외로 조송복이 놀라운 실력을 드러내자 급히 왕유하에게 말했다.

"대부인, 이 사람은 어려서부터 우리 고려는 물론 중원을 떠돌며 의술을 익힌 사람입니다. 비록 의명이 높지는 않으나 만재방 내에서는 신의라 불리는 사람이지요. 부디 침을 꽂는 것을 허락해 주십시오."

하모극은 어쩌면 오늘 꼬인 실타래를 풀 수도 있을 거란 생각에 평소의 위엄을 잊은 채 왕유하에게 부탁했다. 그러자 왕유하가 잠시 고민에 빠졌다가 입을 열었다.

"좋소. 아이를 살릴 수 있다면 뭘 못하겠소. 하지만 조건이 있소. 먼저 의원은 침을 꽂되 아이의 몸에 손을 대면 안 되오."

"가능합니다."

조송복이 대답했다.

"둘째, 오늘 이 아이의 몸에 침을 꽂았다는 말이 밖으로 새어 나가면 안 되오. 혹여 불량한 무리가 아이의 명예를 어지럽힐 수 있소. 황실의 여인이 될 아이오. 한 치의 티끌도 아이를 더럽혀서는 안 되오."

"약속드립니다."

하모극이 대답했다. 그러자 왕유하가 고개를 끄덕였다.

"좋소, 그럼 시침하시오. 오늘 아이를 깨울 방도가 나오면 만재방과 황보가의 인연은 더욱 단단해질 것이오."

"시작하게."

하모극이 급히 조송복을 재촉했다. 그러자 조송복이 신중한 자세로 비단 주머니에서 다섯 개의 은침을 빼냈다. 그러더니 뒤에 서 있는 허소산을 불렀다.

"소산."

"네, 의원님."

"내 짐 속에 보면 하나의 옥병과 두 개의 은 사발이 있을 게다. 그걸 좀 꺼내 주겠니?"

"예, 의원님."

허소산이 재빨리 조송복이 들고 온 작은 보자기를 풀어 옥병과 두 개의 은 사발을 꺼냈다.

"옥병에 든 물을 은 사발에 채워다오."

"예, 의원님."

허소산이 재빨리 옥병을 열어 은 사발에 옥병에 든 물을 채웠다. 물은 투명한 빛을 띠어 그냥 샘물을 길어온 듯했으나 은은한 향취가 묻어나는 것으로 보아 샘물은 아닌 것이 분명했다. 허소산이 은 사발에 물을 채우자 조송복이 이번엔 시녀에게 말을 건넸다.

"아가씨의 팔을 걷어주시오."

조송복의 말에 시녀가 조심스럽게 황보설화의 팔을 걷었다. 그러자 조송복이 마치 던지듯 은침 다섯 개를 동시에 황보설화의 팔목에 꽂아 넣었다.

"아!"

허공에서 침을 던져내 환자의 팔목에 꽂는 신기에 방 안에 있던 사람들 사이에서 나직한 탄성이 흘러나왔다. 조송복은 사람들의 찬사 속에 황보설화의 팔목에 꽂힌 은침들을 바라보다 반각 정도의 시간이 흐른 후 다시 시녀에게 말했다.

"침을 뽑아 내게 주시오."

"제가요?"

시녀가 놀란 얼굴로 되물었다.

"그저 뽑기만 하면 되오. 아가씨의 몸에 손을 댈 수 없으니 그대가 뽑아주시오."

"시키는 대로 하거라."

대부인의 재촉에 시녀가 떨리는 손으로 황보설화의 팔에서 은침 다섯 개를 뽑아내 조송복에게 건넸다. 그러자 조송복이 재빨리 다섯 개의 은침을 두 개의 은 사발에 든 물속에 담갔다. 그리고는 면밀히 은침의 변화를 살피기 시작했다.

무거운 긴장이 장내를 짓눌렀다. 사람들의 시선이 온통 조송복에게 향했다. 허소산 역시 조송복의 가장 가까운 곳에서 물속에 잠긴 은침들을 바라보고 있었다. 그러다 어느 순간 허소산의 눈에 다섯 개의 침 중 두 개가 하나는 옅은 녹색으로, 다른 하나는 검은빛으로 변하는 것이 보였다.

"아!"

조송복이 갑자기 탄식을 흘렸다.

"무슨 일인가? 뭐가 잘못됐나?"

하모극이 급히 물었다. 그러자 조송복이 고개를 저으며 대답했다.

"아가씨는 정말 기묘한 독에 당하셨습니다."

"독의 정체를 알아냈다는 말인가?"

"그렇습니다."

"어떤 독인가?"

왕유하가 다급한 목소리로 물었다. 그러자 조송복이 차분한 목소리로 대답했다.

"이 독은 이 땅의 독이 아닙니다. 멀리 서역에서나 은밀히 쓰이는 독이지요."

"독의 이름이 뭔가?"

다시 하모극이 물었다.

"이 독의 이름은 면왕(眠王)입니다."

第五章

함정(陷穽)

독경
毒經

조송복의 설명에 의하면 면왕(眠王)은 서역에서 쓰이는 독으로 사람을 가사상태에 이르게 만드는 독이었다. 그렇다고 극독이라고 말하기는 어려운 것이 사람의 목숨을 빼앗는 것은 아니고 오직 긴 잠을 자게 만드는 독이었다. 물론 극독보다 무서운 점도 있어서 그 잠이 독을 쓰는 양에 따라 죽을 때까지 이어질 수도 있었다.

"깨울 방도가 있는가?"

대부인 왕유하의 목소리가 조금 부드러워졌다. 그녀는 세상일이라는 것이 그 원인을 알면 반드시 해결책도 있다고 확신하는 사람 중 하나였다.

"그것이… 현재로시는 지도 알 수가 없습니다."

조송복의 대답에 왕유하의 눈초리가 올라갔다.

"알 수 없어?"

마치 일부러 조송복이 해독 방법을 숨긴다고 생각하는 듯한 물음이었다.

"그렇습니다. 그 독을 본 것은 제가 고려 땅을 떠나 중원을 건너 서역을 여행할 때였습니다. 그때 이교의 무리 속에서 사람을 제물로 바치는 제사가 성행하는 곳을 지나게 되었는데 그때 이교의 무리가 제물로 바쳐진 자들에게 면왕이 쓰이는 것을 보았습니다. 고통없이 죽지 않은 채로 산 사람을 온전한 모습으로 제물로 바치기 위해 면왕을 썼던 것이지요. 해서 그들조차도 해약을 만들지 않았습니다. 독에 대해선 제가 호기심에 그곳에 머무는 동안 자세히 살펴보아 오늘 이렇게 알아볼 수 있었던 것입니다."

"그래? 그럼 그 독은 천하에 오직 그대만이 알고 있는 독이겠군?"

다분히 의심이 섞인 질문이었다. 그러자 조송복이 고개를 저었다.

"그건 그렇지가 않습니다. 그들에게 듣기로 면왕을 쓰는 법은 중원에서 온 사람이 그들에게 전해주었다고 했었으니까요. 결국 면왕은 중원에서 시작된 독이지요. 그러니 천하에 어찌 면왕을 아는 자가 저뿐이라 하겠습니까?"

"흠… 그래, 그럴 수도 있지. 하지만 그렇다고 해도 역시 지금 이 고려 땅에서 이 독을 알아본 사람은 그대가 유일하다.

그러니… 해약을 내놓지 못한다면 그대 역시 남황성 사람들의 신세를 면치 못할 것이다."

만재방주를 따라 황보가에 온 남황성의 고수들은 여전히 황보가에 의해 구금된 상태였다. 그러니 왕유하의 말대로라면 황보설화가 깨어나지 않는다면 곧 조송복이 면왕을 황보설화에게 하독한 인물로 낙인찍힐 것이라는 말이었다.

"대부인, 지나친 처사십니다."

하모극이 차분하면서도 완고한 표정으로 말했다. 그러자 왕유하가 하모극을 바라봤다. 감히 자신에게 반발을 한 하모극에게 노여움을 느끼는 것이 분명했지만 그녀 또한 황보가를 오늘의 권세가로 만든 여인이라 그 감정을 억제할 줄 알았다.

"손녀의 목숨을 둔 할미라서 다른 사람의 눈에는 억지로 보이는 일도 서슴없이 할 수 있다오."

숨김없는 협박이었다. 그러자 하모극이 나직이 한탄했다.

"아, 대부인, 이 일을 어찌 자꾸 만재방의 소행을 몰아가시는 겁니까. 만재방과 황보가는 그동안 한 배를 탄 듯 지내오지 않았습니까?"

"물론 그랬소. 그러나 세상에 영원한 친구는 없는 법이 아니겠소? 혹시 아오? 만재방이 다른 배를 타기로 결정했는지."

"정말 그리 생각하십니까? 만재방주님이 어떤 분인지 잊으신 겁니까?"

하모극의 목소리가 차가워졌다. 어쩌면 칼을 들어 대부인 왕유하의 목을 당장에라도 칠 것 같은 기세. 그 기세에 왕유하가 흠칫 몸을 떨었다.

그녀도 만재방의 사정에 대해서는 누구보다 잘 알고 있었다. 애초에 만재방주의 딸 전조명을 자신의 손자며느리로 들이는 일도 당사자인 황보중명보다 그녀가 더 앞장섰던 일이다. 그래서 그녀는 만재방의 숨겨진 고수들, 즉 사신(四神)이 어떤 사람들이라는 것을 익히 알고 있었다.

만약 만재방이 이번 일로 패가할 경우 황보가에 가장 위협이 될 사람도 바로 사신이었다. 그들은 천 명의 군사가 무섭지 않은 절정의 고수였다.

"물론 나도 만재방주의 사람 됨됨을 잘 알고 있소."

왕유하의 목소리가 조금 누그러졌다. 그렇지만 여전히 고집스런 표정은 변하지 않았다. 일단 한숨을 죽인 그녀가 계속 말을 이었다.

"만약 만재방주의 사람 됨됨을 생각지 않았다면 만재방은 벌써 폐허로 변했을 것이오. 그나마 이렇게라도 기다려 주는 것은 오로지 만재방주의 인품 때문이오. 사실 우리에겐 만재방이 이번 일을 은밀히 획책했을 수도 있다는 밀고가 여러 차례 들어왔소."

"누가 감히 그따위 말을……?"

"그건 말할 수 없소. 그들도 만재방의 소행이라 단언한 것이 아니라 그럴 수도 있다는 가능성을 말한 것뿐이니까 말이오. 그런데 일이 묘하게 돌아가서 오늘날 이 아이가 중독된 두 가지 독, 짐독과 면왕은 모두 만재방과 밀접한 관련이 있음이 밝

혀졌소. 그러니 어찌 만재방에 대한 의심을 쉽게 거둘 수 있겠소?'

"만재방은 단지 황보가를 도우려 했을 뿐입니다."

"부디 그렇기를 바라오. 급한 것은 아이가 사는 일. 아이를 살려내면 이 모든 오해는 모두 풀리지 않겠소? 만재방을 위해서도 반드시 그래야 할 거요. 그렇지 않다면 아무리… 만재사신이라 해도 만재방이 무너지는 것을 막지 못할 것이오."

다시 준엄한 협박을 해대는 왕유하였다. 그런 왕유하를 보며 하모극이 나직이 탄식했다.

"아, 물론 그렇겠지요. 어찌 일개 상가가 나라의 힘을 등에 업은 명가의 뜻을 거스를 수 있겠습니까? 그러나… 그것이 어쩌면 모두의 파멸이 될 수도 있다는 것을 생각하셔야 할 겁니다."

"지금… 날 협박하는 것이오?"

왕유하가 짐짓 노기를 드러냈다. 그러자 하모극이 고개를 저었다.

"협박이 아니라 현실이 그러하다는 말씀입니다. 이 일을 꾸민 자가 만재방이 아니라면 이 일로 곤란을 겪게 되는 것은 만재방만이 아닐 것입니다. 부디 저간의 사정을 면밀히 살펴주시기 바랍니다."

"우리 황보가의 일은 황보가가 알아서 할 것이오. 그러니… 만재방은 스스로에게 씌워진 의심을 거둬내는 일에 진력하시오."

"알겠습니다. 그럼… 오늘은 이만 물러가겠습니다."

"가더라도… 그 의원은 이곳에 남겨둬야겠소."

왕유하가 조송복을 지목하며 말했다. 순간 하모극이 당혹과 분노의 빛을 함께 보이며 급히 말했다.

"그가 없다면 어찌 해약을 찾을 수 있단 말입니까?"

"그러나 면왕이란 독에 대해 유일하게 알고 있는 그를 황보가 밖으로 내보낼 수는 없소. 황보가엔 이미 고려 최고의 의원들이 모여 있으니 그들과 저자를 만나게 해 면왕에 대한 해약을 찾아보겠소. 만재방은 만재방 나름대로 해약을 찾아보시기 바라오."

왕유하가 말을 마친 후 시선을 돌렸다. 더 이상 하모극을 상대하지 않겠다는 뜻이다. 하모극이 살짝 입술을 깨물었다. 더이상 그가 할 수 있는 일은 없었다. 비록 그에게 뛰어난 무공이 있다고 해도 이곳은 황보가였다. 또한 그가 일단 한 번 검을 뽑으면 그 순간 만재방과 황보가는 돌아올 수 없는 강을 건너게 될 터였다.

"좋습니다. 그럼 조 의원을 두고 물러가지요. 부디… 의원을 험하게 다루지 마시길 부탁드립니다."

"알겠소. 잘 가시오."

왕유하가 하모극을 보지도 않고 대답했다.

"잠시 이곳에 머무시게. 곧 데리러 오겠네."

하모극이 의원 조송복을 안심시켰다. 그러자 조송복이 고개를 끄덕였다.

"알겠습니다. 저도 이곳에서 아가씨의 해약을 연구해 보겠습니다."

"알겠네. 부디 노력해 주시게, 그럼."

하모극이 눈짓으로 허소산 부자와 지몽하에게 떠날 것을 지시했다. 그러자 세 사람이 서둘러 황보설화의 방을 벗어났다.


왕유하의 처사를 너무 노여워하지 말라는 방숙통의 당부를 뒤로하고 허소산 일행은 서둘러 황보가를 떠났다.

"정말 해도 너무하는 것 아닙니까?"

황보가에서 멀어지자 지몽하가 참았던 불만을 토해냈다.

"물론 그렇긴 하지만 일은 감정만으로 처리할 수 없는 상황이네. 서둘러 해약을 찾지 않으면 꼼짝없이 우리 만재방이 모든 책임을 뒤집어쓰게 생겼네."

"차라리 그 독의 정체를 밝히지 않는 것이 나을 뻔했습니다. 어떻게 그들을 위해 도움을 주면 줄수록 오히려 방에 더 불리해지니……."

"그렇다고 손 놓고 있을 수도 없는 상황이 아닌가?"

하모극이 대답했다.

"듣기로 왕 대부인은 현명하기 이를 데 없다더니 오늘 보니 꼭 그렇지만도 않은 것 같습니다. 앞뒤가 그렇게 막혀서야……."

"사람이 나이가 들면 고집이 세어지는 법이네. 그 고집이란 게 대부분 영웅호걸들의 말년을 비참하게 만들지. 더군다나

이 일은 그녀가 가장 애지중지하는 황보설화의 생명이 걸린 일이네."

"휴, 정말 큰일이군요."

"위험해, 위험해. 정말 삼선(三船)이 필요할지도……."

"삼선이 뜬다면… 결코 황보가도 무사치 못할 것입니다."

"먼 훗날의 일이겠지."

"그렇긴 하지요."

지몽하가 차가운 안광을 흘렸다.

허소산과 허산왕은 지몽하와 하모극의 뒤에서 묵묵히 두 사람의 이야기를 듣고 있었다. 그러다 잠시 두 사람과의 거리가 멀어졌을 때 문득 허소산이 입을 열었다.

"아버지."

"왜 그러느냐?"

"혹시 삼선(三船)이 뭔지 아세요?"

"글쎄다. 나로선 금시초문이로구나. 하지만 돌아가는 모양새를 보니 아마도 이 고려 땅을 급히 떠나기 위해 만든 구명책이 아닌가 싶구나."

"그렇지요?"

"흠, 우리가 어째 때를 잘못 맞춰 만재방에 온 것 같구나. 차라리 이대로 떠나 버릴까?"

"그럴 수야 있나요. 이미 만재방의 사람이 된 걸요."

"음, 그렇긴 하지. 위급할 때 몸을 피하는 것은 장부의 도리가 아니지."

"차라리 제가 그 황보설화인지 하는 여인을 해독해 볼까요?"

"아서라."

허산왕이 급히 고개를 저었다.

"왜요? 그녀만 해독하면 모든 일이 해결되지 않을까요?"

"순진한 생각이다. 지금까지의 일을 보거라. 그녀를 짐독에서 해독한 남황성의 고수들도 황보가에 구금되었고, 면왕을 알아낸 조 의원도 역시 황보가에 붙잡혔다. 그러니 네가 황보 소저를 해독하면 너 역시 그들에게 오해를 받게 될 거다."

"하지만……."

"일단 기다려 보자. 무슨 수가 나겠지."

*             *             *

허산왕의 기대와 달리 만재방의 사람들 중 그 누구도 특별한 방법을 내놓지 못했다. 가장 문제가 되는 것은 면왕에 대해 알고 있는 사람이 만재방에 더 이상 존재하지 않는다는 사실이었다. 오직 황보가에 잡혀 있는 의원 조송복만이 독 면왕을 알고 있는 유일한 사람이었다.

그렇게 다시 시간이 흘러 사흘이 지났을 때, 보이지 않던 위협은 서서히 현실이 되어 나타나기 시작했다.

어느새 만재방의 장원 멀리에 하나둘 칼을 든 자들이 나타나기 시작하더니 급기야 어느 순간부터는 드러내 놓고 칼 든 자들이 만재방을 감시하기 시작했다.

"누굴까요?"

담장 밖 십 리를 볼 수 있는 망루에서 허소산이 눈을 가늘게 뜨고 검을 든 자들의 움직임을 살피며 물었다. 그러자 행수 묘산이 대답했다.

"당연히 황보가의 무사들일 거야. 황보가의 가병(家兵)은 드러나지 않은 자들까지 합치면 일천에 육박한다고 알려져 있지. 그들 중에는 무공의 고수도 여럿 있고."

"황보가가 결국은 만재방을 압박하기 시작한 건가요?"

"그렇다고 봐야지. 들리는 소식에 의하면 황보가에서 남아 있는 조 의원도 면왕의 해독에 계속 실패하고 있다 하더라고."

"큰일이군요."

"큰일이지. 정말 만약을 준비해야 하는 건지……."

"만약이라뇨?"

"최악의 경우에 양쪽이 충돌할 수도 있다는 말이다."

"싸움을 한단 말인가요?"

"그래."

"하지만 저쪽은 고려 최고의 명문가인데… 싸워도 될까요?"

"그럼 맥없이 목을 내놓아야겠느냐? 일단 칼을 들면 저들은 우리 쪽의 잘못이 있든 없든 무조건 만재방을 도륙하려 할 거야. 그게 권력이란 놈의 속성이지. 그러니… 최후의 순간에는 우리도 살길을 찾아야 할 거다."

"언제 칼을 들이밀까요?"

"글쎄요. 아마 멀지는 않았을 거다."

그런데 그때 문득 멀리 벽란도 포구에서 개경으로 이어지는 관도에 한 대의 마차가 나타났다. 마차는 일단 모습을 드러내자 무서운 속도로 만재방 장원을 향해 질주했다. 먼지를 일으키며 달려오는 마차를 보며 허산왕이 걱정스런 표정으로 입을 열었다.

"이리로 오고 있어요."

"걱정 마라. 방의 마차야."

만재방에서 일을 한 지 십수 년이 된 묘산의 눈은 한눈에 마차가 만재방의 것임을 알아봤다.

"벽란도에서 오나 봐요."

"그런 것 같구나. 한번 가봐야겠다."

묘산이 망루에서 내려와 장원의 입구 쪽으로 달려갔다. 허소산과 허산왕도 재빨리 묘산의 뒤를 따랐다.


"워워!"

마차가 바람처럼 정문을 통과해 너른 마당에서 급히 움직임을 멈췄다. 마차 위에는 젊은 청년 한 명이 타고 있었는데, 그는 마차를 세우더니 훌쩍 몸을 날려 마차 아래로 뛰어내렸다.

"오룡 형님이에요!"

정문을 향해 달리던 허소산이 금세 오룡을 알아보고는 소리쳤다.

"그렇구나. 그런데 어째서 여기까지 온 거지, 아가씨 곁에 있어야 할 사람이?"

허산왕이 고개를 갸웃했다.

"형님이 왔으니 당연히 아가씨도 왔겠죠."

허소산의 말은 금세 사실로 드러났다. 오룡이 미처 마차 문을 열기도 전에 문이 벌컥 열리며 전조명이 보현과 함께 모습을 드러냈다.

"아이쿠야! 정말 아가씨가 왔구나. 왜 이런 위험한 곳에……?"

"아마 궁금해서 참을 수 없었을 거예요."

허소산이 빙그레 미소를 지었다. 그러는 사이 갑작스런 소란에 뛰어나온 대행수 장익과 지풍하가 한달음에 전조명 앞으로 달려왔다.

"아가씨!"

장익이 걱정스런 표정으로 전조명을 불렀다.

"대행수님, 잘 계셨어요?"

"이곳의 상황이야……. 그런데 아가씨께서 이곳엔 웬일이십니까? 혹 벽란도에 무슨 일이라도……?"

"아니에요. 오라버니께서 아버지께 전할 말씀이 있다고 해서 제가 그 전갈을 가져왔어요."

"그, 그런 일을 왜 아가씨가……?"

"왜요? 제가 하면 안 되나요?"

"그런 것은 아니지만……."

"지금 만재방의 모든 사람이 바쁘게 움직이고 있잖아요. 저도 할 일이 있으면 해야죠. 아버지는 어디 계시죠?"

"처소에 계십니다."

"알았어요. 가요."

전조명이 마치 전장에서 돌아온 장수처럼 성큼 걸음을 옮기려다가 문득 허소산을 발견하고는 걸음을 멈췄다.

"소산!"

"아가씨!"

허소산이 얼른 고개를 숙여 보였다.

"잘 지냈어?"

"저야 뭐……."

"내가 네게 꼭 하고 싶은 말이 있는데 지금은 바쁘니까 아버님을 뵌 후 네 처소로 갈게. 그러니 어디 가지 말고 기다려."

"아, 알았습니다."

허소산이 얼른 고개를 끄덕였다. 허소산의 대답을 들은 전조명이 서둘러 전욱의 거처로 걸음을 옮겼다.

"어찌 된 일이에요?"

급히 전조명의 뒤를 쫓는 오룡에게 허소산이 급히 물었다. 그러자 오룡이 눈을 찡긋하며 대답했다.

"무슨 일이겠니. 아가씨가 무척 심심했다는 말이지. 하하!"

오룡이 너털웃음과 함께 전조명의 뒤를 따라붙었다. 그러자 허소산이 허탈한 표정으로 중얼거렸다.

"정말 못 말릴 아가씨야."

전조명은 오래지 않아 허소산의 처소로 찾아왔다. 전조명의 말대로 그녀를 기다리고 있던 허소산은 그날 오후 내내 전조명과 시간을 보냈다. 두 사람은 허소산의 처소와 장원의 후원에 있는 정원을 번갈아 오가며 시간 가는 줄 모르고 대화를 나눴다. 그들의 뒤에는 항상 보현과 오룡이 언제나처럼 따라다녔으나 그들은 허소산과 전조명의 대화를 방해하지 않았다.

허소산은 전조명과 이런 저런 이야기를 하는 도중 전조명이 그저 심심해서 개경에 온 것만은 아니라는 것을 알게 됐다.

"삼선(三船)이라는 게 있어."

"듣긴 했는데 그게 뭐죠?"

전조명이 개경에 오게 된 일을 이야기하다 귀에 익은 소리를 했다. 허소산은 벽란도에서 개경으로 올 때까지 삼선(三船)이란 말은 종종 들었다. 그러나 그것이 무엇인지는 아직도 모르고 있었다.

허소산이 호기심을 드러내자 전조명이 슬쩍 오룡의 눈치를 살핀 후 나직하게 말했다.

"우리 만재방에는 가문이 위기에 처했을 때를 대비해서 세 척의 배를 준비해둬."

"어떤 배인데요?"

"음, 이건 사실 만재방의 수뇌들만 아는 비밀인데… 소산 년 내 생명의 은인이니까 말해줄게. 삼선의 첫 번째 배는 우리 전씨 일족이 탈 배야. 어떤 외부의 공격도 막아낼 수 있게 튼튼하게 지어진 배지. 그걸 우리 용선이라 불러. 두 번째 배는 어떤 곳에 가서라도 다시 새로운 사업을 시작할 수 있게 재물을 실은 배야. 금선이라 부르는데 대를 이어 축적한 가문의 재물 중 일부를 항상 금선에 쌓아두는 것이 만재방의 전통이라 지금은 금선 가득 황금이 쌓여 있지. 세 번째 배는 투선(鬪船)인데, 만재방의 고수들이 탈 배야. 전씨 일족이 위험을 헤쳐 나갈 수 있도록 호위를 해줄 배지. 그게 삼선이야."

그러자 허소산이 표정을 굳히며 물었다.

"지금 그 삼선이 준비된 건가요?"

"그래. 사실은 삼선의 위치를 오라버니가 새로 정했어. 어쩌면 만재방을 노리는 자들이 삼선의 위치를 확인했을까 봐. 그래서 그 위치를 아버님께 전하러 내가 온 거야. 삼선의 위치는 우리 혈족의 입으로만 전하게 되어 있으니까. 사람들은 내가 심심해서 놀러 왔다고 생각하겠지만."

"어디……."

허소산이 입을 열다가 급히 말을 끊었다. 삼선의 위치는 오직 전씨 일족만이 알고 있다고 했으니 그 위치를 묻는 것은 전조명을 곤란하게 하는 일일뿐더러 그녀가 대답을 해줄 리 없다고 생각했기 때문이다. 그러자 전조명이 깊은 눈을 반짝거리며 물었다.

"소산, 넌 삼선이 어디 있는지 알고 싶지 않니?"

그러자 허소산이 고개를 저었다.

"알고 싶지만 그건 오직 아가씨 가족만이 알아야 하는 거잖아요?"

"맞아. 만재방에는 많은 사람이 있지만 그들이 모두 삼선을 탈 수 있는 것은 아니지. 오직 우리 전씨 일족으로 인정된 사람만이 탈 수 있어. 그래서 말인데… 소산 넌 우리 가족이 될 생각이 없니?"

"그게… 무슨 말씀이세요? 가족이 되다니요?"

"똑똑한 애가 왜 말귀를 못 알아듣는 거지? 말 그대로 우리 가족이 되어 만약의 경우 삼선을 탈 생각이 없냐고?"

"전 이미 만재방 사람인데……?"

"넌 정말 바보구나. 만재방에 머무는 사람이라고 모두 우리 전씨의 가족은 아니란 걸 모르는 거니?"

전조명이 답답하다는 듯 소리쳤다. 물론 그런 사실을 허소산이 모르는 것은 아니었다. 그러니 더더욱 전조명의 말을 알아들을 수가 없었다. 그러자 갑자기 전조명이 자리를 털고 일어났다.

"휴, 내가 더 이상 무슨 말을 하겠어. 곰곰이 잘 생각해 봐. 내가 한 말이 무슨 뜻인지. 보현, 가자!"

"예, 아가씨!"

전조명이 쌀쌀한 표정으로 자신의 처소 쪽으로 발걸음을 옮겼다. 그러자 오룡이 전조명을 따라가려다 급히 허소산 곁으로 다가와 나직하게 속삭였다.

"소산, 넌 정말 아가씨 말뜻을 모르는 거냐?"

"형님은 짐작하시겠어요?"

"아아, 소산 네가 역시 아직 어리긴 어리구나. 아가씨는…

널 마음에 두고 있단다. 무슨 말인지 알겠지? 그럼 잘 생각해 봐라. 난 간다."

오룡이 빠르게 말을 마치고는 훌쩍 신형을 날려 전조명의 뒤를 따랐다.

"날… 마음에 두고 있다고? 그게 무슨……. 아, 서, 설마……?"

허소산의 시선이 급히 전조명을 찾았다. 그러나 전조명의 신형은 이미 건물들 사이로 사라지고 없었다.


"소산, 무슨 고민이 있느냐?"

전조명과 헤어져 처소로 돌아온 허소산이 줄곧 말없이 깊은 생각에 빠져 있자 허산왕이 조심스레 물었다.

"아무 일 아니에요."

"소산, 내가 아들의 심사도 짐작 못할 아비로 보이느냐? 무슨 일이냐? 털어놔 봐라."

허산왕이 부드러운 목소리로 허소산을 달랬다. 그러자 허소산이 한숨을 쉬며 물었다.

"아버지, 아버지는 평생 혼인을 하지 않았죠?"

"그렇단다. 나야 뭐, 생긴 것이 이렇게 험상궂으니 혼인은커녕 저자의 사람들까지 피해서 산으로 달아난 사람인걸. 늘그막에 얼굴에 주름이 생기니 이젠 그 험하던 얼굴도 사람들이 봐줄 만하게 된 거지. 나이 들어 얼굴이 나아진 사람은 나밖에 없을 거다. 그런데 그건 왜?"

"저도 혼자 살까요?"

갑작스런 허소산의 말에 허산왕이 깜짝 놀라며 고개를 저었다.

"그게 무슨 말이냐? 너라면 정말 좋은 여인과 혼인할 수 있을 거야. 난 네가 혼자 사는 걸 원치 않는다. 사람은 때가 되면 장가를 가고 아이를 낳고 살아야 하는 법이야. 내가 널 만나지 않았다면 노년에 얼마나 쓸쓸한 인생을 살았겠니? 그러니 넌 혼자 살겠다느니 그런 생각일랑 아예 하지 말거라."

허산왕이 단호하게 말했다.

"그런데 말이에요, 만약에……."

"만약에 무엇이냐?"

"만약 제가 저와 어울리지 않는 사람을 좋아한다면요?"

"어울리지 않는 사람? 천하에 너와 어울리지 않는 사람이 어디 있단 말이냐? 너처럼 똑똑하고 잘생긴 아이는 없어! 어떤 여인도 널 마다할 수 없을 거다!"

"하하, 그건 제가 아버지 아들이라서 하시는 말씀이구요. 권문세가나 명문가의 여인을 좋아하게 되면……."

순간 허산왕이 눈을 가늘게 떴다. 허산왕은 사실 생긴 것과는 달리 눈치가 무척 빠른 사람이었다.

"소산 너, 마음에 두고 있는 사람이 있구나. 그런데 상대가 너와 신분이 맞지 않는다는 거지?"

허산왕의 질문에 허소산이 묵묵히 고개를 끄덕였다.

"누구지?"

허산왕이 허소산 앞으로 바짝 다가들며 물었다.

"그게……."

허소산이 말꼬리를 흐렸다.

"가만, 명문가라 했으니… 혹 지난번 보았던 황보설화 그녀냐? 아니, 아니지. 그녀는 비록 아름답기는 하지만 너보다 칠팔 세는 많으니… 어, 그것도 아니지. 남녀 사이엔 나이 차가 크게 문제될 것은 없지. 하지만 그녀는 태자의 여인인데… 소산, 정말 그녀냐?"

허산왕이 제풀에 놀라 소리쳤다. 그러자 허소산이 고개를 저었다.

"그녀는 아니에요. 제가 어떻게 그런 여인을……."

"그럼 그렇지. 좋아, 그럼 누가 있을까? 보자, 아니, 잠깐. 내가 왜 이런 멍청한 질문을 하고 있지? 넌 처음부터 조명 아가씨를 좋아했지? 소산, 조명 아가씨와 무슨 일이 있었던 거냐?"

허산왕이 전조명의 이름이 나왔을 때부터 심상찮게 변한 허소산의 표정을 살피며 진지하게 물었다. 그러자 허소산이 잠시 침묵을 지키다가 입을 열었다.

"조명 아가씨… 만약의 경우 함께 삼선에 같이 타재요."

"삼선?"

"네."

"방주가 소방주에게 준비하라 명한 그 배들 말이냐?"

"그래요."

"그 배가 무슨 배인지 들었느냐?"

허산왕의 질문에 허소산이 전조명에게 들은 삼선에 대해 자세히 설명했다. 그러자 허산왕이 놀란 표정으로 다시 물었다.

"그 배에 함께 타자고? 그게 무슨 말일까? 그럼 투선에 타란 말인가? 하긴 넌 하 어르신께 무공을 배웠으니 투선에 탈 수도……."

"아가씨는 제가 용선에 타기를 원해요."

"용선이면 전씨 친족들이 타는 배라 하지 않았느냐? 그런데 너더러 용선에 타자는 말은… 설마 아가씨도 널 마음에 두고 있단 말이냐?"

"잘 모르겠어요. 하지만 제게 전씨의 가족이 될 생각이 없냐고 물었어요."

"음, 그 말은 곧 아가씨도 널 마음에 두고 있다는 말이란다. 하지만……."

허산왕의 낯빛이 잠시 어두워졌다. 그러자 허소산이 허산왕의 얼굴빛을 살피며 말했다.

"역시… 안 되는 일이지요? 만재방은… 만재방은 고려제일의 상가인데……."

"물론 네가 세상 그 누구의 짝이 되어도 부족함이 없다는 것이 이 아비의 생각이다. 그러나 세상의 눈은 그렇지가 않아. 아마도 이 생각은 조명 아가씨 혼자의 생각일 게다. 방주와 소방주, 그리고 방의 수뇌들은 다른 생각을 할 거야. 어쩌면 하어르신조차도."

"저도 어려운 일이라고 생각했어요. 더군다나 우린 이제 겨우 열세 살이니까요."

"그래, 넌 이제 겨우 열세 살이다. 그런 문제는 훗날 이야기 해도 되는 문제지. 하지만… 어쩌면 더 이상 조명 아가씨와의 인연이 이어지지 않을 수도 있다. 만재방이 이번 난관을 돌파하는 것은 결코 쉽지 않을 터이니. 그래서 조명 아가씨가 서둘러 너에게 자신의 마음을 털어놓은 모양이다. 삼선을 타게 된다면 결국 중원으로 가게 될 테니."

"그런 모양이에요."

"소산, 이 일은 일단 함구하거라. 혹여 방주의 제안이 있다면 몰라도 조명 아가씨의 의사만으로 이뤄질 일이 아니다."

"알겠어요, 아버지."

허소산이 의기소침한 표정으로 대답했다. 그런 허소산을 보며 허산왕이 위로하듯 말했다.

"너무 그렇게 기죽지 말거라. 본래 세상일이란 게 묘해서 인연이 되려면 어떻게든 서로 이어지게 되어 있으니. 특히나 남녀 간의 일은 천연(天緣)이 있어야 이뤄지는 일이니까."

"네."

허소산이 고개를 들어 창밖을 바라봤다. 어둠이 구름처럼 밀려들고 있었다.


두두두!

새벽부터 거친 말발굽 소리가 장원의 아침을 깨웠다. 늦은 밤까지 이런 저런 생각에 잠을 못 이룬 허소산이 짧은 잠에서 깨어나 퉁겨지듯 침상에서 일어났다. 귀 밝은 허산왕은 벌써 일어나 창을 열고 밖을 내다보고 있었다.

"무슨 일이에요?"

"글쎄다. 장원 밖에 나가 있던 사람들이 온 것 같은데… 그런데 저건 뭐지?"

문득 허산왕이 손을 들어 멀리 성으로 이어지는 관도를 가리켰다. 허산왕의 손끝에 길게 이어진 검은 줄이 걸렸다.

"사람들인가요?"

"그런 것 같구나. 보자… 응? 저건 관병인 것 같은데?"

"관병이요?"

허소산이 좀 더 자세히 보기 위해 발돋움을 했다. 그러나 방에 난 작은 창으로는 장원 밖의 사정을 살피는 데 한계가 있었다.

"나가봐요."

허소산이 허산왕의 소매를 잡아끌었다.


망루에는 이미 제법 많은 사람들이 모여 있었다. 그들의 표정은 하나같이 어두웠다.

"무슨 일이에요?"

미처 망루에 오르지 못한 행수 묘산에게 허소산이 물었다. 그러자 묘산이 어두운 빛으로 말했다.

"새벽에 사람이 왔는데 응양군 오백이 움직였다는구나."

"응양군이 뭐죠?"

"음, 왕의 친위대지."

"그럼 왕께서 어디로 행차하시는 모양이지요?"

"글쎄다. 어가는 보이지 않으니."

"왕의 친위대가 왕의 행차도 없이 움직일 수 있나요?"

"아주 특별한 경우엔 그렇지."

"특별한 경우요?"

"그래, 예를 들어 모반이 일어났거나."

묘산이 걱정스런 표정으로 말했다. 그런데 그때 망루 위에서 누군가 입을 열었다.

"남쪽으로 향합니다."

순간 장내에 모인 사람들이 가볍게 한숨을 내쉬었다. 그들은 모두 혹시라도 응양군이 만재방의 장원으로 올까 그것을 걱정하고 있었던 것이다.

"자자, 일단 모두들 돌아가게. 이미 날이 밝았으니 일들을 해야지?"

망루 위에서 삼대행수 지풍하의 목소리가 들렸다. 그러자 망루에 모였던 사람들이 하나둘 흩어지기 시작했다.

사람들이 흩어진 망루에 뒤늦게 허소산와 허산왕이 올랐다. 개미처럼 작아진 응양군의 행렬이 남쪽 관도 저 끝으로 아스라이 보였다.

"저 길은 벽란도로 가는 길 아닌가요?"

"그렇구나."

허산왕이 고개를 끄덕였다.

"왜 임금의 친위군인 응양군이 도성에서 저렇게 멀리 나가는 걸까요?"

"글쎄다. 아무튼 이곳으로 오지 않았으니 다행이구나."

"하지만 그들이 향한 곳이 벽란도라면……."

허소산이 걱정스런 표정으로 중얼거렸다. 그러자 허산왕이 설마 하는 목소리로 입을 열었다.

"넌 설마 저들이 벽란도 만재방으로 갈 거라 생각하는 거냐?"

"혹시 또 모르죠. 응양군이 왕의 친위군이라면 태자의 일에도 관여할 거 아니에요."

"그렇긴 하다만… 그래도 그렇지, 벽란도까지 가지는 않을 거다. 만약 벽란도에 군사를 보내려면 육위가 움직였겠지."

"그런가요?"

"멀리 가지는 않을 거다. 아무튼 내려가자."

아스라이 사라지는 응양군 오백 군사의 꼬리를 한 번 더 주시하고는 망루에서 내려왔다.


새벽부터 응양군의 출현으로 소란했던 장원은 금세 안정을 되찾았다. 사람들은 다시 일상으로 돌아갔고, 만재방의 수뇌들은 황보설화를 해독할 수 있는 방법을 찾는 데 골몰하고 있었다. 허소산은 여전히 전조명이 한 말에 늪에서 헤어 나오지 못하고 있었다. 잊으려 해도 그녀의 말이 머릿속에 맴돌면 가슴이 두근거리고 온몸에 힘이 빠졌다.

간혹 그녀와 부부가 되어 천하를 여행하는 환상에 빠져들기도 했다가, 다시 전욱과 전무산의 노한 얼굴이 눈앞에 다가와 흠칫 놀라기도 했다.

전조명을 향한 마음과 만재방이라는 거대한 가문에 대한 위압감이 허소산의 머리를 순간순간 희비로 얽어놓았다. 그런 맥없는 허소산의 모습을 허산왕은 묵묵히 바라보고 있었다. 이미 허소산에게 말했듯이 천연이 있다면 이어질 인연일 터였다. 그러면서도 한편으론 때 이른 가슴앓이를 하는 허소산이 안쓰러워 보이기도 했다.

"천독공에 이런 말이 있어요."

문득 허소산이 입을 열었다.

"무슨 말?"

허산왕은 허소산이 입을 연 것이 반가워 얼른 되물었다. 일단 말을 하기 시작했으니 아들의 상념이 곧 흩어지지 않을까 하는 기대를 하면서.

"만 가지의 독 중 가장 무서운 독은 심독(心毒)이라… 심독을 다루는 자, 천하를 얻게 되리라는 말이요."

"그게 무슨 뜻이지?"

"저도 그 뜻을 잘 몰랐는데 어제오늘 어렴풋이 그 뜻을 알 것 같아요."

"말해봐라. 네가 깨달은 게 뭔지?"

"조명 아가씨는 한마디 말로 절 이틀 동안 아무것도 못하게 만들었죠. 독경의 말대로라면 조명 아가씨가 제게 심독을 심

어놓은 격이에요. 전 그 독에 빠져 헤어나지 못하고 있는 거고
요. 이런 상태로는 아무 일도 할 수 없으니 역시 심독은 무서
운 거죠."

허소산의 말에 허산왕이 고개를 끄덕였다.

"그렇구나. 천독공에서 말한 심독이 그런 것이라면 나 역시
평생 심독에 중독되어 살아온 것 같구나."

"아버지가요?"

"그래."

"어떤……?"

"널 만나기 전까지 외모에 대한 자괴감이 곧 나에겐 심독이
었지. 그 때문에 난 사람들에게서 멀어져 더 깊은 산으로 들어
갔다. 비록 내가 이런 험악한 얼굴을 하고 있다고 해도 만약
내 스스로 꺼리지 않았다면 혼인을 하고 가정을 이룰 수도 있
었을 거다. 짚신도 짝이 있으니 말이다."

"맞아요. 어떤 여인이라도 아버지와 한동안 지내면 아버지
의 외모는 잊고 이내 아버지 마음에 빠져들 거예요."

"후후, 그렇지 않더라도 내가 밥을 굶기진 않을 테니 날 따
를 여인이 없진 않았겠지. 먹고사는 것도 인생의 큰 짐이라.
하지만 난 평생을 내 외모에 대한 자괴감 때문에 가정을 가질
생각 같은 것은 아예 하지 않았다. 그러니 아주 지독한 심독에
빠져 있었던 거지. 다행히 널 만나 해독을 했지만 말이다."

"그럼 제가 해약이에요?"

"그렇지. 내겐 그 어떤 영약보다 좋은 해약이 있다."

"하하, 다행이네요."

허소산이 맑게 웃었다. 그러자 허산왕이 얼른 입을 열었다.

"소산아, 그렇게 웃으니 얼마나 좋으냐. 물론 네 마음이 지금 몹시 어지럽다는 건 알지만 훌륭한 사람이란 마음에 이는 상념에 자신을 빼앗기지 않아야 하는 법이란다. 내가 예전에 산중에서 불가의 스님께 들었는데, 부처님의 도(道)란 것도 결국은 어떤 경우에도 흔들리지 않는 부동심을 얻는 것이라고 하더라. 그때는 몰랐는데 지금 생각해 보니 참으로 뜻 깊은 말이 아니냐. 내 바람이 있다면 난 네가 그런 부동심을 얻은 사람이 되었으면 좋겠다."

"호호, 그럼 중이 되라고요?"

"저런, 그건 안 될 말이지. 난 꼭 손자를 보고 말 거다."

허산왕의 급히 고개를 저었다. 그러자 허소산이 미소를 지으며 말했다.

"부동심을 얻는 것은 천하의 이름난 성자라도 이루기 힘든 일이죠. 하지만 뭐 그 부동심을 얻기 위해 노력하며 살긴 해야겠죠. 그러면 그 어떤 심독도 절 중독시키지 못할 테니까요."

"오냐. 그렇게 생각하고 기분을 좀 풀어봐라."

"알았어요. 부동심은 멀었으니 먼저 생각을 쪼개서 고민은 한쪽에 밀어놓도록 할게요."

"하하하, 그건 가능한 일이냐?"

"한번 해보죠, 뭐. 제게 들어온 독도 단전에 모아둘 수 있잖아요."

"하긴 그렇구나. 마음을 다른 방에 둔다……. 하하. 역시 넌 특별한 아이니까."

허산왕이 허소산을 보며 빙그레 미소를 지었다. 그런데 그 때 두 부자의 담소를 깨뜨리는 강렬한 말발굽 소리가 다시 지축을 울렸다.

第六章

해독

세 필의 말이 거의 동시에 북, 서, 남 세 방면에서 달려왔다.
그리고는 한순간에 만재방 장원으로 뛰어들었다. 잠시 후 장
원의 거의 모든 사람이 망루 쪽으로 달려나왔다. 허소산과 허
산왕도 사람들의 물결을 따라 자연스레 망루 쪽으로 향했다.

"정말이군."

"젠장, 이젠 끝인가?"

"죽일 놈들!"

여기저기서 분노와 낙망의 소리가 흘러나왔다. 허소산과 허
산왕도 사람들의 시선을 따라 장원의 담장 너머로 시선을 돌
렸다. 그러자 어느새 나타났는지 수백 명의 사람이 장원을 사
방에서 에워싸기 시작했다.

"어디죠? 황보가인가요?"

허소산이 물었다. 그러자 허산왕이 고개를 저었다.

"나도 알 수가 없구나. 황보가 같기도 하고. 그런데 한 곳에서 온 사람들 같지는 않구나, 그 차림새들이 조금씩 다른 것이."

그러고 보니 장원을 에워싼 자들의 차림새는 방향에 따라 조금씩 달랐다. 북쪽에서 온 자들의 숫자가 가장 많았는데, 그들은 황톳빛 무복을 입고 있었고, 남쪽에서 온 자들은 푸른빛이 도는 옷을 입고 있었다. 그리고 동쪽, 도성 쪽에서 나온 자들의 숫자가 가장 적었는데 그들은 검은빛이 도는 무복 차림이었다.

"그래도 갑주를 걸치지 않은 것을 보면 관에서 나온 것은 아닌 모양이에요."

"그렇긴 하다만 관의 허락 없이 도성 인근에서 이렇게 대규모의 무사를 이동시키는 것은 거의 불가능한 일일 거다."

"그럼 결국 황실에서 사람을 내보낸 거란 말인가요?"

"글쎄다. 그 이상은 아비의 머리로 생각하기 어렵구나. 아, 저기 방주께서 나오셨구나."

허산왕의 말에 허소산이 고개를 돌리니 과연 전욱이 하모극과 임후를 대동하고 정문 쪽에 모습을 나타냈다. 허산왕은 벌써 사람들에 휩싸여 정문 쪽으로 달리고 있었다.

"아버지, 같이 가요!"

허소산은 훌쩍 신형을 날려 허산왕의 뒤를 따랐다.

뚜벅뚜벅.

활짝 열린 장원의 정문을 향해 세 사람이 걸어왔다. 두 명은 초로의 나이였고 다른 한 명은 중년의 사내였는데, 기이하게도 중년 사내의 기도가 가장 강렬했다.

"방주를 뵈오."

장원으로 다가온 삼 인 중 초로의 노인이 전욱을 발견하고는 정중하게 고개를 숙여 보였다.

"역시 황보 공께서 오셨구려."

전욱이 나직하게 탄식을 흘렸다. 그러자 노인이 다시 입을 열었다.

"일이 이렇게 되어 나 황보광 또한 무척 유감이오. 허나 운명이 우리 두 가문을 갈라놓으려 하니 어찌 정해진 운명을 거스를 수 있겠소."

황보광은 현 황보가의 가주 황보승의 두 아우 중 한 명으로 성정이 무척 차고 손이 매운 자로 알려져 있었다. 문무를 겸전하여 조정에서도 출사를 권했으나 관에는 뜻이 없고 황보가의 인물답지 않게 야인처럼 사는 사람이었다. 혹자는 그가 은밀히 황보가의 어두운 일을 처리하는 것으로 평생을 보낸 사람이라고도 했다.

"이건… 황보 대인의 뜻이오, 아니면 황궁의 뜻이오?"

"형님이나 태자님이나 모두 한뜻이오."

"태자께서도… 음!"

"이분은 태자께서 보낸 분이오. 장주께서도 태자님의 주위를 지키는 청룡사에 대한 소문을 들으셨지요?"

"청룡사! 물론 알고 있소. 고려 최고의 무인들이 모여 있다는 청룡사를 어찌 모르겠소."

"이분이 바로 그 청룡사의 수장인 모 대협이오."

황보광이 세 사람 중 가장 젊은 중년 사내를 가리키며 말했다. 그러자 중년 사내가 무거운 표정으로 입을 열었다.

"모승위라 하오. 태자님의 명에 따라 귀 방을 감시하게 되었소. 서로 불편해지는 일이 없도록 각별히 조심해 주시기 바라오."

나이는 가장 어렸지만 자못 위압적인 말투였다. 그리고 그는 그럴 만한 위치에 있는 사람이었다. 비록 만재방주 전욱과 황보광이 노련한 인물들이기는 하나 황실에서 나온 사람의 권위라는 것은 두 사람을 압도하고도 남음이 있었다.

"어찌 황실의 사람을 앞에 두고 분란을 일으키겠습니까. 걱정 마십시오. 그런데 태자께서 모 대협을 보내신 이유를 알 수 있겠습니까?"

전욱이 정중하게 물었다. 그러자 모승위가 차갑게 대답했다.

"태자께서는 황보 소저의 일이 해결되기 전에 방주께서 벽란도로 돌아가는 것을 허락지 않으셨소. 아니, 방주뿐 아니라 이 장원에 있는 모든 사람의 외부 출입은 철저히 감시될 것이오."

"하지만… 그렇다면 어떻게 황보 소저의 해약을 구하고 또한 소저께 독을 푼 자들을 찾을 수 있단 말입니까?"

전욱이 반발하자 이번에는 황보광이 입을 열었다.

"형님과 태자님께서는 더 이상 만재방을 신뢰할 수 없다고 판단하셨소이다. 설화를 살리는 일과 흉수를 찾는 일은 이제 우리 황보가에서 직접 알아서 할 것이오."

"황보가의 저력을 무시하는 것은 아니나 소식을 얻고 물건을 찾는 일은 상가의 사람들이 가장 빠른 법이오."

"물론 그 또한 알고 있소. 그러나 이 개성에 상가가 어찌 만재방뿐이겠소. 우리 황보가에서는 의심스런 만재방에게 이 일을 맡기는 대신 다른 상가들의 힘을 빌기로 했소."

"다른 상가라면……?"

전욱이 의심스런 눈으로 세 사람 중 여전히 침묵을 지키고 있는 노인 한 사람을 바라봤다. 그러자 뒤이어 황보광의 목소리가 들려왔다.

"다행히 금가에서 일을 도와주기로 했소. 더불어 사해방 역시 해약을 찾는 일에 협조하기로 했으니 만재방이 나서지 않는다 하여 일이 틀어지지는 않을 것이오. 그러니 만재방은 조용히 장원에 머물며 일의 결말이 어떻게 나는지 기다리시기 바라오."

"금가(金家)!"

전욱이 노한 눈으로 말없이 서 있는 노인을 노려봤다. 그러자 노인이 한줄기 미소와 함께 가볍게 고개를 숙여 보였다.

"대 만재방의 방주님을 뵈게 되어 영광입니다. 소인은 금가의 노복 심주완이라고 합니다."

"심주완!"

다시 전욱이 탄성을 흘려냈다. 상계에서 심주완은 미지의 인물로 유명했다. 금가는 가주 석문도의 석씨 일족이 이끄는 상가였다. 따라서 대부분의 요직은 모두 석씨의 차지였다. 그런데 석씨 일족의 가문인 금가에 석씨가 아니면서 금가를 대표하는 인물들이 있었으니 그들을 사람들은 팔금선이라고 불렀다.

이들은 스스로 금가의 노복을 자처하며 암중에서 금가의 은밀한 행사를 도맡아 처리했는데, 그러면서도 자신들의 모습을 드러내는 것을 극히 꺼려 해 상계에서도 그들의 얼굴을 본 자가 많지 않았다.

특히 팔금선 중에서도 가장 중요한 인물로 꼽히는 자가 바로 심주완이었다. 그는 늑대 같은 심성을 가진 인물로 유명했다. 본래 금가의 기반은 고리대금을 하는 전방(錢房)인데, 전방을 운영하기 위해선 손에 피를 묻혀야 하는 경우가 다반사였다. 그런 혈사가 있을 때마다 거론된 이름이 바로 심주완이었다.

"소문만 무성한 심 노사를 이렇게 보게 되는구려."

노련한 상인인 만큼 전욱이 재빨리 얼굴색을 고치며 입을 열었다.

"좋은 시절에 만나 뵙지 못한 것이 서운할 따름입니다."

심주완이 조롱하듯 말했다.

"금가가… 이런 식으로 싸움을 시작할 줄은 몰랐구려."

"싸움이라뇨? 우리 금가는 단지 태자님과 황보가에 약간의 도움을 드리기 위해 나섰을 뿐입니다. 설마 이 개경에서 만재방을 상대로 싸움을 벌일 상가가 있겠습니까. 금가가 비록 겁쟁이는 아니나 또한 개경 땅에서 도검을 휘둘러 상계의 싸움을 벌일 만큼 무모하지도 않습니다."

심주완이 빙그레 미소를 지었다.

"상계의 누가 그 말을 믿겠소? 금가의 칼은 언제나 어둠 속에 숨어 드러나지 않을 뿐. 아무튼 좋소. 운명이 어느 쪽의 손을 들어줄지 기다려 봅시다."

전욱이 차가운 음성으로 말했다.

"그러지요. 하지만 이미 운명의 강은 한쪽으로 흐르기 시작한 것 같습니다만……."

"사람의 힘이 미약하다지만 가끔은 강의 줄기를 바꾸기도 한다오."

"하하하, 역시 천하의 만재방주다우신 말씀이십니다. 이 심모의 배포로는 도저히 만재방주님을 상대할 수 없으니 이만 물러나지요."

심주완이 서너 걸음 뒤로 물러났다. 그러자 전욱이 황보광을 보며 말했다.

"황보가가 만재방을 대신해 선택한 곳이 금가라면… 우려스럽소이다. 금가의 음험함을 모르시지 않으실 터인데. 더군다나 그들의 뿌리는… 음!"

그러자 황보광이 고개를 저었다.

"재물이 도는 곳이 상계이고, 상계에서의 선악은 오직 금력으로만 가려지는 법이 아니겠소? 평판과 과거의 소문이 무슨 상관이 있겠소."

"그러나 흙탕물 같은 상계에도 정도가 있는 법이지요."

"정도라……. 권력과 재물 앞에서 정도를 논하다니 고려제일의 상가를 이끄시는 분의 말씀이라고는 믿을 수 없구려."

"그리 생각하신다면 더 이상 드릴 말씀은 없구려. 어쨌든 이 전욱은 오늘부로 이곳에 유폐되었구려."

"설화의 일이 잘 해결되면 언제라도 우린 물러갈 것이오."

"과연 그것을 약속할 수 있겠소?"

"무슨 말이시오? 우리에게 다른 속셈이 있다는 말처럼 들리는구려."

"하하하! 아니외다, 아니외다. 어찌 천하의 황보가가 시정잡배와 같은 욕심을 부리겠소이까? 이 전욱이 그만 실수를 했구려. 갑자기 당황스런 일을 당하다 보니 내가 그만 판단이 흐려진 모양이오. 그럼 난 이만 들어가 쉬어야겠소. 늙으니 잠시만 신경을 써도 머리가 어지럽구려. 모두들 들어가라. 밖은 여기 황보가의 무사들께서 든든히 지켜줄 테니 더 이상 장원의 경계를 걱정하지 않아도 좋으리라."

전욱이 갑자기 신명이 난 듯 큰 소리로 명을 내리곤 장원 안쪽으로 들어갔다. 그러자 만재방의 사람들이 제각기 삼 인을 노려보고는 썰물처럼 장원 안으로 사라졌다.

"역시 듣던 대로 만만치 않은 사람이군."

청룡사 모승위가 감탄한 표정으로 말했다.

"고려뿐 아니라 천하를 통틀어도 상대를 찾기 힘든 인물이지요, 상인으로서는."

심주완이 말했다. 그러자 황보광이 심주완에게 물었다.

"그런 자를 과연 금가에서 상대해 낼 수 있겠소?"

"비록 그가 천하의 상계를 움직이는 자라 해도 나라의 힘을 어찌 상대할 수 있겠습니까?"

"나라의 힘을 쓰고자 한다면 필히 설화가 살아나야 할 거요."

"물론 본가에서는 분명 황보가의 영애님을 살려낼 것입니다. 본가의 의원들이 면왕의 해독약을 제조하고 있으니 잠시만 기다려 주십시오."

"그 해약이 제대로 듣길 바라겠소. 그렇지 않다면 금가 역시 만재방의 운명과 다르지 않을 것이오."

"물론입니다. 분명 황보가와 금가는 서로가 원하는 것을 얻게 될 것입니다."

"좋소. 그 말, 믿어보겠소. 일단 물러납시다."

황보광의 말에 모승위와 심주완이 각기 자신의 수하들이 있는 곳으로 걸음을 옮겼다.


"이럴 수는 없는 없습니다!"

장익이 대청에 들어서자마자 분통을 터뜨렸다.

"진정하게."

하모극이 전욱을 만류했다.

"진정할 수가 있어야지요. 저들이 우리 만재방을 멸절시킬 생각이 아니라면 어찌 이렇게 나올 수가 있습니까? 그동안 만재방이 황보가에 건넨 재물이 얼마인데⋯⋯!"

장익이 좀체 분기를 삭일 수 없는지 허리춤의 검을 부여잡고 부르르 몸을 떨었다. 그러자 만재방주 전욱이 차분하게 말했다.

"저들이⋯ 좀 더 큰 것을 원하는 모양이오."

"좀 더 큰 것이라면 무엇을?"

만재사신 임후가 걱정스럽게 물었다.

"임 노사께서 생각하고 계시는 바로 그것입니다."

"음, 정말 황보가에서 만재방의 모든 것을 원하는 걸까요?"

"아마도 그럴 것입니다. 물론 처음부터 그런 생각을 한 것은 아닐 테지만 지금에 와서는 본 방의 전부를 원하게 되었겠지요."

"그럼 방주께선 이 일을 어찌 해결하실 작정이십니까?"

임후가 걱정스런 표정으로 물었다. 그러자 전욱이 심각한 표정으로 말했다.

"지금으로선 딱히 방법이 없군요. 제가⋯ 실기(失機)를 한 것 같습니다."

"실기라시면⋯⋯?"

"지난번 조 의원을 보내 면왕이란 독을 알아냈을 때 황보가의 반응을 보았으면서도 황보가와 관계를 회복할 수 있는 기회가 있을 거란 미련을 버리지 못한 점이 오늘의 화를 부른 것 같습니다. 그때 벽란도로 돌아갔어야 했는데… 내가 벽란도에 돌아가 있었더라면 저들도 감히 이런 강수를 두지는 못했을 겁니다."

"그렇겠지요. 벽란도에서라면 할 수 있는 일이 많았을 겁니다. 먼저 금가부터 손을 봤겠지요. 생각할수록 괘씸한 자들입니다."

임후가 고개를 끄덕였다. 그러자 하모극이 입을 열었다.

"어쩌면 이 모든 일의 원흉은 금가일지도 모릅니다. 금가가 아니라면 우리 만재방을 이렇게 절벽 끝으로 밀어낼 자는 없을 테니."

"나 역시 그렇게 생각하고 있습니다. 애초에 그들이 도발을 해왔을 때부터 모든 계획이 세워져 있었을 겁니다. 음."

전욱이 침중한 표정으로 고개를 저었다. 그러자 침묵을 지키고 있던 지몽하가 입을 열었다.

"결국 방법은 여전히 두 가지밖에 없는 것 같습니다."

"그게 뭔가?"

전욱이 물었다.

"첫째는 어쨌거나 황보 소저의 해약을 찾는 것입니다. 지금으로선 해약만이 저들을 상대할 수 있는 유일한 무기라고 생각됩니다. 그리고 두 번째 방법은 이 일이 우리가 아닌 금가에서 꾸민 일이란 것을 증명하는 일이지요."

"그건 그러네만, 이렇게 손발이 묶여서야 그 일들을 어찌 해
낼 수 있단 말인가?"

그러자 지몽하가 하모극을 보며 물었다.

"그분들은 어찌 되었습니까?"

"누구 말인가?"

"그 다섯 분의 고수 분들 말씀입니다."

"그 사람들이야 당연히 금가를 지키고 있지."

"그렇다면 우리에게도 아직은 기회가 있습니다. 적어도 그
분들은 이 포위망 밖에 있는 것이니까요. 그분들이 금가에서
흉수를 찾아내기만 한다면 우리에게도 다시 기회가 생길 것입
니다. 그리고 해약은… 제가 방의 의원들을 모아 연구를 해보
지요."

"그게 가능하겠는가?"

"물론 거의 불가능한 일이긴 하지만……."

지몽하가 말꼬리를 흐렸다. 그러자 장익이 불쑥 입을 열었
다.

"다른 한 가지 방법이 더 있습니다."

"그게 뭔가?"

전욱이 의아한 표정으로 물었다. 그가 생각하기에도 지몽하
가 말한 것 이상의 방법은 존재할 수 없었다. 그러자 장익이
결연한 표정으로 말했다.

"포위를 뚫고 벽란도로 가는 것입니다. 그곳에서 삼선을 띄

위 바다를 건너 아예 가업을 중원으로 옮기는 것도 한 방법입니다."

"그러나… 그리되면 많은 사람들이 죽게 될 것이네."

전욱이 고개를 저었다.

"그러나 만약 이대로 있다가는 만재방의 식솔 전부가 멸족당할 수도 있습니다. 저들이 결국에 씌울 올가미는 반역의 죄일 테니까요."

그러자 하모극이 고개를 끄덕였다.

"장 대행수의 말에도 일리가 있습니다. 애초부터 다른 목적이 있어서 판 함정이라면 그 어떤 해명도 저들은 받아들이지 않을 것입니다. 설혹 황보 소저의 해약을 구한다고 해도… 또 지금 금가가 흉수임을 밝힌다 해도 어쩌면 황보가에선 일단 그 사실을 덮어둘 수도 있습니다. 이미 본 방과 돌이킬 수 없는 다리를 건넜다고 생각한다면, 금가를 치죄하는 일은 나중으로 미룰 겁니다. 결국 그들의 목적이 만재방이 쌓아 올린 재물 전부라면, 그래서 만재방의 몰락을 원한다면 우리도 특별한 수단을 강구하지 않을 수 없습니다."

하모극까지 같은 말을 하자 전욱이 한숨을 쉬며 말했다.

"좋습니다. 세 번째 방법도 생각해 보지요. 하지만 그건 어디까지나 최후의 방법입니다. 당장은 해약을 구하거나 만드는 일에 힘을 쏟겠습니다."

"그러나 만약의 경우 포위를 뚫고 벽란도로 가야 한다면 미리 그 방도와 길을 준비해 둬야 합니다."

임후가 말했다.

"알겠습니다. 이미 개경에서 벽란도에 이르는 지형은 모두 알고 있으니 가는 길들을 생각해 보도록 하지요. 포위를 뚫을 방법도 같이… 이 일은 두 분께서 맡아주십시오."

전욱이 하모극과 임후를 보며 말했다. 만재사신 중 개경에 나와 있는 사람은 두 사람뿐이었으므로 무력을 사용하는 일은 결국 두 사람에게 의존할 수밖에 없는 실정이었다.

"알겠습니다. 준비하지요."

하모극이 무거운 얼굴로 고개를 끄덕였다.


황보가의 무사들이 청룡사와 금가의 도움을 받아 개경 만재방의 장원을 포위한 이후 만재방의 사람들은 개경에서 어떤 일도 할 수 없는 신세가 됐다. 각지에서 몰려드는 상인들로 북적대던 장원이 이제는 누구도 찾지 않은 폐가와 같았다.

이미 개경의 시전에서도 만재방의 사정이 심상치 않다는 소문이 퍼져 만재방과 거래를 하려는 사람은 자취를 감춘 지 오래였다. 자연스럽게 개경의 시전에 나가 있던 만재방의 장사치들도 하나둘 장원으로 귀환하기 시작했다.

장원은 날이 갈수록 불안한 기운이 늘어갔다. 물론 당장 장사를 하지 못한다고 해서 만재방이 순식간에 무너질 리는 없었다. 그동안 축적된 만재방의 재력이라면 장사를 하지 않아도 십수 년은 너끈히 지금의 형세를 유지할 수 있는 만재방이었다.

그러나 지금의 형국은 장사를 하고 못하느냐의 문제가 아니었다. 칼 든 자들이 장원을 포위하고 있었고, 개중에는 황궁에서 나온 무사들까지 끼어 있었으니 자칫하면 그야말로 멸문의 화를 당할 수도 있는 상황이었다.

그러자 장원 안의 사람들이 두 부류로 나눠지기 시작했다. 한쪽은 만재방과 인연을 끊고 하루라도 빨리 장원을 떠나고 싶어 하는 사람들이었고, 다른 한쪽은 손에 도검을 들고 포위한 자들과 일전을 불사할 의지를 보이는 자들이었다.

처음에는 그저 조용조용 자신의 의사를 흘리던 사람들이 시간이 흐르자 급기야 서로를 향해 적대적인 언사를 서슴지 않고 내뱉는 상황까지 이르렀다.

"이대로는 어렵겠다."

잠시 장원을 돌아보고 돌아온 허산왕이 허소산에게 말했다.

"무슨 일이 또 일어났나요?"

"그건 아니다만 장원 안의 공기가 무척 험악해. 떠나려는 사람들과 끝까지 만재방을 지키려는 사람들 사이가 일촉즉발이다."

"오랫동안 만재방을 지켜온 사람들도 있지만 좀 더 큰 재물을 만져 보려고 연을 맺은 사람들도 있으니까요."

"그러게 말이다. 내 생각에는 떠나고자 하는 사람은 떠나보내는 것이 좋을 것 같은데. 만약의 경우 그들이 저들의 편으로 돌아서면 속수무책으로 당할 수도 있으니까."

"그건 싸움이 일어났을 때의 일이잖아요?"

허소산의 말에 허산왕이 허소산의 귀에 대고 나직하게 말했다.

"내 자세히 살펴보니 이쪽에서도 싸울 준비를 하고 있는 것 같더구나."

"예? 정말이요?"

"그렇다니까. 하 어르신과 임 어르신이 은밀히 사람들을 시켜 병장기를 준비하고 있더구나."

"그리되면 사람들이 많이 상할 텐데……."

"그렇게 되겠지. 휴, 어쩌다가 상황이 이렇게 되었는지……. 만약 이대로 싸움이 일어나면 여기 있는 만재방의 식솔 중 살아남을 수 있는 사람은 채 삼 할이 되지 않을 거야. 우리도… 걱정이구나."

허산왕이 나직하게 한숨을 쉬었다. 그러자 허소산이 무슨 생각인가를 곰곰이 하다가 어렵게 입을 열었다.

"아버지."

"왜 그러느냐?"

"제가… 해볼까요?"

"뭘?"

허산왕이 의아한 얼굴로 허소산을 바라봤다.

"그… 황보 소저의 해독이요."

"뭐? 해독?"

허산왕이 화들짝 놀라 눈을 크게 떴다. 그리고는 재빨리 고개를 저었다.

"아서라. 예전에도 말했지만 천독공은 절대 드러내선 안 되는 무공이다. 특히나 이런 시기에는 말이야."

"하지만 잘만 되면 죽는 사람 없이 이 일을 해결할 수 있잖아요? 방법을 알고 있는데도 나서지 않은 것은… 사람의 도리가 아닌 것 같아요."

"그건 모든 일이 네 생각대로 진행되었을 때의 말이다. 그러나 이번 일은 변수가 너무 많아. 설혹 황보 소저가 살아난다 해도 양 가문의 싸움이 멈추지 않을 수도 있다. 그리되면 넌 결국 죽게 돼. 어쩌면 설화 낭자를 중독시킨 범인으로 몰릴 수도 있다."

"하지만 이대로 있다가는 이곳에 있는 모든 사람들이 죽을 수도 있어요. 아버지나… 저도요."

"그건 걱정 마라. 어떤 일이 벌어져도 난 널 지킬 자신이 있으니까. 이미 장원을 포위하고 있는 자들의 포진을 자세히 살펴 도주할 길을 찾아놨다. 난 천하제일의 사냥꾼이야. 장원 주변이 산으로 둘러싸여 있는 이상 난 언제든 이 포위를 뚫을 수 있다. 그러니 우리 걱정은 하지 않아도 된다."

허산왕이 전혀 두려움 없는 표정으로 말했다. 허소산은 오랜만에 드러나는 허산왕이 호방한 본색에 마음이 든든해지는 것을 느꼈다. 그러나 허산왕의 말대로 아무 일도 하지 않을 수는 없었다. 허소산에게는 지켜야 할 사람이 한 사람 더 있었기 때문이다.

"전 아버지를 믿어요. 하지만 우리만 살아남을 수는 없잖아요. 저들이 의심하지 않을 방법이 있을 거예요."

"어떻게 말이냐? 아니, 네가 해독을 하겠다고 나서는 것조차도 저들의 의심을 살 거다. 천독공을 모르는 이상 어린 네가 황보 소저의 해독에 나서는 것은 이치에 맞지 않는 일이니까."

"한 사람의 도움이 필요해요. 믿을 수 있는 사람이요."

"누구 말이냐?"

"음, 다섯 분 어르신 중 한 분이면 될 것 같아요."

"어떻게 하려고?"

"황보 소저를 해독하는 사람이 제가 아니라 다섯 분 중 한 분으로 하면 되잖아요. 전 그저 그분을 도와주는 시종으로 따라가고요."

"그러자면 같이 가는 양반에게 모든 걸 털어놔야 할 텐데……."

"그분들은… 믿을 수 있을 것 같아요. 특히……."

"마음에 두고 있는 사람이 있느냐?"

"주 노사시라면… 저들도 크게 경계하지 않을 것 같은데요."

"주 노사라……. 하긴 주 노사는 여인이니……."

"더군다나 저들은 다섯 분에 대해 모르고 있으니 더욱 유리할 거예요. 급하게 초청한 명의라고 하면……."

"음, 그렇긴 하구나. 하지만 역시 위험하긴 마찬가지다. 저들이 노리는 것이 만재방 전체라면 황보 소저를 살려도 칼을 거두진 않을 거다."

"적어도 시간은 벌 수 있을 거예요."

"그렇긴 하다만 난 여전히 이 일에는 반대구나. 비록 그 다섯 분은 믿을 수 있을 것 같지만 그래도 천독공을 드러내는 일은……."

"아버지, 한번 해볼게요."

허소산이 고집을 부렸다. 그러자 허산왕이 지그시 허소산을 바라보다 불쑥 물었다.

"조명 아가씨 때문이냐?"

"그… 그것은……."

"휴, 됐다. 네 생각대로 하려무나. 아무 일도 하지 않다가 평생을 자책하며 사는 것보다는 낫겠지."

"허락하시는 거예요?"

"허락이 어디 있어. 난 네가 하는 일이라면 뭐든 믿는단다. 그런데 문제는 지금 다섯 고수 분이 모두 밖에 나가 있는데……."

"지난번 장원을 나가실 때 오늘쯤 돌아오신다고 했어요."

"그러나 밖은 사방이 포위되어 있는데 과연 그분들이 돌아오겠느냐?"

"그분들에게 저런 포위망은 아무 문제가 안 될 거예요. 그리고 위험이 있다고 약속을 저버릴 분들도 아니고요."

"그래? 그럼 한번 기다려 보자꾸나."


허소산의 말대로 주오요와 박광 등은 그날 밤 달빛을 타고 장원으로 돌아왔다. 다섯 사람이나 장원으로 스며들었음에도 황보가와 청룡사, 그리고 금가의 고수 중 누구도 그들의 행보를 눈치채지 못한 듯 보였다. 그들은 급히 방주 전욱을 만나고는 밤늦게 자신들의 처소로 돌아왔다. 그리고 그들은 처소 앞에서 기다리고 있던 허소산과 허산왕을 발견했다.

"아니, 자지 않고 여기서 뭘 하고 있는 겁니까?"

박광이 예의 그 호방한 목소리로 허산왕에게 물었다. 그러자 허산왕이 그답지 않은 나직한 목소리로 말했다.

"소산이 드릴 말씀이 있다고 해서……."

"소산이요? 소산, 무슨 일이지? 무공을 수련하는 데 문제가 생겼느냐?"

박광이 걱정스런 표정으로 물었다. 이렇게 급하게 자신들을 찾을 정도면 보통 문제가 아니라고 생각했던 것이다. 간혹 무공을 무리하게 수련하다 주화입마에 빠지는 경우도 종종 있었다. 그러나 허소산의 상태로 보건대 주화입마의 상황은 아닌 듯 보였다.

"그게… 주 노사님께 드릴 말씀이 있어서요."

"내게?"

주오요가 의아해하면서도 한편으로는 기분이 좋은 듯 물었다. 그녀 역시 그동안 허소산에게 푹 빠져 있었던 차다.

"네."

"그래, 무슨 일이냐, 아가?"

주오요가 마치 손자에게 묻듯 물었다.

"저기… 주 노사님에게만 말씀드리고 싶은데요."

"어? 뭐야? 우린 빼고? 이건… 서운한걸?"

박광이 짐짓 실망한 표정으로 투덜댔다.

"죄송해요."

허소산이 죄를 지은 사람처럼 시선을 아래로 내리며 말했다. 그러자 주오요가 얼른 손을 저었다.

"아니다. 내게만 말하고 싶은 특별한 얘기가 있는 모양이지. 자자, 아가, 들어가자."

주오요가 얼른 허소산의 손을 잡고 자신의 처소로 향했다. 박광 등 다른 네 사람은 주오요와 허소산이 사라지자 재빨리 허산왕에게 몰려들었다.

"허 엽사, 도대체 무슨 일이오?"

이세교가 정색을 하며 물었다.

"그것이… 제가 말씀드리기가 어려운 문제입니다."

허산왕이 곤욕스런 표정으로 고개를 저었다.

"어어, 우리 사이에 정말 이럴 겁니까?"

박광이 실망한 표정으로 소리쳤다. 그러자 허산왕이 단단히 결심을 한 표정으로 말했다.

"이 일은 소산의 안위가 걸린 문제여서 절대 말씀드릴 수 없습니다. 나중에… 때가 되면 말씀드리지요."

"에이, 이거 실망인걸. 난 그래도 우리가 무척 가까운 사이라고 생각했는데……."

민육도 짐짓 실망한 표정을 지었다. 그러자 허산왕이 더욱 고개를 숙였다.

"죄송합니다. 그래도… 이해를 좀……."

"뭣? 네가 황보 소저를 해독하겠다고?"

자신의 처소로 들어오자마자 허소산을 붙들고 무슨 일인지 물었던 주오요는 허소산이 꺼낸 말에 화들짝 놀랐다.

"네."

"소산… 소산… 면왕이란 독이 어떤 독인지 알지 않느냐? 천하에서 그 독의 이름을 아는 사람조차도 몇 없는 독이다. 그런데 네가 어떻게 그 독을 해독한단 말이냐? 물론 네가 약초나 독초에 대해 남다른 지식을 가지고 있다는 건 알지만 독을 해독하는 문제는 다른 것이란다. 그건 의원들의 영역이야."

"알고 있어요."

"그럼 네게 숨겨놓은 의술이 있단 말이냐?"

주오요가 놀란 얼굴로 물었다. 그러자 허소산이 고개를 저었다.

"아뇨. 의서를 읽긴 했지만 의술을 익히진 못했어요."

"그런데 어떻게 면왕을 해독하겠단 말이냐?"

"사실… 제게 한 가지 비밀이 있어요."

"비밀?"

"네. 워낙 중대한 비밀이라 아버지가 절대 다른 사람에게 말하면 안 된다고 말씀하신 비밀이에요. 사실 아버지는 오늘 주 노사님께 말씀드리는 것도 반대하셨어요. 하지만 상황이 급박하니 어쩔 수 없다고 제가 설득한 거예요."

"도대체 무슨 비밀인데 그러는 거니?"

"한 가지 약속을 해주세요."

"좋아, 네가 원하는 거면 뭐든지."

주오요가 고개를 끄덕였다.

"오늘 제가 하는 얘기를 절대 다른 사람에게 하면 안 돼요. 밖에 계시는 다른 분들에게도요."

"음… 그 노인네들이 꼬치꼬치 캐물을 텐데……. 뭐, 하지만 알겠다. 내 절대 말하지 않으마. 이 주오요의 입은 일단 한번 다물어지면 목이 잘려도 열리지 않는단다."

"알아요. 그래서 주 노사님을 선택한 거고요."

"호호호, 이거 기분 좋은데? 소산에게 믿을 수 있는 한 사람이 되었다니……. 자, 이제 그 비밀을 말해보렴."

"음, 사실 전 하 어르신이 전수해 주신 무공 말고 다른 신공 하나를 더 수련하고 있어요."

"응? 정말?"

"네."

"누구 다른 사람의 무공을 전수받은 거니?"

"아뇨. 아주 우연한 기회에 얻은 거예요. 누구에게 전해 받은 것도 아니고… 그래서 오직 아버지와 저만 아는 신공이에요."

"그래, 그 신공이 황보가의 여아를 해독하는 일과 무슨 상관이니?"

"제가 수련하고 있는 신공은… 독공이에요."

"독공(毒功)!"

주오요가 화들짝 놀라며 물었다. 대저 독공이란 독을 다루는 일부터 시작하여 수십 년간 고련을 거쳐야 일정한 경지에 이를 수 있는 무공이다. 독을 다루는 무공이니 수련이 위험하기는 천 길 낭떠러지를 걷는 것과 같아 독공을 수련한 후 정상적인 몸을 가지고 한 경지에 이른 자는 수천에 하나 될까 말까 한 것이다. 그래서 독공을 수련하기 위해선 반드시 뛰어난 스승이 필요했다.

천하에 독의 고수가 많지만 중원의 사천당가가 수백 년간 독에 관한 한 유아독존인 것도 가문의 고수들이 대대로 혈손의 독공 수련을 세세히 보살피기 때문이었다. 그런데 그런 독공을 홀로 수련하고 있다니 어찌 놀랄 일이 아니겠는가.

"소산, 위험한 일이다."

주오요가 걱정스런 표정으로 말했다. 그녀는 무공의 고수이니 독공의 위험성을 누구보다 잘 알고 있었다.

"제가 익히는 독공은 다른 독공과는 좀 달라요."

허소산이 고개를 저으며 말했다.

"어떻게 다르다는 거지?"

"다른 독공은 독을 얻고 손질하고 다시 적에게 하독하는 형태의 무공이지만, 제가 익히는 천독공은 그런 식으로 독을 다루는 것이 아니라 독의 기운을 이용해 축기를 하는 것을 목적으로 만들어진 독공이에요. 그러니까, 음, 보통의 내공심법이

천지의 기운을 몸에 받아들이는 수법을 논한 것이라면 천독공은 독의 기운을 몸에 받아들이는 방법을 논한 것이라고 할 수 있죠."

이미 사서삼경을 읽은 허소산인지라 그의 말은 어떤 학자보다 논리적이었다. 그래서 주오요는 어렵지 않게 허소산이 하는 말을 알아들을 수 있었다.

"직접 독을 다루는 것이 아니라 독의 기운으로 축기를 하는 무공이라는 거지? 음, 참으로 독특한 무공이구나. 하지만 그래도 어쨌든 독에 노출되는 것은 마찬가지 아니니?"

"저도 처음에는 이 천독공의 비결을 반신반의했어요. 하지만 백림촌에서 조명 아가씨의 독을 입으로 뽑아내다 도리어 제가 중독되었을 때 신공의 비결들이 진실한 것임을 알게 되었지요. 그리고 지난번 벽란도에서 흉수들을 상대할 때는 천독공으로 자유롭게 독기를 흡수하고 배출할 수 있다는 것을 알았어요. 그러면서도 제 몸에는 아무런 이상이 없었어요. 그러니… 비록 면왕이 어떤 독인지 자세히 알 수는 없지만 제가 그 독기를 흡수할 수 있을 것 같아요."

"아, 네 말대로라면 허 엽사께서 왜 그 사실을 극구 비밀로 하려 했는지 이해가 가는구나. 본래 우리와 같이 무공을 수련하는 사람들은 왕후장상의 권력이나 만금의 재물보다도 일 초의 신공 구결을 더 소중하게 생각하는 법이란다. 그래서 간혹 신공 절학을 얻은 사람의 운명이 불행해질 때가 있지. 그 무공을 완성하기 전에는 말이다. 소산아."

"네."

"네가 무슨 생각으로 이 일을 하려는지는 모르겠지만 내 생각엔 황보가의 여아 일에 네가 관여하는 것은 좋지 않을 것 같구나. 자칫 너의 천독공이 사람들에게 알려지면 그땐 정말 위험해질 수도 있단다."

"하지만 지금도 충분히 위험하잖아요."

"너와 허 엽사라면 우리가 무사히 이 함정에서 데리고 나갈수 있으니 그건 걱정 말아라."

"우리만 생각하면 그렇지만 이 장원에는 수많은 사람들이 있어요. 만약 일이 잘못되면 그들 대부분이 죽을 거예요. 그들을 살릴 수 있는 기회가 있는데 그걸 저버리는 것은… 사람의 도리가 아니잖아요?"

허소산의 말에 주오요가 손을 들어 허소산의 머리를 쓰다듬으며 말했다.

"어린것이 책을 많이 읽더니 사람의 도리를 논하는구나. 그러나 세상은 도리를 따져 살기에는 너무 험한 곳이다. 네가 선의로 한 일도 다른 사람에겐 악의로 비쳐질 수도 있다."

"그래서 도움이 필요한 거예요. 어르신께서 도와주시면 그들이 눈치채지 못하게 이 일을 해낼 수 있을 거예요."

"네 말은 내가 황보가의 여식을 구하는 것으로 하자는 말이렷다?"

"네. 그러면 많은 사람들이 살 수 있어요."

"글쎄다. 이 일이 실패하면 너와 난 죽은 목숨이 될 수도 있다."

"그렇긴 하지만… 안 될까요?"

허소산이 고집스런 눈빛으로 주오요를 보며 물었다. 그러자 주오요가 한참 동안 허소산을 바라보다 가볍게 한숨을 쉬었다.

"휴, 어쩔 수 없구나. 네 부탁이 아니라면 이런 일은 절대 하지 않을 테지만 소산 네가 그토록 원하니 한번 해보도록 하자."

"정말이죠?"

"오냐. 정말이다. 내일 내가 방주를 만나보마."

"고맙습니다."

"고맙기는, 너도 남을 돕자고 하는 일인데. 자, 그럼 자세한 계획을 세워볼까?"

허소산은 주오요의 방에 반 시진가량 남짓 머물렀다. 밖에서 두 사람이 나오기를 기다리고 있던 박팡 등 다른 고수들은 허소산이 주오요의 거처를 벗어났을 때 재빨리 주오요에게 들어가 전후 사정을 물었으나 주오요로부터는 어떤 말도 들을 수 없었다. 그리고 다음날 아침 주오요가 만재방주 전욱을 찾아갔다.

"왜 네가 가는 건데?"

갑자기 찾아온 전조명이 따지듯 허소산에게 물었다.

"들었어요?"

"지금 장원이 온통 그 일로 소란해. 왜 꼭 네가 주 노사를 수행해야 하는 거지?"

"말씀 못 들으셨어요? 그들의 의심을 받지 않으려면 어린 제가 필요하다잖아요."

"어린 사람은 너 말고도 많아!"

"전 주 노사님과 친하거든요."

"흥, 네가 그들에게 가르침을 받고 있는 건 나도 알아. 하지만 이건 다른 문제야. 목숨이 걸린 문제라고!"

"이곳에 남아 있어도 목숨은 위험해요."

"네가 결심만 하면 난 충분히 널 데리고 벽란도로 가서 삼선을 탈 수 있어!"

전조명이 빽 소리를 질렀다. 그리고는 허소산을 뚫어지듯 바라봤다. 아마도 지난 번 질문에 대한 대답을 반드시 들어야겠다는 생각인 것 같았다.

"난… 난……."

허소산이 말을 흐렸다.

"내가 싫은 거니?"

"그건 아니지만… 아가씨와 난……."

"넌 이미 내 몸을 만졌어. 그것만이야? 입도 댔잖아?"

"그거야 독을 빼내기 위해서였지요."

"흥, 어쨌든 아녀자가 자신의 살을 외간남자에게 보였으면 다른 사람에겐 시집갈 수 없어."

"그게 무슨……."

"아무튼 난 네가 아니면 혼인을… 할 수 없는 몸이야. 그러니 네가 싫다면 평생 혼자 사는 수밖에!"

전조명이 고집을 부렸다. 그러자 허소산이 한숨을 쉬며 말했다.

"휴, 우리의 일은 나중에 다시 얘기해요. 지금은 이곳에 있는 사람들의 목숨이 중요하잖아요."

"싫지는 않은 거지?"

"우린… 신분이 너무 달라요."

"흥, 다르긴 뭐가 달라? 사람은 다 똑같이. 아버지는 걱정 마. 내가 설득할 테니까."

"아무튼 그 일은 나중에 다시 얘기해요."

"꼭 가야겠어?"

"많은 사람의 목숨이 달린 문제예요."

"넌 정말 용기가 많은 거니, 아직 철이 덜 든 거니?"

전조명이 힐난하듯 물었다. 그러자 허소산이 빙그레 미소를 지었다.

"저도 잘 모르겠어요. 하지만 왠지… 가야 할 것 같은 생각이 들어요. 그게 마음이 편해요."

"알았어. 무슨 일이 생기면 내가 만재방의 모든 고수를 불러 모아서 달려갈 거야."

"아무 일 없을 테니 너무 걱정 말아요."

허소산의 말에 전조명이 갑자기 허소산의 손을 꼭 잡았다.

"꼭 돌아와. 알았지?"

"네, 그럴게요."

허소산이 고개를 끄덕였다.

다음날 허소산은 만재방 수뇌들의 배웅을 받으며 주오요와 함께 장원을 나섰다. 미리 연락을 받았는지 황보가의 고수들이 두 사람을 마중 나와 황보가로 안내했다.

第七章
덫

마치 포로처럼 주오요와 허소산은 황보가 무사들에 둘러싸여 황보가 장원으로 들어섰다. 두 사람이 장원에 들어서자 황보가의 무사들이 두 사람을 가주인 화보승의 거처로 이끌었다. 황보설화를 살리겠다고 온 사람을 대하는 것치고는 그 태도가 무척 불량해 마치 죄인을 끌고 가듯 행동하는 황보가의 사람들이었다.

평소라면 자존심 강한 주오요가 참지 않았을 모욕이지만 오늘은 특별한 목적이 있어 온 것이므로 그녀는 허소산의 어깨에 손을 얹어 허소산을 안심시키며 묵묵히 황보가주 황보승의 거처로 들어갔다.

황보승의 거처에는 황보가의 수뇌들이 주욱 늘어서 있었는데, 그들의 분위기가 자못 삼엄해 한 치의 실수라도 있으면 그 순간 목이 베일 것 같은 분위기였다. 그러나 주오요는 노련한 고수였기에 그들의 기세를 너끈히 받아내며 황보승 앞에 섰다.

"황보가주께 인사드립니다. 주오요라고 합니다."

황보승 앞에 선 주오요가 공손하면서도 비굴하지 않게 인사를 했다. 그러자 오십대 중반으로 보이는 황보승이 날카로운 눈으로 주오요를 살펴보다 입을 열었다.

"설화를 살려보시겠다고?"

"그렇습니다."

주오요가 담담하게 대답했다.

"정말 설화를 살리실 수 있겠소?"

"장담할 수는 없습니다만… 제게 특별한 해독의 술(術)이 있으니 한번 시도해 볼까 합니다."

"해독의 술(術)이라……. 해약을 쓰는 게 아니오?"

"물론 해독을 도와줄 약도 함께 쓰게 될 겁니다."

주오요의 담담한 대답에 황보승이 한동안 침묵을 지키다 불쑥 입을 열었다.

"지금 우리 황보가와 만재방의 사이가 어떤지 알고 있소?"

"물론 눈과 귀가 있으니 어찌 모르겠습니까?"

주오요의 목소리가 조금 높아졌다. 그건 황보가가 만재방에 행한 일에 대한 반발 같아 보였다. 황보승은 주오요의 불쾌감을 한눈에 알아보고는 다시 입을 열었다.

"본가에 대해 적의를 가지고 있구려."

"전 만재방의 식솔은 아닙니다. 단지 만재방과 작은 인연이 있어 오늘 이곳에 온 것이지요. 그러니 황보가가 만재방에게 행한 일들에 제가 분노할 이유는 없지요. 하지만 작금의 일들이 결코 정상적인 일이 아니란 것은 알고 있습니다. 천하의 명문 황보가의 행사치고는 어울리지 않는 일이지요."

순간 황보승의 얼굴에 살짝 노기가 흘렀다.

"이곳이 황보가임을 잊었소?"

"어찌 잊었겠습니까?"

주오요의 대답은 여전히 당당하다.

"한마디 말실수로 목숨이 달아날 수 있는 곳이 이 황보가요."

"물론 그럴 수도 있겠지요. 하지만 제 목숨이 사라지면 황보소저의 목숨도 장담할 수 없을 겁니다."

"이미 여러 곳에서 설화의 해약을 만들고 있소. 그대만이 설화를 살릴 수 있는 것은 아니지."

"그런가요? 그럼 제가 헛걸음을 했군요. 그렇다면 전 이대로 돌아가겠습니다. 괜히 이곳에 남아 목숨을 위협받을 수는 없지요. 그런데… 그 해약을 만든다는 곳이 혹 가난한 시전 상인들을 고리(高利)로 엮어서 골수를 빼는 금가의 사람들입니까?"

날카로운 주오요의 질문에 황보승이 침묵을 지켰다. 그러자 주오요가 다시 입을 열었다.

"참으로 안타까운 일입니다. 어찌 상도의 화신이라는 만재 방주님을 버리고 겨우 재물에 영혼을 파는 금가와 같은 곳을 상대로 정하셨는지. 그럼 전 이만 물러가지요."

주오요가 허소산의 손을 잡고 망설이지 않고 신형을 돌렸다. 순간 황보승이 노한 목소리로 주오요를 제지했다.

"잠깐, 멈추시오!"

주오요가 황보승의 노성에 걸음을 멈추고 황보승을 돌아봤다.

"감히 대 황보가를 모욕하다니 정말 목숨이 서너 개라도 되는 모양이구려."

"사람의 목숨이 어찌 서너 개나 되겠습니까? 단지 옳고 그름을 말할 용기는 가지고 있지요, 황보가엔 그런 사람이 없는 듯하지만."

"그만! 더 이상 본가를 모욕하는 것은 참을 수 없소. 좋소, 왔으니 설화를 살려보시오. 하지만 설화를 살리지 못할 경우 그대의 목숨을 내놔야 할 거요."

"그러지요. 대신 저도 조건이 하나 있습니다."

"조건?"

"만약 제가 황보 소저를 살리면 만재방에 대한 이 말도 되지 않는 겁박을 당장 중지해 주세요. 약속하실 수 있습니까?"

주오요의 말에 황보승이 잠시 침묵을 지키다 천천히 고개를 끄덕였다.

"좋소, 약속하겠소."

"알겠습니다. 그럼 목숨을 걸고 황보 소저를 해독해 보지요."

"주 여협을 후원으로 안내하라!"

황보승의 명이 떨어지자 주오요와 허소산을 황보승에게 안내했던 무사들이 두 사람을 안내해 황보승의 처소를 벗어났다. 그러자 황보승의 곁에 있던 사람들 중 한 명이 걱정스런 목소리로 말했다.

"가주, 어쩌려고 그런 약속을 하신 겁니까. 그녀가 정말 설화를 살려내면 모든 일을 다시 원점으로 돌리실 생각이십니까? 그러기엔 너무 먼 길을 왔습니다."

그러자 황보승이 차가운 어조로 말했다.

"저 여인이 설화를 살리든 못 살리든 본가의 행보는 계속된다."

"허면 어쩌시려고……."

"죽은 자는 약조를 기억하지 못한다."


허소산은 주오요 옆에서 잰걸음을 옮기고 있었다. 황보가 곳곳에는 도검을 든 무사들이 서 있었다. 그들 사이를 지나 후원을 가는 길은 아무리 대담한 허소산이라 해도 식은땀 나는 일이 아닐 수 없었다.

다행히 주오요의 손이 허소산의 어깨를 감싸고 있어 손을 통해 전해지는 온기가 허소산에게 좀 더 많은 용기를 불어넣어 주고 있었다.

"대부인님, 만재방에서 온 사람을 데리고 왔습니다."

이미 한 번 후원 황보설화의 거처에 와봤던 허소산의 눈에 익숙한 방문이 열렸다. 그리고는 예의 그 자존심으로 가득 찬 노부인의 얼굴이 모습을 드러냈다.

"들라 해라."

"예, 대부인님! 드시오."

허소산과 주오요를 후원까지 데리고 온 자가 차갑게 말했다. 그러자 주오요가 한줄기 코웃음을 흘리며 허소산의 손을 잡고 문 안으로 들어갔다.

짙은 약 향이 허소산의 코를 찔렀다. 그리고 변하지 않는 아름다움을 뽐내고 있는 황보설화가 보였다. 그 옆엔 호랑이 같은 눈을 한 대부인 왕유하가 들어서는 두 사람을 주시하다 주오요가 고개를 숙여 인사를 하자 입을 열었다.

"만재방에서 왔다고 했소?"

여인은 여인을 알아보는 걸까. 주오요의 모습이 범상치 않음을 느꼈는지 왕유하의 말투가 제법 정중하다.

"그렇습니다."

"만재방의 사람이오?"

"그렇지는 않습니다. 만재방과 작은 인연이 있는데 이번 일로 제게 도움을 청해 오게 되었습니다."

"흠, 만재방의 사람이 아니라니 다행이군, 더 이상 만재방을 믿을 수가 없으니."

"한 꺼풀 의심을 눈을 벗고 보면 만재방만 한 곳도 드물지요."

"지금 그 말은 우리 황가가 괜한 트집을 잡아 만재방을 곤경에 빠뜨리고 있다는 말이오?"

왕유하의 언성이 높아졌다.

"천하의 황보가를 이룬 대부인이십니다. 세상을 보는 눈이 어찌 저같이 미천한 것과 견줄 수 있겠습니까. 그러나 모든 일의 시비는 이미 대부인님의 심중에 가늠되어 있으실 터이지요."

주오요의 말에 왕유하가 주오요를 노려봤다. 그러다가 가볍게 한숨을 쉬며 고개를 끄덕였다.

"휴, 좋소, 좋아. 그대의 말대로 우리 황보가가 무도한 가문이라고 해둡시다. 하지만 어쨌든 오늘 그대는 반드시 우리 설화를 살려야 할 것이오. 아니면… 더 많은 피가 흐를 것이니. 또한 그래야 내가 가주에게 할 말이 생길 것이오, 그대가 원하는 대로."

왕유하의 말에 허소산은 지금 벌어지고 있는 일이 왕유하의 의사와는 조금 달리 진행된 일이라는 것을 깨달았다. 그렇다면 오늘 황보설화를 깨울 수 있다면 왕유하의 힘으로 지금까지 벌어진 황보가와 만재방의 분쟁을 되돌릴 수도 있었다.

주오요 역시 왕유하의 말을 알아들었다. 그녀의 눈빛 역시 번쩍였다. 왕유하라면 황보가주 황보승의 마음을 돌릴 수 있었다. 황보승은 왕유하에 대한 효심이 극진한 것으로 알려진 인물이었다.

"최선을 다하겠습니다. 일단 준비를 좀 해야겠습니다."

"어떤 준비가 필요하오?"

"침상 주위를 천으로 가려주십시오. 그리고 일체 잡인의 출입을 금해주십시오."

"어려운 일이 아니오."

왕유하가 고개를 끄덕였다.

"그리고 한 가지 미리 말씀드릴 것이 있습니다."

"말해보시오."

"이 일을 하는 데는 여기 소산의 도움이 꼭 필요합니다. 이 아이는 약재를 다루는 데 비상한 재주가 있을뿐더러 저에겐 제자와 같은 아이라 이 아이를 곁에 두겠습니다."

그러자 왕유하가 살짝 눈살을 찌푸렸다.

"지난번 조 의원이라는 사람과 같이 왔던 아이 같은데……."

"기억하고 계시군요. 당시에도 제가 이 아이를 보냈지요. 황보 소저의 상세를 살피고 오라고 말입니다."

"그랬구려. 그런데 설화의 몸이 드러나야 하오?"

아무래도 왕유하는 타인에게 황보설화의 맨살을 보이는 것이 걱정스런 모양이었다. 그도 그럴 것이, 황보설화는 태자비가 될 몸이 아닌가. 그러자 주소요가 웃으며 말했다.

"이 아이는 아직 어린아이입니다. 그리고 잡인의 출입을 금한다면 누가 이 안에서 일어난 일을 알겠습니까? 치료 시에는 대부인님조차 잠시 자리를 비켜주셔야 하는데 말입니다."

"나도 말이오?"

왕유하가 놀란 눈을 하며 물었다.

"그렇습니다. 이 비법은 오직 저와 제 제자인 이 아이만이 볼 수 있습니다. 만약… 그것이 문제가 된다면 전 치료를 포기하겠습니다."

"음, 아무리 가전의 비법이라도 내가 치료의 비법을 알아볼 리 없고, 설혹 눈에 들어온다 해도 타인에게 전할 걱정은 하지 않아도 되오."

"가법이 그러합니다. 타인의 눈이 있는 곳에선 이 비법을 쓰지 말라는 것이 선대에서 이 비법을 전해 받은 전승의 법이지요."

주오요가 전혀 물러날 기색을 보이지 않자 왕유하가 나직하게 한숨을 쉬며 말했다.

"알겠소. 내 양보하리다. 이미 설화가 정신을 잃은 지 수십일, 여러 곳에서 해약을 만들어보겠다고 했으나 모두 실패했소. 금가에서 사오 일만 주면 반드시 해약을 가져오겠다고 했으나 그 역시 확실한 것은 아니지. 어찌 그대의 제안을 거절하겠소."

"금가는 속된 무리입니다!"

주오요가 얼굴에 짐짓 경멸 어린 표정을 드러내며 말했다. 그러자 왕유하가 겸연쩍은 표정으로 대답했다.

"물론 애초부터 난 금가와 같은 무리와 손을 잡으려는 가주의 행동이 마음에 들지는 않았소. 하지만 지금은 가주의 마음이 금가에 많이 기울어져 있으니 나도 어쩔 수 없구려. 부디…
그대가 설화를 깨워주기 바라오. 그래야 모든 일이 예전으로
돌아갈 수 있을 거요."

"알겠습니다. 반드시 그리 해 보이겠습니다."

"좋소, 그럼 준비를 시작하리다. 게 있느냐?"

"예, 대부인 마님!"

"설화의 침상을 가릴 천을 준비하라!"

"예, 마님!"


대노사 왕유하의 명에 따라 황보설화를 해독시킬 준비는 일
사천리로 진행됐다. 왕유하는 모든 준비를 마친 후 약속대로
방을 나갔다. 그러자 이제 방 안에는 주오요와 허소산만이 남
게 되었다.

"소산, 준비는 됐니?"

주오요가 허소산을 보며 물었다.

"네. 그런데 혹시 황보 소저의 내기를 좀 살펴주실 수 있으
세요?"

"할 수는 있겠다만 왜 그러지?"

"보통의 경우 몸에 독이 들어오면 혈맥을 타고 도는데 그 독
기가 한 곳으로 모이는 경우가 있잖아요."

"알겠다. 혹시 독기가 한 곳에 모여 있으면 독기를 회수하기
가 한결 수월할 거란 말이구나."

"네."

"오냐. 내가 먼저 살펴보마. 그런데 그러려면 일단 황보 소
저를 일으켜 앉혀야겠다. 도와주겠니?"

"네."

허소산이 얼른 다가가 주오요와 함께 이불을 걷고 황보설화
의 신형을 일으켰다. 순간 황보설화의 흰 등이 허소산의 눈에
들어왔다. 오랫동안 침상에 누워 있었기에 황보가에선 종창을
방지할 목적으로 황보설화의 옷을 무척 가볍게 입힌 상태였
다.

"쓰러지지 않게 잘 잡고 있거라."

주오요가 침착하게 말하고는 황보설화의 등에 두 손을 가져
다 대고는 가만히 눈을 감았다. 허소산은 긴장한 얼굴로 주오
요와 황보설화를 번갈아 바라봤다. 비록 독에 중독되어 있다
고는 해도 황보설화의 호흡은 무척 안정되어 있었다.

'당장 죽을 사람은 아니구나.'

허소산이 안도의 숨을 내쉬며 좀 더 강하게 황보설화의 팔
을 붙잡았다. 그렇게 일각여가 지났을 때 문득 주오요가 눈을
떴다.

"됐다. 일단 눕히자꾸나."

주오요의 말에 허소산이 조심스럽게 황보설화를 침상에 눕
혔다. 그러자 주오요가 손을 들어 황보설화의 아랫배에 가져
다 대며 말했다.

"본래 몸에 들어온 모든 기운은 시간이 지나면 단전에 모이
게 된다. 그런데 이 아이의 몸에 들어간 독은 그렇지 않구나.

전신에 고루 퍼져 있다. 아마 황보가에서 내가의 고수를 동원해서 독기를 몰아내지 못한 것도 그 때문인 듯하구나. 더군다나 이 이 기운은 무척 차구나. 보통의 내력으로는 감당하기 쉽지 않은 음한지기다. 어쩌지?'

주오요가 걱정스런 표정으로 물었다. 허소산이 하고자 하는 해독법도 결국은 내가의 고수가 다른 사람의 몸속에서 독기를 빼내는 것과 비슷한 것이기 때문이었다. 단지 그 독기를 자신의 몸으로 이동시켜 기력으로 변화시키는 것이 다를 뿐.

"괜찮아요. 한번 간단히 시험을 해볼게요."

"그러겠느냐? 어떻게 도와줄까?"

"일단 눕힌 상태에서 해볼게요. 지난번 벽란도에서 홍수를 상대할 때도 특별한 자세를 취한 것은 아니었어요."

"그래? 오냐. 일단 한번 시도해 보거라."

주오요의 말에 허소산이 고개를 끄덕이고는 황보설화의 손을 잡았다. 그리고는 가만히 눈을 감고 천독공의 제일결인 독정의 구결을 떠올리기 시작했다.


허소산은 금세 운기의 심연 속으로 빠져들어 갔다. 그러자 허소산을 지켜보고 있던 주오요가 놀란 빛을 드러냈다. 본래 아무리 익숙한 신공일지라도 운기의 삼매에 들어가려면 심신을 가다듬고 자세를 바로잡아야 하는 법인데 허소산은 너무도 쉽게 운기의 깊은 경지로 빠져들어 가는 것이었다.

"역시 특별한 아이야."

주요요가 나직하게 중얼거렸지만 이미 천독공에 깊이 빠져든 허소산의 귀에는 들리지 않았다. 주오요는 살짝 걸음을 옮겨 침상을 가린 흰 천을 조금 걷은 후 밖을 살폈다. 혹시라도 누군가가 방 안에 들어올 경우 지금의 상황을 설명할 수 없기 때문이었다.

그렇게 주오요가 망을 보는 사이 허소산은 대략 일각 정도 황보설화의 손을 잡고 천독공을 운용했다. 그러자 한순간 차갑기가 북해의 빙정 같은 기운이 허소산의 손끝을 통해 그의 몸으로 스며들기 시작했다.

"음!"

허소산이 밀려드는 냉기에 놀라 황보설화의 손을 황급히 놓으며 신음성을 흘렸다.

"왜 그러느냐? 뭐가 잘못됐느냐?"

주오요가 깜짝 놀라 허소산에게 다가왔다. 그러자 허소산이 고개를 저었다.

"아니에요. 단지 이 면왕이란 독의 한기가 너무 강해서 잠깐 놀랐어요."

"그래, 무척 강한 음한의 독이었다."

"한겨울 얼음장처럼 차가워요."

"어쨌든 독을 끌어낼 수는 있는 거구나."

주오요의 말에 허소산이 고개를 끄덕였다.

"그래요. 하지만 시간이 좀 더 많이 걸릴 것 같아요. 제가 이 한기를 견디며 몸속으로 독 기운을 받아들이려면 무척 느리게 운기를 해야 할 것 같아요."

"그게 문제가 될 것은 없다. 일단 독을 빼낼 수 있다는 게 중요한 거지."

"그러나 저들이 얼마나 기다려 줄까요?"

"내가 최대한 시간을 끌어보마."

"알았어요. 그럼 다시 시작할게요. 그런데 손보다는 단전을 통해 독기를 뽑아 올리는 게 더 좋을 것 같아요."

"네가 편한 대로 하거라. 밖은 내가 철저히 지키마."

"알았어요."

허소산이 대답을 하고는 조심스럽게 침상에 오른 후 황보설화의 옷깃을 헤치고 그녀의 단전에 한 손을 댔다. 그리고는 가부좌를 틀고 앉아 다시 천독공을 운기하기 시작했다.


"놀랍구나!"

밖의 동정을 살피며 흘깃흘깃 허소산과 황보설화를 보고 있던 주오요가 탄성을 자아냈다. 주오요가 독이 허소산의 손을 통해 그의 몸으로 들어오는 것을 볼 수는 없었다. 그 느낌은 오로지 허소산만이 알고 있을 터였다.

그러나 적어도 황보설화의 몸에서 독이 사라져 가는 것은 알 수 있었다. 허소산이 운기를 시작한 지 한 시진쯤 지났을 때부터 서서히 황보설화의 얼굴에 변화가 생기기 시작했던 것이다.

그동안 유난히 희게 보였던 황보설화의 피부는 타고난 것도 있지만 기실 음한의 독인 면왕에 중독되어 특별히 도드라져 보였던 것이다. 그런데 그녀의 몸에 깃들어 있던 독이 서서히 허소산의 손을 통해 사라지자 그녀의 얼굴이 점점 혈색을 찾기 시작했다. 물론 그래도 그녀는 타고난 백설의 피부를 자랑하고 있었지만 그녀의 피부가 생기를 찾아감을 모를 리 없는 주오요였다.

주오요는 사실 천독공에 대해 자세히 설명을 듣고도 과연 그런 신공이 존재할지에 대해 약간의 의문이 남아 있었다. 그러나 두 눈으로 황보설화가 해독되어 가는 것을 보자 의문은 연기처럼 사라지고 허소산과 그가 익히고 있는 천독공에 대한 놀라움이 그 자리를 대신했다.

그런데 그때 갑자기 방문 쪽에서 사람의 인기척이 느껴졌다. 주오요가 재빨리 입을 열었다.

"무슨 일이죠?"

순간 허소산이 주오요의 다급한 목소리를 듣고는 재빨리 황보설화에게서 손을 뗀 후 침상에 내려왔다. 그러자 바로 직후 방문이 열리면서 왕유하가 방 안으로 들어섰다.

"무슨 일이신가요?"

주오요가 짐짓 기분이 상한 듯한 표정으로 물었다. 그러자 왕유하가 힐긋 누워있는 황보설화를 보면서 입을 열었다.

"어찌 되어가는지 궁금해서 들어와 봤소, 이미 시간이 많이 흘렀고."

그녀의 목소리에 의심의 기색이 역력했다. 그러자 주오요가 차갑게 대답했다.

"한번 보시지요."

주오요의 말에 왕유하가 살짝 표정이 변하며 황보설화가 누워 있는 침상으로 다가갔다. 그리고는 황보설화의 얼굴을 가만히 들여다보다 화들짝 놀라 황보설화의 손을 잡았다.

"아, 아이가… 온기가 돌아왔어!"

왕유하의 얼굴에 감격의 기운이 돌았다. 그러자 주오요가 재빨리 입을 열었다.

"만약 대부인께서 방해하지만 않으셨어도 조금 더 빨리 황보 소저를 깨울 수 있었을 겁니다. 하지만 일단 방해를 받아 해독을 중지했으니 시간은 배로 들 겁니다."

"아, 내가 망동하여 그만 노사의 치료를 방해하고 말았구려. 미안하오."

왕유하가 평소의 그녀에게선 찾아볼 수 없는 모습으로 주오요에게 사과했다. 그러자 주오요가 냉랭한 표정으로 말했다.

"해독이 모두 되면 모시겠습니다. 그리 아시고……."

"알겠소. 난 그만 나가보겠소. 그럼 잘 부탁하오."

왕유하의 말에 주오요가 고개를 끄덕이며 대답했다.

"최선을 다할 테니 걱정 마십시오. 이미 효험을 보기 시작했으니 시간이 문제지, 결국 해독은 될 겁니다. 대신 대부인께서는 황보 소저가 깨어났을 때 원기를 회복할 수 있도록 의원들에게 일러 보양을 준비해 주십시오."

"알겠소. 그건 내가 알아서 준비시키리다. 그럼!"

왕유하가 죄라도 지은 사람처럼 다급하게 방을 벗어났다. 그러자 주오요가 허소산을 보며 물었다.

"얼마나 걸릴 것 같으냐?"

"시간은 저도 장담할 수 없어요. 한기가 옅어지면 거의 끝난다고 봐야겠지요."

"그렇구나. 그럼 다시 시작할까?"

"네, 어르신."

허소산이 당차게 대답을 하고 다시 황보설화의 침상으로 올라갔다. 그리고는 크게 호흡을 하고는 황보설화의 단전으로 손을 가져갔다.

정지한 듯 시간이 흘렀다. 멈춰 있는 호수의 물도 결국엔 강물로 흘러들어 바다에 이르듯 시간은 창을 통해 밤이 되었음을 알려주고 있었다. 허소산이 황보설화의 단전을 통해 독 면왕의 기운을 흡수하기를 벌써 세 시진째, 서서히 손을 통해 들어오는 기운에서 한기가 사라지기 시작했다.

'거의 된 것인가?'

기운의 변화를 느끼며 허소산이 마지막 힘을 내기 시작했다. 비록 무던한 성정의 허소산이지만 수 시진째 가부좌를 틀고 독을 흡수하는 일은 그리 쉬운 일이 아니었다. 더군다나 천독공에 의해 제어되고 있기는 하지만 그의 몸에 들어온 면왕의 한기는 그의 근육을 조금씩 굳게 만들고 있었다. 빨리 제대로 운기를 해 면왕의 기운을 공력으로 흡수하지 않으면 허소산의 몸이 굳어버릴 수도 있었다.

"후우욱!"

허소산의 코와 입에서 길게 숨소리가 흘러나왔다. 순간 주오요의 표정이 일변했다. 갑자기 허소산의 몸을 아련한 안개 같은 것이 휘감기 시작한 것이다.

일단 운기 중에 일어나는 변화는 화복(禍福) 둘 중 하나로 귀결되게 마련이어서 주오요의 얼굴에 근심이 깃들었다. 만약 허소산의 변화가 복이 아니라 화라면 허소산이 크게 위험해질 수 있었다.

"본래 흡정의 술은 내가의 고수들조차도 함부로 시도할 수 없는 운기법이지."

주오요가 나직한 목소리로 중얼거렸다. 그러나 이제 와서 허소산의 일을 그만두게 할 수도 없었다. 이미 기호지세, 면왕의 해독은 한눈에 보아도 막바지에 이르러 있었다.

"후욱! 후욱!"

갑자기 허소산의 호흡이 거칠어지기 시작했다. 어쩌면 독기의 뿌리가 뽑혀나고 있는지도 몰랐다. 허소산을 휩싼 안개는 더욱 짙어졌고 방 안은 기이한 한기로 가득 찼다.

그러던 한순간 거짓말처럼 황보설화가 번쩍 눈을 떴다. 그리곤 잠시 눈동자를 움직이던 황보설화가 안개에 휩싸인 채 자신의 단전에 손을 대고 있는 괴인을 발견하고는 날카로운 비명을 내질렀다.

"악!"

비명과 함께 황보설화의 손이 본능적으로 허소산을 밀쳤다.

"큭!"

허소산의 입에서 나직한 신음성이 흘러나오더니 그대로 쓰러지듯 침상을 벗어나 바닥에 내려앉았다.

"자세를 바로하고 호흡을 가다듬어라! 실수하면 위험하다!"

주오요가 재빨리 허소산을 부축하며 소리쳤다. 운기 중 외부의 충격으로 호흡이 흐트러지면 자칫 주화입마에 빠질 수가 있었다. 주화입마를 입어 기혈이 뒤틀리기 시작하면 십중팔구는 죽음, 운이 좋아도 반신불수였다.

허소산이 주오요의 말을 듣고 재빨리 가부좌를 틀고 앉아 운기에 들어갔다. 이번에는 천독공이 아닌 금강밀공. 들끓는 기혈을 안정시키기에는 금강밀공만 한 것이 없었다.

"웬 자들이냐!"

허소산이 일촉즉발의 위기에서 필사의 운기를 시작할 때 날카로운 목소리가 장내를 뒤흔들었다. 주오요가 고개를 돌려보니 어느새 침상에 일어나 앉은 황보설화가 두려움과 노기가 뒤섞인 시선으로 허소산과 주오요를 노려보고 있었다.

"걱정 마시오. 우린 소저를 치료하기 위해 온 사람들이오."

"치료?"

"그렇소. 소저의 독을 해독하는 중이었소."

"독? 아!"

갑자기 황보설화가 나직한 탄성을 흘렸다. 그때 문이 열리며 왕유하가 방 안으로 뛰어들어 왔다.

"무슨 일이오?"

"할머니!"

방 안으로 뛰어들어 온 왕유하를 보며 황보설화가 반가운
얼굴로 소리쳤다.

"아, 설화야, 네가… 네가 정말 깨어났구나."

"할머니 이게… 이게 다 무슨 일이죠?"

"이 녀석아, 네가 지난 수십 일 동안 잠들어 있었던 걸 모르
는 거냐?"

"제, 제가요?"

황보설화가 믿을 수 없다는 듯 되물었다.

"그래, 이 녀석아. 이 할미는 꼼짝없이 널 잃는 줄 알고 얼마
나 걱정했는지 아느냐?"

"제가 수십 일 동안 잠들어 있었다고요?"

"아무런 기억이 없느냐?"

"없어요. 전 그냥 한숨 푹 자고 일어난 것 같은 기분이에
요."

"오냐, 오냐. 고통이 없었다면 그 또한 다행한 일이지. 이보
시오, 주 노사!"

주오요를 부르는 왕유하의 목소리가 한결 부드러워졌다. 그
러나 주오요는 황보설화가 깨어난 것에 대한 기쁨을 함께 나
눌 처지가 아니었다. 황보설화가 깨어나는 대신 허소산의 목
숨이 위험에 빠졌기 때문이다.

"말씀하시지요."

차가운 주오요의 대답에 왕유하가 흠칫한 표정을 지으며 한쪽에서 가부좌를 틀고 앉아 있는 허소산을 발견하고는 의혹어린 목소리로 물었다.

"이 아이는… 어찌 된 일입니까?"

그러자 주오요가 미처 대답을 하기도 전에 황보설화가 소리쳤다.

"저놈… 저놈이 내 배에 손을 대고 있었어요!"

"뭣?"

왕유하가 깜짝 놀란 표정으로 되물었다. 그리고는 재빨리 주위를 살폈다. 그러나 잡인의 출입을 엄금했기에 방에는 그들 말고 아무도 없었다. 왕유하가 한숨을 내쉬고는 나직하게 물었다.

"어찌된 일이오?"

따지듯 묻는 왕유하의 질문에 주오요가 아무 일 아니라는 듯 대꾸했다.

"치료의 한 과정이었습니다."

"치료의 과정이라고? 저 아이가 어떤 아인지 몰라서 하는 말이오? 저 아이는 태자의 비가 될 아이오. 그런 아이의 몸에 외간남자의 손이 닿았다는 것이 알려지면 어떤 일이 벌어질지 모른단 말이오?"

"그럼 황보 소저가 죽도록 놓아둬야 했단 말인가요?"

주오요가 차갑게 되물었다.

"그, 그건… 이런 식의 치료라고는 말하지 않지 않았소?"

"대노사, 저 아이를 보세요. 지금 저 아이는 황보 소저의 독을 해독하고도 오히려 황보 소저의 성급한 행동에 목숨을 위협받고 있습니다. 그런데… 지금 저 아이의 목숨보다 살아난 황보 소저의 앞날을 걱정하고 계십니까?"

주오요의 목소리에선 노기까지 드러났다.

"그러나… 아, 이 일을 어쩌나. 음……."

왕유하가 당혹스런 표정으로 침음성을 흘리다가 이내 결심을 한 듯 입을 열었다.

"오늘 이 일은 우리만의 비밀이오. 저 아이가 설화의 몸에 손을 댄 것은 절대 이 방 밖으로 새어 나가면 안 되오. 약속할 수 있겠소?"

"오늘 일은 지금 이 순간 잊지요."

"좋소. 설화 너도 입조심을 하거라."

왕유하의 말에 황보설화가 고개를 끄덕이면서도 불만스런 목소리로 말했다.

"알았어요. 그런데 왜 해독을 하는데 제 몸에 손을 대야 하는 거죠?"

보통 사람에겐 의문스런 일이 아닐 수 없었다. 황보설화의 질문에 왕유하도 의혹을 드러냈다.

"치료는 노사께서 하는 것이 아니었소?"

두 사람의 의심에 주오요가 미리 준비한 듯 듯 망설이지 않고 차갑게 대답했다.

"물론 치료는 제가 했어요. 하지만 마지막 순간 어린아이의 순정한 기운이 필요했지요. 그래서 저 아이가 소저의 단전에 손을 대고 있었던 거예요. 선천지기를 아시나요?"

"선천지기라면……?"

"비록 의술을 배우지 않은 사람도 선천지기라는 말은 들어 봤을 거예요. 사람이 모친의 태 속에서 태어나면서부터 가지고 나온 순수한 기운이지요. 나이가 들면서 자연히 그 기운이 혼탁해지고 결국은 그 기운의 소멸로 삶을 끝내게 되는 겁니다. 그러니 나와 같은 늙은이와 저 아이의 맑은 기운을 비교할 수 없는 일이지요. 저 아이가 필요했던 것은 바로 소저의 치료 마지막 과정에 맑고 생명력있는 선천지기가 필요했기 때문입니다. 그런데… 지금 저 아이는 생명을 위협받고 있어요. 자신의 수명을 줄이며 선천지기를 소저의 치료를 위해 내놓은 아이에게 너무 가혹한 일이 아닌가요?"

주오요의 말에 왕유하와 황보설화의 얼굴에 일순 부끄러움이 물들었다. 그들이 아무리 도도한 가문의 여인들이라 할지라도 주오요의 말을 들은 이상 허소산에 대한 미안함을 금할 수 없었기 때문이다.

"노사, 내 잠시 앞뒤 사정을 분간하지 못하고 실수를 하였소. 그래, 저 아이의 상태는 어떻소?"

"지금으로선 잘 모르겠습니다, 일단 기다려 보는 수밖에."

주오요가 조금 누그러진 목소리로 대답을 하고는 허소산의 곁으로 다가갔다.

'쉽지 않군.'

허소산은 자신의 온몸을 휘감고 있는 차가운 한기에 맞서 금강밀공을 운기하며 최대한 몸의 온기를 지키려 하고 있었다. 그러나 황보설화의 몸에 있다가 허소산의 몸으로 이동한 면왕의 독기는 순후한 금가밀공의 기운을 압도하고 있었다. 이대로라면 황보설화 대신 허소산 자신이 깊은 잠에 들 수밖에 없는 상황이었다.

'역시 천독공밖에는……'

허소산이 결심을 하고는 재빨리 금강밀공을 버리고 천독공을 운기하기 시작했다. 그러자 순간적으로 허소산의 얼굴이 지독한 음한지기에 노출되어 파랗게 변했다.

"음!"

허소산의 입에서 나직한 신음성이 흘러나왔다.

"무슨 일이냐?"

주오요가 놀란 얼굴로 허소산 앞에 앉았다. 왕유하와 황보설화도 크게 놀라 허소산의 얼굴을 주시했다. 그런데 허소산의 얼굴에 깃들었던 파란 한기가 순식간에 사라졌다. 그리곤 서서히 허소산의 얼굴이 혈색을 찾아가기 시작했다.

"후우."

주오요가 나직하게 한숨을 쉬었다. 허소산의 상태로 보아 위기는 넘긴 듯 보였기 때문이다.

"어찌 되었소?"

왕유하도 걱정스런 표정으로 물었다.

"고비는 넘긴 듯합니다. 너무 걱정 마십시오."

"아, 참으로 다행이구려."

왕유하가 손으로 가슴을 쓸어내리며 말했다.


'지독하네. 천독공으로 그 기운을 제압하기가 힘드니.'

주오요와 왕유하가 안도의 숨을 내쉬는 그 순간에도 허소산은 치열하게 면왕의 독과 싸우고 있었다. 면왕의 한기는 끊임없이 연기가 스며들 듯 허소산의 가는 혈맥을 파고들었다. 천독공을 운기해 그 기운을 단전으로 몰아넣었다 싶으면 어느새 다시 스멀스멀 단전 밖으로 흘러나와 혈맥을 침범하는 면왕의 기운이었다.

그러나 결국 면왕도 천독공의 신묘한 기운 앞에 무릎을 꿇었다. 허소산이 금강밀공에서 천독공으로 운기를 바꾼 지 반 시진 가까이 되어 황보설화와 왕유하의 얼굴에 지루함이 비치기 시작할 때 문득 허소산이 살며시 눈을 떴다. 순간 그의 눈에서 차고 맑은 기운이 한순간 번쩍였다 사라졌다.

"괜찮은 거냐?"

허소산이 눈을 뜨자 주오요가 급히 물었다.

"네, 괜찮아요."

"아, 다행이구나."

"황보 소저께서는……?"

"음, 깨어나셨구나. 모든 일이 잘됐다."

"다행이에요."

허소산이 입가에 미소를 지으며 자리에서 일어났다. 그러자 왕유하가 허소산을 보며 물었다.

"몸은 어떠냐?"

"괜찮습니다."

"다행이구나. 아무튼 고생했다."

왕유하의 말에 허소산이 고개를 끄덕였다. 그러자 이번엔 황보설화가 물었다.

"이름이 뭐지?"

"허소산이라 하옵니다."

"허소산? 좋아, 소산. 아까는 내가 미안했어. 창졸간에 정신이 없었다."

"괜찮습니다. 크게 다친 곳도 없는데요, 뭐."

"그렇게 말해주니 고맙다. 아무튼 네게 큰 은혜를 입은 것이니 내 나중에 따로 답례를 하마."

"그러실 필요는 없습니다."

"아니, 나도 빚지고는 못사는 성격이야."

황보설화가 고집을 피웠다. 그러자 왕유하가 웃으며 말했다.

"자자, 그런 이야기는 나중에 하고 너나 여기 주 노사나 모두 피곤할 터이니 오늘은 그만 쉬도록 하자꾸나. 이미 밤이 깊었으니 두 사람은 오늘 옆방에서 쉬도록 하시오. 방이 비어 있으니."

"일이 끝났으니 저희는 만재방으로 돌아가고 싶습니다만……."

주오요의 말에 왕유하가 고개를 저었다.

"아니오. 어찌 귀한 손님을 한밤중에 보낼 수 있단 말이오? 내일 아침 식사라도 대접하고 싶구려. 그리고 비록 깨어났다고는 하나 하루 이틀은 설화의 상태를 살폈으면 좋겠구려."

"그건 의원들이 더 잘할 것입니다."

"흥, 의원들이라고 수백이 붙어도 독 하나 해독하지 못한 것들을 어찌 믿겠소. 주 노사께서 하루만 더 머물러 주시구려."

왕유하의 간곡한 부탁에 주오요 역시 더 이상은 거절할 수 없었다.

"알겠습니다. 그럼 오늘은 이곳에서 묵도록 하지요."

"고맙소. 게 있느냐?"

"예, 대부인 마님!"

왕유하의 부름에 문이 열리면서 시비가 모습을 드러냈다.

"의원들을 부르라. 그리고 이 두 사람에게 건넌방을 안내해 드려라. 오늘 그곳에서 묵으실 게다."

"알겠습니다, 마님. 두 분은 절 따라오시지요."

시비의 말에 주오요와 허소산이 시비를 따라 황보설화의 방을 벗어났다. 그러자 왕유하가 갑자기 낯빛을 흐리며 말했다.

"음, 앞으로의 일이 걱정이군. 가주는 이미 만재방을 거두기로 결정한 듯한데……. 어찌 가주를 설득한다?"


"수고했다."

황보설화가 있는 맞은편 방으로 들어온 주오요가 시비가 나가자 허소산의 어깨를 두드리며 말했다. 그러자 허소산이 물었다.

"이젠 모든 게 제자리로 돌아갈까요?"

그러자 주오요가 창으로 보이는 황보가의 거대한 장원을 바라보며 말했다.

"모르겠구나. 세상에서 가장 알 수 없는 것이 사람의 마음이라. 어쨌든 우린 최선을 다했으니 되었다. 비록 우리가 진정을 다해 황보가를 도왔지만 그 진심을 받아들이고 안 받아들이고는 그들의 몫이지."

"그들이… 약속을 지키지 않을 수도 있을까요?"

"어쩌면 그럴지도 모른다. 황보가주의 시선이 애초부터 만재방 전부에 가 있었던 것은 사실이니까."

"그럼 어쩌죠?"

"일단은 대부인을 믿어보는 수밖에. 만약 대부인마저 황보가의 행보를 바꾸지 못한다면… 그때는 결국 도검이 문제를 해결해 줄 거다."

第八章
전야(前夜)

독경 毒經

"무슨 일이오?"

주오요가 차가운 음성으로 물었다. 불길한 예감이 허소산의 머리를 스치고 지나갔다. 늦은 아침부터 맞은편 황보설화의 방에는 이미 여러 사람이 다녀가는 기척이 느껴졌다. 그러나 주오요와 허소산의 방에는 아침상을 가지고 온 시녀 외에는 그 누구도 찾아오지 않았다. 그러다 문득 찾아온 사람들이 바로 이 낯선 사내들이었다.

"가주님의 명을 받고 왔소."

주오요와 허소산을 찾아온 사내는 모두 다섯이었는데, 눈빛이 범상치 않고 허리에 긴 장검을 차고 있어 이들이 무공을 익힌 사내들이란 걸 한눈에 알 수 있었다.

"참으로 험한 방법으로 부르시는군."

주오요가 자리에서 일어나며 말했다. 황보설화를 해독시킨 사람들을 부르는 방법치고는 너무 예의가 없는 호출이라고 생각했던 것이다. 그러자 사내 중 하나가 말했다.

"당신들은 가주님을 뵈러 가지 않을 것이오."

순간 주오요의 표정이 살짝 변했다.

"그럼 황보가주께서 내린 명이 무엇이오?"

"가주께선 그대들을 옥에 가두라 명하셨소."

차가운 사내의 말에 주오요가 섬뜩한 안광을 토해냈다.

"옥(獄)?"

"그렇소."

"후후, 정말 대단한 대접이군. 딸을 살려준 사람을 옥에 가두라니. 후후후."

주오요가 나직한 웃음을 흘렸다. 한편으로 그녀의 눈에 은은한 살기가 흘렀다. 그러자 사내가 흠칫한 표정을 지으며 말했다.

"경거망동 마시오. 그대들에 대한 의심이 해소되면 자연히 풀려나게 될 것이오. 만약 반항을 한다면 몸이 상할 것이오."

"그래? 그럴 능력은 있나?"

주오요는 고수다. 황보가에서는 모르고 있었지만 그녀는 하모극이 만재방의 위기에 대처하기 위해 초대한 고수 중 한 명이었다. 그런 그녀였으므로 비록 이곳이 호랑이 굴이라 해도 자신의 몸 하나 빼내는 것은 어려움이 없었다. 물론 그 와중에 자신의 앞을 막는 자가 있다면 적 몇의 목숨도 손쉽게 앗아갈 수도 있는 주오요였다.

"이곳은 황보가요. 감히 그 누구도 가주의 명을 거부할 수 없소."

"그래? 과연 그럴까?"

주오요가 노기를 흘리며 한 손에 진기를 모았다.

"아이를 생각하시오."

주오요의 행동이 범상치 않음을 깨달은 황보가의 무사가 재빨리 입을 열었다. 그러자 그제야 주오요가 이곳엔 자신만 있는 것이 아님을 깨달았다. 그녀의 시선이 허소산에게로 향했다. 허소산은 어린 나이에도 불구하고 돌아가는 사정을 모두 이해하고 있었다.

"황보가에서는 은혜를 이런 식으로 갚나요?"

허소산이 참았던 울분을 터뜨렸다. 그러자 무사의 얼굴에 잠시 곤욕스런 기색이 일었다가 이내 사라졌다.

"아이야, 너희들은 지금 본가의 의심을 사고 있다. 그러니 본가의 처사를 너무 원망 말거라."

"도대체 무슨 의심을 사고 있다는 거죠?"

"모든 의원이 면왕의 해독에 실패했다. 황궁에서 나온 어의조차도 말이다. 그런 면왕을 만재방에서 알아내고 또한 해독했다. 이런 상황이면 누구라도 만재방을 의심치 않을 수 없을 것이다. 만재방에서 애초부터 아가씨에게 짐독과 면왕을 하독한 것이라고 믿을 수밖에 없는 상황이란 말이다. 만재방에서 데려온 사람들, 남황성의 고수들과 조가 성의 의원, 그리고 너희들까지. 모두 희대의 극독을 해독했다. 미리 준비가 없었다면 어찌 이런 일이 가능하겠느냐? 이것이 바로 가주께서 너희들을 의심하는 이유란다."

비록 허소산에게 말을 하고 있었지만 무사의 말은 주오요에게 하는 말이었다.

"흥, 그런 식이라면 천하의 모든 의원이 죄인으로 몰려야겠군."

주오요가 차갑게 말했다. 그러자 무사가 다시 입을 열었다.

"어쨌든 조사가 끝날 때까지는 옥에 머무셔야겠소."

"흥, 이미 조사가 끝난 것 아닌가? 결론을 내고 조사를 하니 시간도 필요없을 텐데?"

주오요의 추궁에 무사가 입을 닫았다. 그러자 주오요가 차가운 어조로 말했다.

"좋아, 일단 그대들의 말을 따르지. 하지만 이걸 알아야 해. 오늘의 일이 언젠가 황보가에 큰 화가 될 것이란 걸 말이야. 가서 가주에게 그렇게 전하라."

"그 말을 전하는 순간 당신들에 대한 의심은 확신으로 변할 거요."

"흥, 이미 만재방의 만금 재산에 욕심을 품은 사람이니 어찌 그 의심을 풀 수 있을까. 그대는… 참으로 용렬한 자를 주인으로 모셨군."

"말이 지나치오!"

무사가 황보승에 대한 주오요의 비난에 노기를 드러냈다.

"은혜를 원수로 갚는 자에겐 그리 지나친 말도 아니지."

"음, 더 이상 할 말이 없소. 순순히 우릴 따라오시오."

무사가 슬쩍 장검을 잡은 손에 힘을 주며 말했다. 그러자 주오요가 허소산의 손을 잡았다.

"따라가 보자꾸나."

"노사님."

"걱정 마라. 설마 죽기야 하겠느냐?"

주오요가 허소산을 잡은 손에 힘을 주고는 앞서서 사내들을 헤치고 방문을 벗어났다.


황보가는 고려 최고의 명문가답게 장원 자체에 사사로이 옥을 가지고 있었다. 옥의 크기도 제법 커서 웬만한 관가의 뇌옥을 능가했다. 장원 뒤쪽으로 펼쳐진 무성한 숲에 가려진 옥은 아침임에도 불구하고 밤처럼 어두웠다.

허소산은 담력이 큰 아이였지만 어두컴컴한 옥으로 끌려 들어가자 자신도 모르게 덜컥 겁이 났다. 그 두려움이 손을 통해 주오요에게 전달되었을까. 주오요가 허소산을 잡은 손에 더욱 힘을 줬다. 그러자 금세 허소산의 마음이 안정됐다.

"누구요?"

한순간 어둠 속에서 누군가의 목소리가 들렸다.

"가주님의 호위무사인 서림이오."

"아, 서 대협께서 어쩐 일이십니까?"

"상옥(上獄)에 둘 사람을 데려왔소."

"혹시 설화 아가씨를 해독했다는……?"

"맞소."

"그렇군요. 기별을 받고 기다리고 있었습니다."

"옥은 준비가 되었소?"

"이쪽으로 오십시오."

어둠 속에 불쑥 한 명의 장한이 나타났다. 그리고는 허소산 등을 동쪽 숲으로 이끌었다.

일각여를 이동하자 일행의 눈앞에 지붕이 땅에 닿을 듯 만들어진 커다란 건물이 모습을 드러냈다. 십여 칸으로 이뤄진 건물은 반쯤 땅으로 들어가 있었고, 그 앞에는 이십여 명의 무사가 도검을 든 채 지키고 있었다.

"오셨습니까?"

허소산 등을 이끌고 사내들이 나타나자 건물을 지키고 있던 이십여 명의 무사 중 한 명이 나와 사내를 맞았다.

"문제없나?"

"별일없습니다."

"좋아, 새로 상옥에 들 사람이 있네."

"요즘 들어 상옥에 드는 사람이 많군요."

"그렇군. 상옥은 거의 일 년에 한두 명이나 들까 말까 한 곳인데. 어쨌든 각별히 신경 쓰게."

"알겠습니다."

사내가 허리를 굽혔다. 그러자 사내가 서림을 보며 말했다.

"이쪽으로 오시지요."

사내의 말에 서림이 주오요와 허소산을 한 번 바라보고는 사내를 따라 건물 안으로 들어섰다.

"이곳은 상옥이라 부르는 곳이오. 본가에는 세 개의 옥이 있는데 그중 상옥은 옥이라고는 하지만 보통의 옥과는 달리 험한 곳이 아니오. 햇빛도 들고 청결한 곳이오. 본래는 신분이 높은 죄인을 머물게 하는 곳인데… 지내시기엔 별 어려움이 없을 것이오. 끼니도 때에 맞춰 제공될 것이오. 당부하건대 분란은 일으키지 마시오."

서림이 건물 안에 줄지어 늘어선 십여 칸의 옥 중 한곳의 문을 열어 주오요와 허소산을 밀어 넣으며 말했다. 그의 말대로 옥이라지만 안으로 들어서자 제법 깨끗한 공간이 두 사람을 맞았다. 침상도 있고 작은 서탁도 놓여 있었는데 문이 있는 앞쪽 벽면이 굵은 나무 기둥의 창살 형태로 되어 있지 않다면 옥이 아니라 객방이라고 해도 될 만한 곳이었다.

"곧 다시 사람이 올 거요. 그때까지 잘 지내시기 바라오."

밖에서 옥 안을 들여다보며 서림이 작별을 고했다. 그러자 주오요가 재빨리 말했다.

"다음에는 대부인이나 가주를 뵙자고 전해 달라."

"말은 전하겠소. 그러나……."

"후후, 하긴 그대가 정할 수 있는 문제는 아니지. 그럼 다른 부탁을 하지."

"뭐요?"

"만재방에 사람을 보내 우리의 일을 알리고 사람을 좀 보내 달라고 전해주는 것은 가능하겠나?"

"그것도 말해보겠소."

"좋아, 그럼 일단 그대들의 대답을 기다려 보지."

"그럼… 고생하시오."

서림이 한차례 주오요를 바라보고는 서둘러 옥을 벗어났다.


"생각보단 좋구나."

서림이 물러가자 주오요가 옥 안 이곳저곳을 살피며 말했다.

"다행이에요, 햇빛이 드니."

허소산이 단단한 쇠로 만들어진 작은 창에 얼굴을 가져다대 며 말했다.

"그렇구나. 덕분에 옥 안이 쾌적하구나. 한동안 지낼 만하 겠는걸."

주오요가 침상에 걸터앉으며 말했다. 그러자 허소산이 창에 서 물러나 침상 맞은편에 앉으며 미안한 기색으로 말했다.

"죄송해요."

"뭐가 말이냐?"

"제가 황보 소저를 해독시키겠다고 고집을 부려서……."

"후후후, 아니다. 어차피 외길이었어."

"우릴 죽일까요?"

"글쎄다. 그러나 죽여도 당장 죽이지는 않을 거다. 적어도 만재방이 무너진 후에야 죽이겠지. 만재방이 쓰러지면 명분을 만들어야 할 테니까. 어쩌면 우리를 회유하려 들 수도 있을 게다."

"우리가 황보 소저를 중독시켰다고요?"

"그래. 우리 목숨을 걸고 흥정을 할 수도 있지."

"말도 안 돼요. 그런 거래는 절대 하지 않을 거예요."

"그래, 그래야지. 그나저나… 저 사람들, 눈에 익는데?"

문득 주오요가 건너편 옥을 보며 말했다.

"맞아요. 남황성의 고수들이에요."

허소산이 고개를 끄덕였다. 벽란도의 만재방에서 개경으로 오면서 보았던 남황성의 고수들이 건너편 옥에서 가부좌를 튼 채 정좌해 있었던 것이다.

"음, 그동안 줄곧 여기서 지낸 모양이구나."

"몸은 상하지 않은 것 같은데요?"

"황보가도 조심하지 않을 수 없을 거다. 비록 멀리 떨어져 있다지만 남황성은 중원무림을 장악하고 있는 팔황 중 한곳이다. 팔황의 세력은 중원에 국한된 것이 아니기에 만약 자신의 고수들이 황보가에 의해 구금되었다는 것을 알게 된다면, 그리고 혹여 그중 한 명이라도 죽게 된다면 필히 고수들을 보내 보복하려 들 것이다. 그러니 황보가도 함부로 그들을 상하게 할 수는 없지."

"그럼 단지 만재방을 압박하려고 저들을 잡아두고 있다는 거군요."

"그럴 게다. 만재방을 몰락시키고 그 금력을 손에 넣으면 실수인 듯 그들을 놓아줄 가능성이 크지."

"휴, 명문이란 자들이 할 행동은 아니군요."

"권력과 재물은 성인도 타락시키는 법이니까."

주오요의 말에 허소산이 침울한 표정을 지었다. 그러다가 문득 창문 쪽으로 다시 시선을 돌리며 말했다.

"산을… 괜히 내려왔나 봐요."

"벌써 후회가 되는 거냐?"

"아버지가 세상을 피해 산으로 들어가신 것은 꼭 아버지의 외모 때문만은 아니었을 것 같아요. 전… 너무 어렸나 봐요. 결국 아버지도 저 때문에 이 분란에 휘말리게 되었잖아요. 아버진 산에서 살 사람인데…….."

"아니다. 세상의 모든 부모는 자식이 좀 더 넓은 세상, 좀 더 큰 세상을 보길 원한다. 허 엽사께서 널 데리고 산을 내려온 것 또한 부모로서는 당연한 일이라고 할 수 있다. 그게… 허 엽사에게도 큰 즐거움이었겠지. 일이 이렇게 된 것은… 결국 운명인 게지."

주오요가 위로하듯 말했다. 그러자 허소산이 잠시 침묵을 지켰다가 물었다.

"어쩌실 거예요?"

"나 말이냐?"

"네."

"글쎄다. 일단 하루 이틀 기다려 보자꾸나. 그러면 무슨 소식이 있겠지. 가장 좋은 것은 만재방에서 사람이 오는 거다. 특히 오라버니들이나 광 아우가 오면 더 좋겠지. 그러면… 향후의 일을 논의할 수 있으니……."

"만약 저들이 만재방을 공격한다면요?"

"그러면… 옥을 깨야겠지."

"옥을요?"

"그래. 소산, 너무 걱정 마라. 나와 다른 오라버니들, 그리고 광 아우는 그렇게 약한 사람들이 아니란다. 무공에 있어서는 고려의 그 누구에게도 양보할 생각이 없는 사람들이다. 이따위 옥, 하루아침에 깨고 나가는 것은 일도 아니다. 그러니… 너무 걱정하지 않아도 된다."

"아버지는… 아버지는 어쩌죠?"

"그것도 걱정 마라. 오라버니들이 보호해 주실 거다. 자, 그저 한 며칠 쉰다고 생각하고 편히 지내자꾸나."

"알았어요."

허소산이 무거운 표정으로 고개를 끄덕였다.

*      *      *

"가야 합니다. 시간을 끌수록 불리해질 수밖에 없습니다. 벽란도에서 온 기별에 의하면 곳곳에서 우리 상단이 정체 모를 자들에게 공격을 받고 있답니다. 본가에서 사람을 풀어 대응을 하려 해도 응양군의 감시로 인해 무사들을 동원할 수 없는 상태랍니다."

장익이 침중한 표정으로 말했다. 그러자 전욱이 곤욕스럽게 말했다.

"결국… 응양군이 움직인 것은 우리 만재방의 손발을 묶기 위해서였군."

"그렇습니다. 그리고 각지에서 우리 상단을 공격하는 자들은 아마도 금가의 사주를 받은 자들일 겁니다. 지난번 백림촌에서의 일 또한 금가의 사주에 의한 것임이 분명합니다."

이번에는 지풍하가 단호한 어조로 말했다. 그러자 임후가 노성을 터뜨렸다.

"무도한 놈들 같으니라고! 상권의 다툼에 있어서 이런 식으로 비열하게 도전하는 경우는 없었거늘!"

"금가의 무리가 어디 상도를 따르는 자들인가?"

하모극이 고개를 저으며 말했다. 그러자 전욱이 다시 입을 열었다.

"저들의 목적은 고려 땅에서 우리 만재방을 완전히 소멸시키는 것인 듯합니다. 그리고… 이 상태라면 이 땅에서 더 이상 버틸 수 없지요. 상계와 관이 모두 등을 돌린다면."

"그럼 어쩌시렵니까?"

장익이 물었다. 그러자 전욱이 무겁게 입을 열었다.

"응양군이 본가를 공격할 기색은 없다던가?"

"그저 길목만 막고 있답니다. 무사를 움직이면 반역으로 간

주하겠다는 경고와 함께. 그리고 비록 응양군 오백이 움직였다고 해도 본가에는 사신 어른 중 두 분이 계십니다. 그들이 공격을 해도 얼마간은 충분히 방어할 수 있을 겁니다. 물론 그리되면 다른 관군이 동원되겠지만."

"됐네. 그들이 선공을 하지만 않으면 돼."

"어쩌시렵니까?"

이번엔 하모극이 물었다. 그러자 전욱이 망설이지 않고 말했다.

"삼선을 띄워야겠습니다."

"음… 결국!"

"그러나 반드시 돌아올 겁니다. 어떤 모습이 될지 모르겠지만… 돌아와서 오늘의 치욕을 반드시 갚아줄 겁니다."

"그래야지요. 언제 떠나실 요량이십니까?"

"빠를수록 좋겠지요. 이미 탈출에 대한 준비는 모두 끝냈으니 내일 밤이라도 떠나도록 하지요."

그러자 하모극이 말했다.

"하루만 시간을 더 주십시오."

"무슨 문제가 있습니까?"

"황보가에 잡혀 있는 사람이 있지 않습니까?"

"음, 소산과 주 노사 말이군요."

"그렇습니다."

"하지만 그들을 구하려 한다면 저들이 우리의 행보를 눈치챌 수 있을 터인데……."

"그 두 사람을 구하는 일은 이 노사 등이 할 겁니다, 우리가 떠나는 그 시간에. 그래서 내일 황보가로 사람을 보내 잡혀 있는 사람들에게 계획을 전해야 할 듯합니다."

"알겠습니다. 그런데 과연 그들이 두 사람을 구해낼 수 있겠습니까?"

"쉬운 일은 아니지요. 그 다섯 사람의 무공이 비록 이 땅에서 짝을 찾기 힘들다고는 해도 황보가에도 고수가 많으니. 하지만 결국은 성공할 겁니다. 또 실패한다고 해도 시도하지 않을 수 없는 일이고."

"미안한 일이군요. 우리 만재방을 도우러 온 사람들인데 힘이 되지 못하니……."

"한 가지 청이 있습니다."

"말씀하시지요."

"그들이… 혹 삼선이 뜨는 곳으로 오면 삼선에 오르게 해주시기 바랍니다. 그들도 황보가와 척을 지고는 고려 땅에서 살아가기가 쉽지 않을 겁니다."

"알겠습니다. 그리하지요."

"그럼 미리 삼선이 뜨는 곳을 그들에게 알려주겠습니다."

"그러세요. 자, 그럼 이틀 뒤 새벽 이곳을 떠나는 것으로 하겠소이다. 모두 그리 준비해 주시구려."

"알겠습니다, 방주."


"소산, 소산은 어찌 되는 겁니까?"

수일 동안 잠을 자지 못한 허산왕이 충혈된 눈으로 물었다. 그러자 하모극이 침착하게 대답했다.

"소산과 주 노사는 여기 네 분이 반드시 구해낼 거요."

"하지만 두 사람은 황보가의 옥에 갇혀 있다지 않습니까? 그런데 어찌 단 네 분이서……?"

"걱정 마시오. 우리 네 사람이면 설혹 두 사람이 염라대왕에게 잡혀 있다고 해도 구해올 테니까."

이세교가 허산왕의 걱정을 덜려는 듯 짐짓 자신 있게 대답했다.

"정말 가능하겠습니까?"

"우릴 믿으시오. 자랑은 아니지만 우리 네 사람 앞을 막을 자는 이 고려 땅에 흔치 않으니. 그건 그렇고… 삼선이라고 하셨소?"

이세교가 하모극에게 물었다. 그러자 하모극이 고개를 끄덕였다.

"그렇소이다. 일단 사단이 벌어지면 황보가에서나 금가에서나 만재방과 관련이 있는 자는 씨를 말리려 할 것이오. 그러니 함께 삼선을 타고 중원으로 넘어갑시다."

하모극의 말에 박광이 고개를 저으며 말했다.

"아니, 겨우 벼슬아치와 장사치가 무서워 이 땅을 떠난단 말입니까? 우리 다섯을 아시지 않소이까, 어떻게 살아온 사람들인지. 이 박광은 그럴 생각 없습니다."

"그렇게 가볍게 생각할 게 아니오. 박 대협도 알다시피 이번 일에는 태자도 관련되어 있소. 관에서까지 설쳐 대면……."

"흥, 수틀리면 태자의 목을 따지요."

박광이 거칠게 말했다. 그러자 이세교가 말했다.

"아우의 마음을 모르는 바는 아니네. 나도 굳이 이 땅을 벗어날 이유는 없다고 생각하네. 천하에 우리 다섯 사람을 이 땅에서 떠나게 할 사람은 없으니. 하지만 이곳에 남아 있으면 한동안 번거로운 일이 많을 걸세. 그러느니 한 이삼 년 떠나 있는 것도 좋지 않겠나? 중원 구경한 지도 오래됐고, 자넨 늘 항주의 미주가효에 목말라 있지 않았나?'

"하하하, 생각해 보니 그렇군요. 항주에서 가서 몇 년 질펀하게 놀다가 새로운 마음으로 돌아와서 이번 일에 관련된 놈들을 혼내주는 것도 좋겠군요."

"아무튼 일단 두 사람을 빼내는 것이 우선이군."

이세교의 말에 윤응전이 입을 열었다.

"그렇습니다. 두려워하는 것은 아니지만 황보가의 경계도 보통은 아닐 텐데."

윤응전의 걱정에 이번에는 민육이 침착한 어조로 말했다.

"만재방이 움직이면 황보가의 모든 신경이 이쪽으로 향할 겁니다. 그때를 노리는 것이 좋겠지요. 설마 그 시기에 두 사람을 데리러 올 거라고는 생각지 못할 겁니다. 본래 사람이란 자신의 처지에 빗대 다른 사람을 판단하게 마련인데 황보가나 금가의 사람들이 목숨을 걸고 동료를 구하기 위해 사지로 뛰어들 사람들은 아니지 않습니까?"

"하하하, 그렇지요. 그런 자들에게 그런 의기가 있을 리 없지요."

박광이 호탕하게 맞장구를 쳤다.

"그럼 일단 내가 황보가로 가겠소. 가서 두 사람을 만나 계획을 전하리다."

이세교의 말에 하모극이 고개를 끄덕였다.

"그럽시다."

"나도… 나도 함께 가겠습니다."

문득 허산왕이 앞으로 나섰다.

"허 엽사께서 말이오?"

"그렇습니다. 아마도 소산이 많이 불안해하고 있을 겁니다. 내가 가면 안심을 하겠지요."

"음, 괜찮겠소?"

하모극이 이세교에게 물었다. 그러자 이세교가 웃으며 말했다.

"나야 말동무가 있으면 좋지요."

\*　　　　\*　　　　\*

옥에 갇힌 지 사흘이 지나자 허소산의 마음은 점점 불안해지기 시작했다. 때에 맞춰 음식이 나오고 어떤 협박이나 고문도 없지만 아무런 변화도 없이 무심히 시간이 흐른다는 것은 또 다른 고문이나 마찬가지였다.

"불안하냐?"

창에 붙어 떨어질 줄 모르는 허소산을 보며 주오요가 부드럽게 물었다.

"조금……."

"걱정 마라, 결국은 나가게 될 테니."

"정말 그럴까요?"

"물론 최악의 경우라도 내가 분명히 널 살리마. 이 주오요의 이름을 걸고 약속하지."

주오요는 여인이었지만 강한 심성을 지니고 있었다. 그런 주오요의 모습에 허소산은 불안 속에서도 한편으론 마음 든든함을 느꼈다. 그런데 그때 문득 옥이 있는 건물의 문이 열리더니 몇 사람이 안으로 들어왔다.

"만재방에서 사람이 왔소!"

그간 눈에 익은 옥지기가 허소산과 주오요가 있는 옥 앞에서 소리쳤다. 두 사람이 반가운 기색으로 고개를 돌려보니 이세교와 허산왕의 모습이 보였다.

"아버지!"

"소산아!"

허소산이 얼른 다가가 밖으로 손을 내밀어 허산왕의 손을 잡았다.

"이게… 이게 무슨 일이냐? 사람 살리러 와서는……."

허산왕이 안타까운 표정으로 말했다.

"제 걱정은 마세요. 전 잘 지냈어요. 이곳은 옥 같지도 않아요. 먹을 것도 제때 주고⋯ 또 주 어르신이 잘 돌봐주고 계세요."

허소산이 자신의 처지를 잊고 허산왕을 안심시켰다. 그러자 주오요가 허소산의 곁으로 다가서며 말했다.

"소산이 말대로 잘 지내고 있으니 너무 걱정 마세요. 오라버니, 상황이⋯ 어떤가요?"

주오요가 시선을 이세교에게로 돌렸다. 그러자 이세교가 슬쩍 옥지기를 살피고는 짐짓 곤혹스런 표정으로 말했다.

"그게⋯ 우리 같은 외인은 잘 모르겠구나. 만재방과 황보가 사이에 긴박하게 사람들이 오고 가긴 하는 것 같은데⋯⋯."

"그럼 우린 계속 여기 갇혀 있어야 한다는 건가요?"

"지금으로선 그럴 수밖에 없을 것 같구나. 하지만 걱정 마라. 만재방과 황보가의 인연이 하루 이틀이 아니니 곧 의혹을 걷고 예전의 관계를 회복할 것이다. 그리되면 자연히 두 사람도 풀려나겠지."

말을 하면서 이세교가 통나무로 된 살 위에 손가락으로 무엇인가 글씨를 썼다. 그러자 주오요가 재빨리 이세교의 손 모양으로 글자임을 보고는 확인하듯 똑같은 글씨를 재빨리 통나무 위에 썼다.

"설마 무슨 일이 있는 건 아니죠?"

손가락으로 글을 쓰면서도 주오요가 아무 일 없다는 듯 물었다.

"무슨 일이 있겠느냐. 황보가가 도리를 모르는 가문도 아니고."

이세교가 고개를 끄덕여 주오요가 쓴 글을 확인하면서 말했다.

"아무튼 방주께 꼭 좀 전해주세요. 하루빨리 우리를 꺼내달라고."

"알았다. 꼭 그리 전하마."

이세교가 고개를 끄덕였다. 그사이 허산왕과 허소산은 마치 십 년은 떨어져 있다 만난 부자처럼 서로의 손을 잡고 바쁘게 말을 주고받고 있었다. 그러나 본래 옥에 갇힌 자들의 만남은 짧게 마련이다.

"그만 나갈 시간이 되었소."

황보가의 옥지기가 허산왕 등이 옥에 들어온 지 일각이 지나자 지체없이 옥에서 나갈 것을 요구했다. 그러자 이세교가 허산왕에게 말했다.

"그만 나갑시다. 이제 곧 다시 보게 될 테니 너무 서운해 마시고."

"소산, 무엇보다도 몸이 건강해야 한다. 그래야……."

허산왕이 더 이상 말을 잇지 않았지만 허소산은 허산왕의 말뜻을 금세 알아챘다.

"알았어요. 아버지, 건강하게 지낼게요. 그래서 언제든 아버지를 만나러 달려갈게요."

"오냐. 곧 보자."

"갑시다."

옥지기가 허산왕과 허소산 사이로 시퍼런 창을 들이밀며 끼어들었다. 그러자 허산왕이 할 수 없다는 듯이 옥에서 멀어졌다.

"소산! 곧 데리러 오마!"

허산왕이 어찌 들으면 대담한 말을 옥사에서 나가며 소리쳤다. 그러자 허소산이 나직하게 중얼거렸다.

"그래요, 아버지. 꼭 절 데리러 오세요."

"소산, 너무 슬퍼하지 말거라. 곧 다시 보게 될 테니."

"무슨 일이 있는 거죠?"

눈치 빠른 허소산은 이미 이세교와 주오요 사이에 무엇인가 주고받은 약속이 있음을 알아챈 듯 보였다. 물론 허산왕 역시 대화 중 계속 그런 의도를 내비쳤었다.

"그래. 내일… 다시 올 것 같구나."

주오요의 말에 허소산이 깜짝 놀랐다.

"그렇게 빨리요?"

"일이 급하게 돌아가는 모양이다."

"괜찮을까요?"

"걱정 마라. 오라버니들을 막을 사람은 없을 테니."

주오요가 머리를 쓰다듬으며 허소산을 안심시켰다. 그런데 그때 문득 건너편 옥에서 남황성의 고수 한 사람이 나직하면서도 진중한 목소리로 말을 건넸다.

"파옥(破獄)을 하실 생각이오?"

남황성 고수의 말에 주오요가 화들짝 놀라 주위를 살폈다.

그러자 다시 남황성 고수가 말했다.

"걱정 마시오. 옥지기들이 자리를 비웠소. 그런데 정말 파옥을 할 거요?"

남방에서 온 자임에도 제법 해동의 말에 능숙한 것이 의외였지만 그런 것에 신경을 쓸 상황은 아니었다.

"보았다면 아실 것 아니오."

주오요가 경계 어린 시선으로 남황성 고수를 보며 말했다.

"그렇다면 부탁이 있소."

남황성 고수가 좀 더 낮은 목소리로 말했다.

"부탁이라……. 그대들의 부탁을 들어줄 만큼 여유있는 상황이 아니오. 그리고 우린 비록 만재방을 위해 일하기는 했지만 만재방 사람도 아니니 그대들의 부탁을 들어줄 이유도 없소."

"물론 나도 그간 보고 들은 것이 있으니 그대들이 만재방에 얽매인 사람들이 아니라는 것은 알고 있소. 하지만 우리의 부탁을 들어주는 일은 그대들에게도 도움이 될 거요."

남황성 고수의 말에 주오요가 잠시 생각에 잠겼다가 말했다.

"그 부탁이란 게 뭔지 들어나 봅시다."

"간단하오. 그대들이 파옥을 할 때 우리도 함께 나갔으면 하오. 어차피 황보가의 경비무사들을 상대하자면 사람이 많을수록 좋은 것 아니오?"

"하지만 사람이 많으면 저들의 눈을 피하기는 더 어려운 법이오."

"일단 장원을 벗어나 벽란도까지만 안내해 주시오. 그동안 파옥을 할까 몇 번 고심했지만 파옥을 할 경우 벽란도까지의 지리에 밝지 않은 점 때문에 망설이고 있었소. 그대들은 이 개경의 지세에 밝을 테니 우릴 벽락란도까지는 안내해 줄 수 있지 않겠소?"

"벽란도에 가면 이 땅을 떠날 다른 수가 있소?"

"그건 이미 고려에 올 때 준비해 둔 것이 있소. 반역자들을 제거할 때 혹여 다른 사람들과 분란이 생길 것을 대비해 고려 땅을 떠날 준비는 따로 해두었소."

남황성 고수의 말대로라면 그들은 이 땅에 들어올 때부터 큰 분란을 예상하고 있었던 듯싶다.

"그대들이 찾는 자들이 있다고 들었소만… 이대로 물러가도 되오?"

주오요 역시 이들이 남황성의 반역자들을 찾고 있다는 것을 알고 있었다.

"지금으로선 그들을 찾아내기 어렵다는 걸 알고 있소. 물론 그들이 금가라는 곳에 머물 가능성이 많다는 것은 알고 있으나 그렇다 한들 지금의 이 상황에서 금가에 들어갈 수도 없고. 일단 몸을 피했다가 세상이 잠잠해지면 그때 다시 오는 것이 나을 듯하오. 그러니 파옥을 하려거든 함께합시다."

남황성 고수의 말에 주오요가 잠시 생각에 잠겼다가 고개를 끄덕였다.

"좋소, 남황성의 고수 분들이라면 적어도 짐은 되지 않을 터이니."

"고맙소. 그런데 파옥의 시간은……?"

"때가 되면 알게 될 터이니 일단 준비를 하고 기다리시오."

함께 가기로 했다고 남황성 고수들에게 파옥의 시간까지 알려줄 수는 없었다. 주오요의 생각을 이해한다는 듯 남황성의 고수가 고개를 끄덕였다.

"알겠소이다. 그럼 그리 알고 준비하겠소."

"그런데… 그대의 이름은 뭐요?"

주오요가 문득 물었다. 그러자 남황성 고수가 잠시 망설이다 입을 열었다.

"난 남황성 팔대장로 중 삼장로인 궁오공이라 하오. 그대의 이름은?"

"난 주오요라 하오."

"주 여협의 도움, 잊지 않겠소."

궁오공이 고개를 숙여 보인 후 뒤로 물러나 동료들과 나직하게 이야기를 나누기 시작했다.

\*　　　\*　　　\*

하루해가 저물고 다시 밤이 찾아왔다. 허산왕은 허소산의 짐을 꾸려 단단히 어깨에 둘러멨다. 짐을 챙기기는 했으나 꼭 필요한 것 외에는 거의 장원에 놓고 가야 했으므로 움직이는

데 방해가 될 물건들은 없었다.

준비를 마친 허산왕이 전통(箭桶)을 등에 얽어 멨다. 그리고
는 항시 들고 다니는 각궁을 전통과 반대 방향으로 걸쳐 멘 후
검을 들고 자리에서 일어났다. 그때 마침 방문이 열리면서 박
광이 얼굴을 들이밀었다.

"허 엽사님, 가시죠?"

박광의 말에 허산왕이 고개를 끄덕였다.

"알겠소. 갑시다."

허산왕이 다부지게 입술을 깨물고는 방을 나섰다.


장원은 짙은 어둠에 싸여 있었다. 허산왕이 박광과 함께 숙
소를 벗어나자 이세교와 윤웅전, 그리고 민육이 두 사람을 기
다리고 있었다.

"갑시다."

허산왕 등을 기다리고 있던 이세교가 말과 함께 먼저 신형
을 움직였다. 그러자 나머지 네 사람도 이세교의 뒤를 따랐다.

이세교를 따라 한참을 이동해 장원의 담장에 다가섰을 때
허산왕의 눈에 담장 아래 늘어선 근 일백에 이르는 사람들이
보였다. 전욱을 포함한 만재방의 사람들이 탈출을 위해 어둠
에 몸을 숨기고 담장 아래 숨어 있었던 것이다.

"오셨구려."

이세교를 맞이한 것은 하모극이었다.

"준비는……?"

이세교가 물었다.

"모두 끝났소이다. 다섯 분을 기다리고 있었소."

"그럼 이제 가는 일만 남았구려."

이세교의 말에 하모극이 고개를 끄덕였다.

"그럼… 무운을 빌겠소. 용섬에서 봅시다."

"그러지요."

"시간을… 지켜야 하오."

"알고 있소. 삼선이 사람을 기다려 주지 않는다는 걸."

"그럼."

하모극이 이세교와 다른 사람들에게 고개를 숙여 보이고는 걸음을 옮겨 전욱 등 만재방의 수뇌들이 있는 곳으로 이동했다. 그러자 갑자기 어둠 속에서 전조명이 재빨리 허산왕에게로 다가왔다.

"꼭 소산을 데리고 오셔야 해요?"

전조명이 허산왕을 붙들고 애원하듯 말했다. 그러자 허산왕이 고개를 끄덕였다.

"소산은 내 아들입니다. 소산이 없으면 저도 없지요. 반드시… 데리고 나올 겁니다."

"잊지 마세요. 용섬이에요."

"알고 있습니다. 아가씨도 조심하세요."

"알았어요, 아저씨."

전조명이 울 듯한 얼굴로 고개를 끄덕였다. 그때 전욱이 전조명을 불렀다.

"조명, 이리 오너라."

전욱의 부름에 전조명이 다시 한 번 허산왕을 바라보고는 훌쩍 신형을 날렸다. 그러자 다음 순간 전욱이 가볍게 손짓을 했다. 순간 갑자기 사방의 담벼락 아래에서 만재방의 사람들이 동시에 들고 일어났다. 그리고는 모두 검은색 옷을 입은 만재방 사람들이 일제히 담을 넘어 사방으로 흩어졌다. 아마도 적을 혼란시키기 위해 한 방향이 아닌 여러 방향으로 탈출을 시도하려는 모양이었다.

"우리도 갑시다!"

이세교 나직하게 소리쳤다. 그리고는 자신이 먼저 앞을 막고 있는 담을 훌쩍 뛰어넘었다. 허산왕은 비록 무공은 다른 네 사람보다 약하지만 산에서 살아온 세월이 헛되지 않아 가볍게 담장을 날아 넘었다. 담장을 넘은 허산왕 등은 만재방주 전욱이 향한 남쪽이 아닌 서북쪽의 산속으로 달리기 시작했다.

삐이익!

허산왕 등이 숲 속으로 들어서려는 순간 갑자기 사방에서 날카로운 신호음이 일어나기 시작했다.

"도주다! 길을 막아랏! 한 사람도 빠져나가지 못하게 해!"

만재방과 이어지는 모든 길 위에 순식간에 불꽃이 타오르기 시작했다. 횃불의 행렬은 금세 원을 그리며 장원의 주위로 맹렬하게 번져갔다. 그러자 사방이 대낮처럼 환하게 밝아졌다. 그 아래 사방으로 흩어지는 만재방 사람들의 모습이 보였다.

차차창!

뒤이어 곳곳에서 도검이 충돌하는 소리가 터져 나왔다.

"악!"

단말마의 비명도 어김없이 일어났다. 천지가 요동치기 시작했고, 삶을 향한 격렬한 쟁투가 시작됐다. 그 지옥 속으로 허산왕이 아들을 찾기 위해 네 명의 고수와 함께 치닫기 시작했다.

第九章

탈출

독경 讀經

"서랏! 큭!"

한마디 경고성을 신호로 동시에 네 마디의 비명이 터져 나오며 황보가의 무사 넷이 한순간에 땅 위에 쓰러졌다. 장원을 벗어난 지 채 일각이 되기도 전에 만난 적을 이세교와 다른 세 명의 고수는 단 일 수에 잠재웠다.

허산왕은 예상을 뛰어넘는 놀라운 이세교 등의 무공에 놀라면서도 한편으로는 이들의 장담대로 황보가에 갇혀 있는 허소산을 분명히 구해낼 수 있을 거란 자신이 생겨 가슴이 뛰었다.

"산이 험하군. 밤이라 길을 찾기 어려워."

윤웅전이 칠흑 같은 어둠 속을 바라보며 말했다. 고수의 눈에도 어둠은 길을 찾는 데 여간 방해가 되는 것이 아니었다.

"제가 앞을 서지요."

문득 가장 뒤에 있던 허산왕이 앞으로 나섰다. 다른 네 명의 고수가 의외인 듯 허산왕을 바라봤다. 그러자 허산왕이 겸연 쩍은 표정을 지으며 말했다.

"전 산에서 살아온 사람이라 밤길에 밝습니다. 그리고 두 번 황보가에 다녀오면서 그쪽의 지형을 유심히 봐두었습니다. 사 냥꾼이라 인기척에도 밝으니 길을 안내해 드릴 수 있을 겁니 다."

허산왕의 말에 이세교가 고개를 끄덕였다.

"그렇구려. 우리 중에 고려 최고의 엽사가 있음을 잠시 잊고 있었소. 그럼 부탁하오."

이세교의 말에 허산왕이 고개를 끄덕이고는 일행의 앞으로 나서 비호처럼 산길을 타기 시작했다.

본래 관도를 따라 걸으면 만재방의 개경 장원에서 황보가까 지는 한 시진 정도 걸리는 거리였다. 그러니 산길을 따라 가면 관도로 가는 것보다는 한 시진 정도는 더 걸리게 마련이었다. 그런데 허산왕은 마치 잘 닦아놓은 길을 달리듯 바람처럼 산 을 달려 장원을 떠난 지 채 두 시진도 되지 않아 황보가의 지척 까지 도착했다.

"다 왔습니다."

커다란 소나무 아래서 걸음을 멈추며 허산왕이 말했다. 그 러자 박광이 감탄사를 흘렸다.

"정말 대단하십니다. 이름난 엽사시란 건 알았지만 이렇게 산을 잘 타실 줄은 몰랐습니다. 이건 정말… 무공을 익힌 우리들조차도 따르기 힘든 속도니……."

"그러게 말이오. 난 정말 깜짝 놀라고 말았소."

민육도 맞장구를 쳤다.

"사냥꾼에게야 당연한 일이지요."

허산왕이 겸연쩍은 표정으로 말했다. 그러자 이세교가 입을 열었다.

"어쨌든 허 엽사 덕분에 시간을 좀 벌 수 있었소. 아직 황보가에는 만재방주의 탈출이 전해지지 않은 모양이오. 일단 그 소식이 전해지면 금세 혼란스러워질 거요. 그 틈을 노립시다."

"좀 더 접근할까요?"

박광이 물었다.

"아니, 이쯤이 적당하네. 그리고 허 엽사."

"말씀하시지요."

"주 동생과 소산을 구하는 일은 우리가 맡을 테니 허 엽사께서는 이곳에서 기다려 주시오."

"하지만……."

"이 일은… 우리가 하겠소. 손에 피를 묻히는 일이니."

"외람되지만 저도 마적은 제법 죽여 봤습니다. 그리고… 제 활이 도움이 될 겁니다."

허산왕이 어깨에 메고 있는 각궁을 꺼내 들었다. 다부진 허산왕의 행동에 이세교도 더 이상 만류하지 못하고 고개를 끄덕였다.

"좋소이다. 정 그렇다면 함께 갑시다."

이세교의 허락이 떨어지자 허산왕이 어금니를 깨물고 고개를 끄덕였다. 그런데 그때 두 필의 말이 폭풍처럼 관도의 저쪽 끝에 나타나더니 거침없이 황보가를 향해 달려왔다.

"왔군."

박광이 소나무 기둥 뒤에 몸을 숨기며 말했다.

두두두!

관도를 달려온 두 필의 말은 거칠 것 없이 황보가의 장원을 향해 달려들었다.

"급보요!"

말 위에 탄 채 소리치는 무사의 목소리에 정문을 지키고 있던 경비무사들이 재빨리 문을 열었다. 그러자 관도를 달려온 자들이 말을 탄 채 장원으로 달려 들어갔다.

"출전이다!"

두 명의 무사가 황보가로 들어간 지 채 일각이 되지 않아 황보가의 장원 안이 소란스러워졌다.

"움직이는군."

윤응전이 한줄기 푸른 안광을 흘려내며 말했다. 아마도 진기를 끌어올리고 있는 모양이었다.

"그들이 장원을 나서면 그때 들어가세. 모두들 준비하시게."

이세교의 말에 허산왕이 손에 든 각궁을 더욱 힘주어 잡았다. 그리고 잠시 후,

두두두두!

거대한 말발굽 소리가 황보가의 장원에서 들려오더니 이내 수십 필의 말이 황보가를 빠져나갔다.

"가세."

황보가의 무사들이 장원을 나서는 혼란 속에서 이세교가 앞으로 달려나갔다. 그 뒤를 따라 허산왕 등 사 인이 어둠을 타고 황보가의 장원 담벼락을 향해 달렸다.

툭!

이세교는 한 손을 담장 위에 걸치더니 단번에 날듯이 장원의 담장을 넘었다. 윤웅전과 민육이 바람처럼 그 뒤를 따랐다. 그러자 박광이 홀쩍 담장 위로 올라서 뒤따르는 허산왕을 향해 손을 내밀었다. 공력이 없는 사람에게 황보가의 담은 홀로 넘을 수 없는 높이라 생각했기 때문이다. 그런데 박광의 손이 무색하게 허산왕은 산속의 바위를 넘듯 마치 다람쥐처럼 담벼락을 타고 올라 홀쩍 반대편에 내려서는 것이었다.

"이런, 정말 무공을 모르는 걸까?"

허산왕의 날렵한 움직임에 박광이 고개를 갸웃하며 담장을 날아내렸다.

"이쪽이네."

이미 한 번 황보가의 뇌옥을 다녀간 이세교가 능숙하게 일

행을 장원의 후미로 이끌었다.

다섯 사람은 거대한 건물의 처마가 만드는 어둠을 따라 빠르게 뇌옥 쪽으로 이동했다. 다행히 만재방의 탈출을 막기 위해 무사 대부분이 빠져나갔기에 황보가의 경비무사는 그리 많지 않았다.

그렇게 얼마를 이동했을까. 한순간 이세교의 신호로 일행이 밤 그늘에 몸을 숨기며 걸음을 멈췄다.

"저기네."

이세교가 손을 들어 숲으로 가려진 뇌옥을 가리켰다. 허산왕의 눈에도 익숙한 뇌옥의 정경이 눈에 들어왔다.

"모두… 다섯이군요."

박광이 얼추 뇌옥의 입구를 지키고 있는 무사들의 숫자를 헤아렸다.

"입구에만 그 정도고 안쪽에 십여 명이 더 있네."

"소리없이 해치우고 들어가기엔 적지 않은 숫자군요."

박광이 대답했다. 그러자 허산왕이 앞으로 나섰다.

"제가 활을 쏘겠습니다."

"허 엽사께서 말이오?"

이세교가 되물었다.

"그렇습니다. 밝은 때라면 모르겠지만 어둠 속에서라면 제 활을 피해내기 쉽지 않을 겁니다. 설혹 피해낸다 해도 노사들께서 그 틈에 들이닥치면 쉽게 저들을 해치울 수 있을 겁니다."

"음, 일리있는 방법이군."

뒤쪽에서 민육이 고개를 끄덕이며 말했다. 그러자 이세교가 허산왕을 보며 말했다.

"좋소이다. 그럼 어디 고려 최고 엽사의 활솜씨를 구경해 봅시다."

"그저… 잔재주지요."

허산왕이 겸연쩍은 표정으로 말하고는 두어 걸음 앞으로 나가 한쪽 무릎을 꿇었다. 그리고는 등에 멘 전통에서 두 대의 화살을 꺼내 한 번에 시위에 걸었다.

"한 번에 두 대라……. 역시 보통 실력이 아닌가 보군요."

박광이 나직한 목소리로 윤웅전에게 말했다.

"결과는 아직이네."

윤웅전은 신중했다. 비록 허산왕이 뛰어난 사냥꾼이라 해도 뇌옥을 지키는 자들은 황보가의 무사들이었다. 허산왕의 화살이 어떤 효과를 낼지는 두고 봐야 알 일인 것이다.

그러는 사이 신중하게 시위를 당긴 허산왕의 눈이 한순간 호랑이의 눈처럼 번쩍였다.

피유웃!

두 대의 화살이 날카로운 소성을 내며 동시에 시위를 떠났다. 그리고 화살이 미처 목표에 닿기도 전에 허산왕이 재빨리 등 뒤의 전통에서 다시 화살을 꺼내 또다시 두 대의 화살을 쏘아 보냈다. 가히 전광석화와 같은 활솜씨에 뒤에서 보고 있던 네 명의 고수가 모두 열린 입을 닫지 못하는 사이, 어느새 처음

날린 화살이 목표물에 도달했다.

"뭐… 컥!"

"조심!"

창!

"큭"

차창!

날카로운 소성과 비명 소리가 흘러나오며 두 명의 무사가 쓰러지고 다른 자들은 놀란 메뚜기처럼 허공으로 떠올랐다. 그러자 허산왕이 앞으로 달려나가며 다시 한 대의 화살을 쏘아 보냈다.

팡!

"컥!"

무방비로 허공에 떠올랐던 무사 중 한 명이 다시 활 맞은 기러기처럼 땅에 떨어져 내렸다.

"이젠 내가 맡지요."

단숨에 세 명의 경비무사에게 화살을 꽂아 넣은 허산왕 옆을 스치고 달려나가며 박광이 소리쳤다.

"웬 놈들이냐?"

"알 것 없다!"

허산왕의 화살 공격을 피해낸 두 명의 무사가 땅에 내려서며 노성을 토해내자 박광이 그 사이로 뛰어들며 번개처럼 검을 휘둘렀다.

사삭!

소름 끼치는 파열음이 일어나자 두 명의 경비무사가 미처 비명도 지르지 못하고 땅 위에 쓰러져 내렸다.

"이리로!"

단숨에 다섯 사람의 경비무사가 쓰러지자 이세교가 시신 위를 날아 넘으며 일행을 허소산이 갇혀 있는 상옥 쪽으로 인도했다.


"뭐야?"

"무슨 일이냐?"

문득 허소산과 주오요의 귀에 다급한 외침이 들려왔다. 순간 두 사람이 누가 먼저랄 것 없이 뇌옥의 입구 쪽을 바라봤다. 그러자 잠시 소란스런 움직임이 입구 쪽에서 일어나더니 한순간 두 명의 검은 그림자가 뇌옥 안으로 달려들어 왔다.

"누구냐?"

뇌옥 안을 지키던 두 명의 무사가 갑자기 나타난 흑영 앞을 가로막으며 소리쳤다.

"알 것 없다."

흑영 중 한 명이 차가운 목소리를 흘려내더니 번개처럼 경비무사 둘을 베어 넘겼다.

"오셨군요."

주오요가 이내 침입자의 정체를 알아보고 입을 열었다. 그러자 단숨에 두 명의 경비무사를 베어 넘긴 흑영이 허소산 등이 들어 있는 뇌옥 앞에 도달했다. 이세교와 윤웅전이었다.

"주 매, 편히 지냈는가?"

윤웅전이 미소를 지으며 주오요에게 물었다.

"뇌옥이 편해봤자죠. 한번 머물러 보시던지요."

주오요가 농으로 인사를 대신했다.

"이크, 싫네, 싫어. 옥이란 건 금으로 만들었다고 해도 싫다니까. 그래서 황궁도 마다한 내가 아닌가."

"호호, 하긴 오라버니에겐 황궁도 옥이나 마찬가지죠."

"문을 열겠네."

두 사람의 대화를 듣고 있던 이세교가 검을 들어 올리며 말했다. 그러자 주오요가 허소산의 팔을 잡고 뒤로 물러났다.

팟!

이세교가 거침없이 검을 휘둘렀다. 그러자 옥문에 걸어놓았던 자물쇠가 맥없이 잘려 나갔다.

"나오시게."

문을 연 이세교가 주오요를 보며 말했다. 그러자 조오요가 허소산의 손을 잡으며 말했다.

"자, 이제 아버지를 보러 가야지?"

"네. 어서 가요."

허소산이 고개를 끄덕이고는 재빨리 옥문을 벗어났다.

"가지. 밖에서 사람들이 기다리고 있네."

이세교가 밖으로 나온 주오요의 걸음을 재촉했다.

"잠깐만요."

"왜 그러시나?"

"잠시 검을 좀 빌려주세요, 오라버니."

"검을? 왜?"

이세교가 의아한 눈빛을 보이면서도 검을 주오요에게 건넸다. 그러자 주오요가 맞은편 뇌옥으로 다가가더니 번개처럼 검을 휘둘렀다.

찰랑!

주오요의 일수에 남황성 고수 셋을 가두고 있던 옥문의 자물쇠가 떨어져 나갔다.

"나오세요."

주오요가 옥문을 열자 남황성 삼장로 궁오공이 동료들을 데리고 옥문을 벗어났다.

"고맙소."

옥문을 벗어난 궁오공이 주오요를 보며 가볍게 포권을 했다.

"인사는 벽란도에 도착해 받기로 하죠. 가요, 오라버니."

주오요가 검을 이세교에게 건네며 말하자 이세교가 의혹 어린 시선으로 주오요를 보며 물었다.

"무슨 일인가?"

"벽란도까지 함께 가기로 했어요."

"음."

"걱정 마세요. 남황성이 고수라면 도움이 되지 않겠어요?"

주오요의 말에 이세교가 어쩔 수 없다는 듯 고개를 끄덕였다.

"알겠네. 뭐, 일단 이곳을 벗어나는 일이 급하니 가지."

이세교가 훌쩍 날아올라 옥사를 벗어나기 시작했다. 그 뒤를 따라 옥에 갇혀 있던 사람들이 일제히 움직였다.


차차창!

옥을 벗어나자 날카로운 소성이 허소산의 귀를 파고들었다. 허소산이 고개를 돌려보니 옥의 입구 저쪽에서 세 명의 사내가 대여섯 명을 상대로 호랑이처럼 날뛰고 있었고, 바닥에는 십여 구의 시체가 즐비하게 널브러져 있었다.

"아버지!"

허소산은 치열한 싸움을 하고 있는 삼 인 중 한 명이 자신의 아버지 허산왕임을 한눈에 알아봤다. 허산왕은 황보가의 무사 한 명과 검을 겨루고 있었는데 사냥꾼인 허산왕의 검이 오히려 황보가 무사의 검을 압도하고 있었다.

"소산아!"

황보가의 무사를 상대하던 허산왕이 허소산의 목소리를 듣고는 싸우던 상대를 놓아두고 허소산을 향해 달려왔다.

"서랏!"

허산왕을 상대하던 무사가 그가 도주하는 줄 알고 고함을 치며 허산왕의 뒤를 따랐다. 그러자 갑자기 허소산의 등 뒤에서 한줄기 바람이 일었다.

슈우욱!

바람 소리를 일으키며 앞으로 달려나간 사람은 뒤따르던 남황성의 고수 중 한 명이었다. 남황성의 고수는 허소산을 스치고 지나 순식간에 허산왕을 타 넘었다. 그리곤 허산왕을 쫓던 황보가 무사의 가슴에 강력한 일장을 꽂아 넣었다.

우직!

"컥!"

황보가 무사의 늑골이 부서지는 소리가 터져 나오고 그의 몸이 연처럼 허공을 날아가 땅 위에 나뒹굴었다.

허소산은 남황성의 사람들이 고수라는 건 짐작하고 있었지만 맨손으로 검을 든 자를 일격에 격살하는 것을 보고는 그제야 소문으로만 듣던 남황성 고수들의 진면목을 실감할 수 있었다.

그사이 박광과 민육이 황보가의 경비무사들을 완전하게 물리쳤다. 경비무사들 중 살아남은 자는 장원의 중심부를 향해 달리며 연신 고함을 쳤다.

"적이다! 적이 파옥했다!"

경비무사의 목소리가 한편으로는 애처롭기까지 했다.

"갑시다."

이세교가 사람들의 걸음을 재촉했다. 이곳에서 지체했다가는 아마도 황보가의 전 무사들을 상대해야 할 수도 있었다.


파파팟!

장내의 고수들이 이세교의 뒤를 따라 옥사 뒤쪽으로 이어진 숲으로 달리기 시작했다. 그들이 이십여 장을 전진하자 산허리를 따라 쌓은 높다란 담장이 나타났다. 그러나 아무리 높은 담이라도 이세교 등을 막을 수는 없었다.

이세교를 선두로 달리던 사람들이 속도를 줄이지 않고 일제히 담을 날아 넘었다. 허소산 역시 이를 악물고 담장을 넘으려는데 갑자기 그의 양옆에서 주오요와 윤웅전이 허소산의 겨드랑이에 손을 집어넣었다.

"엇!"

"가만 있거라. 쉽게 가자."

주오요의 말이 들리는 순간 허소산의 몸이 허공으로 떠올랐다. 그리고는 마치 새처럼 단숨에 담장을 날아 넘는 것이었다.

"으챠!"

허소산이 땅에 발을 딛는 순간 어느새 담장을 뛰어넘은 허산왕이 허소산 뒤에 내려섰다.

"일단 산을 타고 북쪽으로 간 후 북쪽 능선을 따라 벽란도로 갑시다. 허 협사!"

이세교가 허산왕을 불렀다.

"예, 노사!"

"길을 좀 열어주겠소?"

"그러지요. 소산, 내 뒤를 따라오너라."

"알았어요, 아버지!"

허소산이 고개를 끄덕이고는 재빨리 허산왕의 뒤로 따라붙었다. 일행의 선두에 선 허산왕은 마치 백두의 대호처럼 산을 타기 시작했다. 바위를 만나면 바위를 뛰어넘고 웅덩이가 나타나면 단걸음에 날아 넘었다. 그의 움직임은 강호 경공의 고수들을 능가하는 것으로 뒤따르는 고수들이 간간이 감탄사를 흘려낼 정도였다.

"서랏!"

"놈들을 잡앗!"

일행이 산의 중턱에 이르렀을 때 문득 황보가 쪽에서 횃불이 줄지어 산을 향해 치달아 오르기 시작했다. 그러자 문득 남황성의 고수 궁오공이 입을 열었다.

"이곳에서 저들의 기를 죽이고 가는 것이 어떻겠소?"

"저들을 상대하잔 말이오?"

이세교가 물었다.

"두려움을 느끼게 되면 무모하게 따르지는 않을 것 아니오?"

그러자 이세교가 고개를 저었다.

"저들을 벤다면 황보가는 더 강한 자들을 보낼 거요. 황보가에 초청된 자들 중에는 무시할 수 없는 고수들도 여럿 있소. 공연히 저들을 경동시켜 그들을 나오게 할 필요는 없지 않겠소?"

이세교의 말에 궁오공이 고개를 끄덕였다.

"그대의 말이 옳은 것 같구려. 내 잠시 호기를 부렸소. 그럼 어서 갑시다."

궁오공의 동의하자 이세교가 걸음을 멈추고 서 있는 허산왕에게 고개를 끄덕였다. 그러자 허산왕이 다시 어두운 밤 숲을 달리기 시작했다.

　　　*　　　　*　　　　*

　　예성강 하구는 언제나처럼 천하에서 모여드는 배들로 북적
이고 있었다. 날은 연중 며칠 보기 힘들게 맑아 눈이 부시도록
강렬한 태양을 내리쬐고 있었다.

　　강 하구의 남과 북쪽에 걸쳐 형성된 벽란도 시전에서 들려
오는 사람들의 목소리가 산 위까지 들려왔다. 허소산은 늦은
잠에서 깨어나 벽란도 포구가 내려다보이는 작은 바위 위에
올라섰다.

　　"긴 밤이었어."

　　허소산 일행이 산에 도착한 것은 새벽이 가까워졌을 때였
다. 일행은 예상과 달리 황보가의 추격자나 혹은 길을 막는 자
들을 단 한 명도 상대하지 않았는데 그건 모두 산과 어둠에 익
숙한 허산왕 덕분이었다.

　　황보가의 경계무사들이 벽란도 포구로 이르는 길 곳곳에 진
을 치고 있었지만 허산왕은 교묘하게 그들을 벗어나 도저히
길을 내기 힘든 산으로 일행을 인도했다. 몇몇 곳에서는 깎아
지른 절벽 중앙을 타고 이동하기도 했는데 허산왕은 그런 곳
에서조차 사람의 길이 아닌 동물의 길을 찾아 일행을 안전하
게 이동시켰던 것이다.

　　"백 사람의 고수보다 낫다!"

허산왕의 길 아내를 보며 중원에서 온 남황성의 고수 궁오공이 흘린 감탄의 말처럼 정말 어젯밤 도주에서 허산왕은 백 사람의 고수 이상의 몫을 해냈다.

그래서 일행은 어떤 방해도 받지 않고 빠르게 벽란도에 이를 수 있었다. 관도를 따라도 하루가 걸릴 길을 일행은 겨우 하룻밤 사이 주파해 새벽녘에는 예성강 하구, 벽란도가 내려다보이는 이 산중턱에 도착해 잠시 눈까지 붙일 수 있었던 것이다.

일행이 걸음을 멈추고 눈을 붙인 이유가 간밤의 피곤 때문은 아니었다. 도망자는 낮에는 이동할 수 없기에 오늘 낮은 이렇게 산속에서 휴식을 하며 보낼 요량이었다. 더군다나 만재방의 삼선은 이틀 후 새벽 용섬을 뜨게 되어 있었다. 일행이 걸음을 멈춘 야산에서 용섬까지는 빠른 장정이 내달리면 하룻길이었기에 굳이 대낮에 용섬을 향해 길을 재촉할 이유가 없었다.

"벌써 일어났느냐? 눈을 좀 붙이지."

문득 허소산의 등 뒤에서 허산왕의 목소리가 들렸다.

"아버지는 왜 벌써 일어나셨어요?"

"흐흐, 늙으면 잠이 없는 법이란다. 그래, 뭘 보고 있었느냐?"

"벽란도요."

"벽란도?"

허산왕이 되물으며 시선을 산 아래 벽란도 포구로 돌렸다.

푸른 바다가 태양을 반사해 보석처럼 반짝이고 있었다.

"이렇게 보니 또 다르구나."

"아름답죠?"

"그래, 아름답구나. 그런데… 여기선 만재방의 장원이 보이지 않는구나."

그러자 허소산이 손을 들어 벽란도 북쪽에 위치한 산허리를 가리켰다.

"저 산 너머에 있잖아요."

"그렇구나. 개경의 사람들이 탈출을 시도했으니 이곳 벽란도 본가의 사람들도 탈출을 했겠지?"

"아마도요. 어쩌면 윗사람들은 이미 오래전에 장원을 빠져나갔을 수도 있고요. 삼선을 준비해야 하니까."

"그렇구나. 삼선을 띄우는 것은 본가 사람들이 몫일 테니. 그런데… 저건?"

갑자기 허산왕이 눈을 크게 뜨며 벽란도 북변의 관도를 바라봤다.

두두두두!

천둥치는 말발굽 소리가 허소산의 귀에 들려오더니 햇빛을 받아 찬란하게 빛나는 갑주를 입은 수백 명의 기마병이 모습을 드러냈다.

"응양군이에요."

"음, 아무래도 만재방의 장원 쪽으로 이동하는 것 같은데?"

"아예 관군이 나서는 모양이군요?"

"그런 모양이다. 부디 남은 자들에게 큰 혈사는 없어야 할 텐데……."

허산왕이 걱정스런 표정으로 말했다.


일행은 그날 낮을 산 위에서 보냈다. 그런데 오후 들어 벽란도의 사정이 점점 험악해지기 시작했다. 동서남북 사방의 관도에서 관병들이 들이닥치기 시작했던 것이다. 그들은 벽란도 곳곳의 길을 막고 오가는 상인들을 하나하나 살피기 시작했다. 자연히 포구의 상인들은 동요할 수밖에 없었다. 그리고 그 즈음에는 아마도 고려 최고의 상가 만재방이 몰락했다는 소문이 벽란도에 돌았을 터다.

번잡했던 벽란도에 어느 순간부터 차가운 냉기가 흐르기 시작했다. 물론 그 와중에도 장사꾼은 거래를 멈추지 않았다. 장사꾼이란 죽어가면서도 한 푼 이문에 목을 매는 존재이기 때문이다.

"서둘러야겠군."

벽란도를 내려다보고 있던 윤웅전이 문득 입을 열었다. 그러자 이세교가 고개를 끄덕였다.

"그래야 할 것 같군. 사방에 관병과 황보가의 무사들이 깔렸으니… 용섬으로 가는 길이 수월치는 않을 것 같으이."

"용섬은 대대로 거친 물살이 흐르는 무인도라 그곳에서 배가 뜰 거라고는 누구도 예상치 못할 거예요. 그러니 경비가 그리 매섭지는 않을 것 같은데요?"

주오요가 말했다.

"주 매, 그렇지가 않네. 이미 만재방이 감시하에 있었으니 그 움직임이 노출되었을 수도 있어. 그리고 이곳에서 산을 타고 용섬으로 가자면 반드시 쌍천재를 통과해야 하는데 그곳은 북쪽으로 가는 관문과도 같은 곳이라 반드시 지키는 사람이 있을 걸세."

"아, 제가 쌍천재를 잊고 있었네요. 그럼… 서둘러야겠네요."

"날이 지면 바로 출발하지."

이세교가 고개를 끄덕였다.


일행은 미리 준비한 건량으로 가볍게 저녁 끼니를 때웠다. 그리곤 벽란도가 노을로 물들 때 산을 떠나 북쪽으로 길을 잡았다.

그런데 그들이 하루 낮을 머물렀던 산을 내려와 다시 북쪽으로 이어진 산길을 타려 할 때 문득 남황성의 고수 궁오공이 걸음을 멈추고 입을 열었다.

"우린 이쯤에서 따로 가야겠소."

갑작스런 궁오공의 말에 일행이 놀란 표정을 지었다. 물론 이들이 벽란도에 오면 달리 고려 땅을 떠날 것이란 건 알고 있었지만 사방에 관병과 황보가의 무사들이 널려 있는 이곳에서 일행과 헤어질 거라고는 미처 생각지 못했던 것이다.

"괜찮겠소?"

이세교가 궁오공을 보며 물었다.

"준비해 둔 것이 있소. 그리고 비록 우리가 황보가에 갇혀 있었다고는 해도 우리의 얼굴을 본 자는 그리 많지 않으니 충분히 빠져나갈 수 있을 것이오. 그보다… 혹 만재방주를 찾아가는 길이 쉽지 않으면 우리와 함께 가시겠소? 우린 분명한 탈출로를 가지고 있소."

궁오공이 자신있게 말했다. 그러자 이세교가 고개를 저었다.

"아니외다. 말씀은 고맙지만 우린 용섬으로 가겠소. 시간이 되면 기다리지 않고 배를 띄우겠다고 했지만 우리가 가지 않으면 삼선이 쉽게 바다로 나가지 못할 거요. 만재방주는 그런 사람이니까."

"알겠소이다. 그럼 무운을 빌겠소. 그리고… 오늘의 인연, 나중에 술 한잔으로 회포로 풉시다. 중원으로 오거든 꼭 남황성에 들러 이 궁오공을 찾아주시오."

"알겠소이다. 초대 잊지 않으리다."

"그럼… 고마웠소."

가볍게 고개를 숙여 보인 궁오공이 다른 두 명 고수와 함께 그들이 방금 전 건넌 계곡 안쪽으로 신형을 날렸다. 그리고는 계곡을 따라 벽란도 쪽으로 무섭게 질주하기 시작했다. 그들의 모습은 금세 일행의 시야에서 사라졌다.

"정말 따로 탈출로가 있는 걸까요?"

허소산이 걱정스런 표정으로 물었다. 그러자 허산왕이 고개를 끄덕였다.

"아마도 분명히 있을 거다. 그들의 자신감을 보지 않았느냐?"

"다시 볼 수 있었으면 좋겠어요. 나쁜 사람들 같지는 않아 보였어요."

"그래, 악한 사람들은 아닌 것 같구나. 나중에 남황성에 한 번 가보자."

허산왕이 허소산이 어깨를 가볍게 두드렸다.

"그만 갑시다."

남황성의 고수들이 사라지는 것을 보고 있던 이세교가 일행의 걸음을 재촉했다. 일행은 다시 북쪽으로 이어진 산을 타고 오르기 시작했다.

*　　　*　　　*

"역시 도산검림이군!"

두 개의 석봉이 하늘 높이 치솟아 있고, 그 사이로 관도가 꾸불거리며 이어져 있었다. 쌍천재였다. 그런데 쌍천재 가운데를 뚫고 난 관도 주변 곳곳에 관병들이 빼곡하게 들어차 있었다. 예상대로 쌍천재는 바람도 지나갈 수 없을 만큼 험악한 곳으로 변해 있었다.

"길을… 찾을 수 있겠소?"

문득 이세교가 허산왕을 돌아봤다. 그러자 허산왕이 눈을 가늘게 뜨고 달빛 아래 병풍처럼 서 있는 쌍천재 양옆의 절벽을 살피기 시작했다. 그러다 문득 허산왕이 고개를 끄덕였다.

"위험하지만 길은 있습니다."

"정말입니까? 도대체 어디에 길이 있다는 말입니까? 내 눈엔 절벽밖에 보이지 않는데⋯⋯."

박광이 신기하다는 듯 물었다. 그러자 허산왕이 손을 들어 절벽을 따라 희미하게 먹물을 칠한 듯 이어진 선을 가리켰다.

"저 검은 선이 길입니다."

"아니, 저게 어떻게⋯⋯?"

"산양들이 다니는 길이지요. 보통 사람이면 갈 수 없는 길이나 여러분은 모두 고수시니⋯⋯."

"두 사람도 갈 수 있겠소?"

이세교가 허소산과 허산왕을 보며 물었다.

"우리야 매일 저런 곳을 타고 다녔는걸요."

허소산이 미소를 지으며 대답했다.

"그렇구나. 자, 그럼 갑시다. 둘러가려면 시간이 제법 걸릴 테니."


허산왕의 말처럼 길이 있기는 있었다. 그러나 누가 봐도 사람이 다닐 수 있는 길은 아니었다. 절벽의 사이를 뚫고 교묘히 이어진 길은 곳곳에서 끊어져 수십 척 절벽을 아래에 두고 몸을 날려야 할 때도 있었다. 그러나 선두에 선 허산왕과 허소산은 마치 산짐승처럼 그 위험한 절벽 길을 빠르게 이동하고 있었다.

"아이구, 정말 어떻게 저렇게 잘 갈 수 있지?"

박광이 위태롭게 이어진 절벽 길을 기듯이 걸으면서 앞서가는 허소산과 허산왕을 보며 혀를 내둘렀다.

"내가 볼 때는 단순히 사냥꾼으로서 익힌 기술은 아닌 것 같아. 저 두 사람은 타고난 재능이 있는 거야."

주오요가 박광의 뒤에서 말했다.

"그렇죠? 누님 말처럼 타고난 재주가 없으면 저럴 수는 없는 거죠? 무공을 익힌 우리보다도 훨씬 나으니."

박광이 고개를 끄덕이고는 다시 길을 가기 시작했다.

일행이 산길을 탄 지 두 시진 정도가 지났을 때 드디어 일행은 쌍천재 서쪽 봉우리로부터 백여 장 떨어진 석봉에 올라섰다. 당연히 그 선두에는 허소산과 허산왕이 있었다.

"으챠!"

가장 뒤에 따라오던 윤웅전이 몸을 날려 석봉에 오르는 것으로 일행의 긴 여정은 끝이 났다.

"어이쿠야! 삭신이 쑤시는구나."

긴장을 한 채 산을 타서인지 박광이 찌뿌드드한 몸을 이리저리 흔들며 중얼거렸다.

"다행히 반대쪽은 숲이군요."

주오요가 쌍천재의 북쪽으로 펼쳐진 숲을 보며 말했다.

"자, 가지. 지체할 시간이 없네들."

이세교가 길을 재촉했다. 그러자 허산왕이 다시 일행의 앞에 서서 이제는 가파른 산비탈을 타고 내려가기 시작했다.

쌍천재 북쪽은 울창한 수림이 펼쳐져 있었다. 북으로 가면 결국 평양이 나올 것이고 서쪽으로 가면 옹진이 나온다. 일행은 서서히 서쪽으로 방향을 틀어 산을 벗어나지 않고 옹진 쪽으로 움직였다.

용섬은 벽란도에서 배를 타고 옹진반도를 따라 이동하면 하룻길에 나오는 섬이었으므로 그쪽으로 가자면 이젠 외길이나 다름없었다. 허산왕은 바람처럼 숲을 뚫고 나갔다. 절정의 경공을 익힌 고수처럼 나뭇가지 하나 쉽게 건드리지 않는 허산왕의 움직임은 은밀하기 이를 데 없었다. 오히려 소리는 그 뒤를 따르는 다른 사람들이 만들어내고 있었다.

사사삭!

소리가 나기는 했지만 그래도 무공의 고수들인지라 산짐승 움직이는 소리보다도 작았다. 그렇게 은밀하게 다시 두어 시진을 이동하자 드디어 날이 밝기 시작했다. 그리고 멀리 끝없이 펼쳐진 광활한 서해가 눈에 들어왔다. 그즈음에서 허산왕이 걸음을 멈췄다.

"용섬으로 가려면 어느 쪽으로 가야 합니까?"

허산왕이 이세교를 보며 물었다. 기실 허산왕은 벽란도 인근의 지리에 그리 밝지 않았다. 그러니 얼추 방향을 맞춰 서해로 오기는 했지만 용섬의 정확한 위치는 알지 못했다. 허산왕의 질문에 이세교가 손들었다.

"저기 두 개의 큰 섬이 보이오?"

이세교의 손짓에 허산왕이 시선을 돌렸다. 그러자 땅 끝이 바다에 막혀 크게 굽이치는 곳 너머로 두 개의 큰 섬이 보였다.

"둘 중 하나가 용섬입니까?"

"아니오. 용섬은 그리 크지 않소. 저 두 개의 섬 사이로 격한 해류가 흐르오. 그 해류를 따라가다 보면 용섬이 나온다오."

"그럼 결국 배를 타야 갈 수 있다는 말이군요."

"앞서 하 노사가 말하기를, 해안가 다섯 군데에 용섬까지 갈 수 있는 작은 소선들을 숨겨놓았다고 했소. 일단은 그곳까지 가야 할 거요."

"다섯 군데라면 어디로……?"

허산왕이 되묻자 이세교가 눈을 가늘게 뜨고 서쪽으로 펼쳐진 산야를 바라보다 해안가에 인접한 작은 송림을 가리켰다.

"저곳으로 갑시다. 저곳이 아마 방소촌일 거요. 이곳에서 산의 능선을 따라 움직이면 가장 쉽게 도착하는 곳이 저곳일 테니 우린 저곳으로 갑시다."

"알겠습니다. 그럼 가시죠."

"아니, 밤에 갑시다. 어차피 약속 시간은 오늘 밤 자정이니. 이곳에서 방소촌까지 대략 한 시진 거리이니 밤에 이동해도 늦지 않을 거요."

"하지만 방소촌에서 다시 용섬까지 가야 하지 않습니까?"

이빈에는 박광이 물었다. 그러자 이세교가 고개를 저었다.

"그 뱃길도 그리 멀지 않네. 섬에 가려 보이지 않지만 용섬은 무척 가깝네. 방해만 없다면 반 시진도 걸리지 않을 걸세. 워낙 급한 해류라 배도 빨리 움직일 테고."

"그렇군요. 그럼 밤에 움직이는 게 낫겠지요. 어쨌거나 그리 어렵지 않게 도착했으니 다행이군요. 이게 다 허 엽산님 덕분이지만."

"아, 아니올시다. 나야 뭐 그저 길을 안내한 것뿐인데……."

허산왕이 박광의 칭찬에 멋쩍은 표정을 지었다. 그 순박함에 사람들의 얼굴에 작은 미소가 떠올랐다.

"자, 이젠 각자 자리를 잡고 좀 쉬도록 하세. 얼추 오기는 왔지만 오늘 밤 어떤 일이 벌어질지 모르니 푹 쉬어두는 것이 좋을 걸세."

"아이구! 난 먼저 한숨 자야겠습니다. 밤새 움직였더니 졸리네."

박광이 큰 소나무 밑으로 걸어가며 말했다. 그러자 허산왕이 허소산을 보며 물었다.

"우리도 좀 잘까?"

"그래요, 아버지. 피곤하시죠?"

"나보다야 네가 더 피곤하지. 넌 아직 어린데."

"이상하게 전 하나도 피곤하지 않아요. 이대로라면 며칠 밤을 새워도 될 것 같은데요?"

"에구, 이 녀석아. 무슨 호기를 그렇게 부리느냐?"

"호기가 아니라 정말이에요. 그… 황보 소저에게서 독을 흡수한 이후 몸이 좀 더 좋아진 것 같아요. 그 면왕이라는 독이 제겐 보약과 같나 봐요."

"웅? 그래? 그렇다면 정말 대행이구나. 난 솔직히 아직도 그 천독공에 대해선 불안함이 남아 있거든."

"저도 그랬는데 이번에 면왕을 받아들이면서 그런 의구심은 완전히 사라졌어요. 그런 절독도 천독공은 어렵지 않게 진기로 흡수하더라고요."

"아, 정말 대단하구나. 몇 년이 지나면 넌 정말 고수가 될 수 있겠다."

"아버지도 구결은 모두 아시죠?"

"웬걸! 네가 가르쳐 준 비결 중에서 겨우 첫 번째 단계인 독정의 구결만 외웠단다. 뭐, 어디 한 군데 틀리는 곳이 있을 수도 있고."

"그래도 자주 외워두세요. 적어도 독에 당하지 않는 몸을 만들 수는 있잖아요."

"알겠다. 하지만 천독공과 같은 어려운 신공은 내겐 어울리지 않는 것 같아. 난 그저 금강밀공과 이산공 정도가 맞는 것 같다. 비록 시간이 걸리는 무공들이긴 하지만 이해하기가 쉬우니까."

"그 무공들도 대단한 무공이긴 해요. 천독공과 다르긴 하지만."

"후후, 녀석 천독공에 푹 빠졌구나. 그러나 항상 조심해야 한다."

"알았어요, 아버지."

"자, 넌 졸리지 않다지만 이 아비는 조금 피곤하구나. 일단 눈을 좀 붙이자."

"그래요. 저기가 좋겠어요. 이슬도 없을 것 같고요."

허소산이 손을 들어 서해가 내려다보이는 바위틈을 가리켰다.

"옳거니. 그렇구나. 저리로 가자"

그날 하루를 일행은 그렇게 서해를 바라보며 휴식을 취했다. 그리고 서해에 낙조가 드리울 무렵 방소촌을 향해 다시 길을 떠났다.

第十章
바다 위의 유성(流星)

독경
壽誕

　서해로 달린 산줄기가 그 끝에서 무성한 송림으로 모였다.
송림은 작은 해안 마을을 안고 있었는데, 사람들은 그 마을을
방소촌이라고 불렀다. 방소촌은 마을의 모든 어선을 합쳐야
십여 척에 지나지 않을 정도로 작은 곳이라 사람들의 발길이
닿지 않는 지역이었다. 마을에 사는 어부들도 바다로 나가 고
기를 잡으면 집으로 돌아오지 않고 큰 포구가 있는 남쪽 어촌
마을에 들러 잡은 고기를 넘기고 집으로 돌아오곤 했다.

　허소산 일행은 남쪽으로 방소촌을 보고 북쪽으로는 송림 너
머 펼쳐진 구비 진 해안선을 살피며 능선을 내려왔다. 노을이
질 무렵 떠난 길이 송림에 도달했을 때는 어느새 어둠이 내리
고 어스름한 달빛이 수백 년 된 소나무의 그림자를 만들었다.

"어느 쪽입니까?"

문득 윤응전이 입을 열었다.

"송림 북쪽에 제법 큰 바위가 있다고 들었네. 그 바위에서 북쪽으로 이십여 장 가면 배가 숨겨져 있다고 했네."

이세교가 대답했다.

"다른 사람들은 이곳으로 오지 않았나 보군요."

주오요가 주변을 살폈다. 배를 숨겨둔 곳이 이곳만이 아니지만 그래도 만재방 사람이 한 명도 보이지 않는 것은 의외였다.

"본래 하 노사도 가급적 이 길을 택하지는 말라고 했지. 이곳에서 배를 타고 이동하기에는 해류가 너무 험하다고."

"그럼 우린 어쩌지요?"

갑자기 걱정스런 표정으로 허소산이 물었다. 그러자 박광이 웃으며 대답했다.

"걱정 말거라, 소산. 우리에겐 정말 노련한 사공이 있으니."

"사공이라뇨?"

"윤 노형의 배 모는 솜씨는 고려 최고란다."

박광이 윤응전을 가리키며 말했다. 그러자 윤응전이 고개를 저었다.

"배를 몰아본 지가 워낙 오래돼서 어찌 될는지……."

"그 솜씨가 어디 가겠습니까? 예전에 남해에서 왜로 작은 배를 타고 건너간 적도 있잖아요?"

"그건 젊을 때 얘기지."

"후후, 그때보다 공력은 더 늘었으면서."

그때 문득 이세교가 입을 열었다.

"가세. 주변에 사람은 없는 것 같으이."

이세교의 말에 사람들이 잠시간의 휴식을 끝내고 다시 길을 나섰다. 이번엔 일행의 선두를 이세교가 섰다. 이곳까지 오는 동안 줄곧 허산왕이 길잡이 노릇을 했지만 이제부터는 이세교의 노련함이 필요한 시간이었다.

탓!

북쪽으로 이동하자 사오 장 높이의 바위가 나타났다. 그러자 이세교가 훌쩍 바위 위에 올라서더니 이내 손짓으로 일행에게 신호를 보냈다. 그러자 일행이 바위를 우회해 다시 북쪽의 송림 끝으로 나섰다.

한순간 시야가 열리며 사람들의 눈에 흰 백사장을 격하고 이십여 장 밖에 바다와 접한 해안 암벽들이 눈에 들어왔다.

"저 암벽 사이에 있나 보군요."

박광이 손을 들어 암벽까지의 거리를 어림잡으며 말했다.

"신속하게 이동해야 하네. 혹시라도 지키는 자가 있다면 이 곳에선 몸을 숨길 수 없네."

이세교가 경고했다.

"내가 앞장을 서지요."

박광이 앞으로 나섰다. 그러자 민육이 일행의 후미로 돌았다.

"뒤는 내가 맡지."

"좋아, 그럼 가세."

이세교가 고개를 끄덕였다. 그러자 박광이 번개처럼 몸을 날려 해안을 향해 달리기 시작했다. 그 뒤를 따라 허소산과 허산왕이, 그리고 나머지 사람들이 일제히 달빛 내린 백사장에 발자국을 새기며 뛰어나갔다.

파팟!

박광이 마치 한 마리 밤새처럼 허공을 날아 해안가 바위 위에 내려섰다. 바다가 만든 습기로 바위가 제법 미끄러웠지만 박광은 한 치의 흔들림 없이 바위에 서서 전방을 살폈다.

"저기예요!"

뒤늦게 도착한 허소산이 바위틈에 비쭉 나와 있는 서너 척의 배 앞머리를 발견하고는 소리쳤다.

"소산 넌 정말 눈이 밝구나. 가자."

박광이 귀여운 듯 허소산을 한번 쓰다듬고는 이내 배가 있는 쪽으로 몸을 날렸다.


철썩!

거친 해류가 밀고 온 파도가 해안가 절벽 사이로 밀려들어 왔다. 그럴 때마다 절벽 사이 작은 공터에 매인 소선들이 물결에 출렁였다.

"이런 곳이 있다니… 마음만 먹으면 백여 명도 머물겠군."

박광이 어둑한 공터에 내려서서 사방을 둘러보며 말했다. 뒤를 이어 허소산과 다른 사람들도 공터로 내려섰다.

"지체하지 말고 떠나세."

모두가 도착하자 이세교가 말했다. 그런데 그때였다.

"너희들은 배를 탈 수 없다!"

갑자기 공터의 안쪽, 바위로 가려진 곳에서 한줄기 싸늘한 목소리가 들려왔다. 순간 배에 타려던 사람들이 일제히 고개를 돌렸다. 그러자 어둠 속에서 스물이 넘는 사람이 저승사자처럼 달빛을 받으며 모습을 드러냈다.

"누구신가?"

이세교가 흔들림없는 침착한 목소리로 물었다. 그러자 달빛 아래 모습을 드러낸 자들 중 흰 수염이 가슴까지 자란 노인이 입을 열었다.

"어쩌면 이곳으로 누군가 올지도 모른다고 생각하고 있었지. 그런데… 모르는 얼굴이라. 훗! 대어는 놓친 건가?"

"누구냐?"

이번엔 박광이 싸늘한 목소리로 물었다. 그러자 노인이 한줄기 미소와 함께 입을 열었다.

"어차피 죽을 목숨들이니 말해주지. 난 목검원이라고 한다."

순간 이세교를 비롯한 장내 고수들 얼굴에 놀람의 빛이 드러났다. 목검원이란 이름은 고려의 무인이라면, 아니, 중원의 무인들 사이에도 이름이 알려진 절정고수다. 해동 무계를 주름잡는 오류 중 내림 목산원의 부원주. 당금 원주인 목대원의 아우이자 목산원 최고의 검객으로 알려진 자가 바로 목검원이었다. 그가 오년 전 중원무림에 출도해 백마성의 고수 열을 홀로 상대해 승리를 거둔 사실은 무림의 전설처럼 전해지는 이야기였다.

더군다나 지금은 그 형인 목대원을 고립무원으로 만들고 내림 목산원의 실질적인 주인이 된 야심가이기도 했다.

"목검원이라…… 어려운 상대를 만났군."

이세교가 중얼거렸다. 그러나 그의 얼굴에 두려움 같은 것은 없었다.

"내림 목산원의 목검원이라면 한번쯤 상대해 보고 싶었던 상대지요."

박광도 두려움보다는 호승심을 드러냈다. 그러자 목검원의 표정이 살짝 변했다. 자신의 이름을 알고도 두려워하지 않은 자들, 그런 자들이라면 고려 무계에 몇 되지 않는 고수일 터였다.

"정체를 밝혀라."

목검원이 뒤늦게 이세교 등의 정체를 물었다. 그러자 이세교가 잠시 침묵을 지켰다가 고개를 끄덕이고는 입을 열었다.

"좋아, 말해주지."

"오라버니!"

이세교의 말에 주오요가 놀란 얼굴로 이세교를 불렀다. 뒤이어 윤웅전도 입을 열었다.

"대형, 이 문제는……."

그러자 이세교가 고개를 저었다.

"어차피 바다를 건널 우리네. 우리가 만재방과 인연이 있다는 걸 이젠 숨길 필요가 없네."

"그렇긴 하지만……."

"애초에 우리의 정체를 숨긴 것은 번거로움을 피해 은밀히 만재방을 도우려 했던 것. 그러나 이젠 그럴 필요가 없어졌지. 그러니… 금가든 내림 목산원이든 황보가든… 아니면 황실의 태자든 그들이 누굴 건드렸는지는 알아둬야 하지 않겠나?"

"흐흐, 당연하지요. 더군다나 우리 소식을 전해줄 사람조차 있으니 그들은 앞으로 제법 불안에 떨어야 할 겁니다."

박광이 대답했다. 여유조차 흐르는 이세교 등의 반응에 목검원의 눈빛이 변했다. 상대가 범상한 자들이 아니라고 느끼는 모양이었다.

"얼마나 대단한 자들이기에 이 목검원을 앞에 두고도 그리 유유자적인지 모르겠군."

목검원이 경계심을 드러내며 말했다. 그러자 이세교가 입을 열었다.

"내림 목삼원은 고려 천지의 무계를 두루 꿰고 있으니 망산오선(忘山五仙)이란 별호를 들어봤을 거요."

이세교의 말에 목검원의 눈빛이 번쩍였다. 그리곤 한결 어두워진 얼굴로 재빨리 되물었다.

"그대들이… 망산오선이란 말인가?"

"그렇소. 그러니… 오늘의 사정이 결코 그대에게 유리한 것이 아니라는 걸 알 거요. 어떻게… 생사를 한번 가려보리까? 알다시피 우리 망산오선은 이미 한 번 죽은 사람들이라 다시 한 번 저승에 가는 걸 마다할 사람들은 아니오."

번쩍!

한순간 이세교가 들고 있던 검이 달빛을 받아 푸른빛을 흘려냈다. 그러자 목검원의 얼굴이 더욱 어두워졌다.

"뭘 망설이시오? 그래봐야 일곱이오. 망산오선이 도대체 뭐 하는 자들이기에……."

갑자기 목검원의 뒤에서 초로의 인물 한 명이 앞으로 나서 며 소리쳤다. 그는 금세라도 검을 들어 이세교들을 향해 돌격 할 태세였다. 그러자 목검원이 재빨리 손을 들어 노인을 제지 하며 말했다.

"그대는 망산오선에 대해 듣지 못했단 말이오?"

그러자 노인이 입을 열었다.

"이 추방헌은 망산오선이란 별호는 금시초문이오."

노인의 대답에 목검원이 고개를 저으며 말했다.

"참으로 의외구려. 금가의 오호 중 한 사람인 그대가 망산오 선을 모르다니… 금가의 눈과 귀가 해동제일인 줄 알았는 데……."

"도대체 저들이 누구요? 저들이 누구기에 목 노사 같은 분 이 상대하길 꺼리신단 말이오?"

추방헌은 금가를 대표하는 다섯 고수 중 한 명이었다. 금가 에는 상가답지 않게 절정에 이른 다섯 명의 무공 고수가 있었 는데 세인들은 그들을 가리켜 금가오호라 불렀다.

"그들에게 대해 이야기하자면 무척 긴 이야기가 될 거요. 지 금은 그럴 시간이 없소. 지금은 그들을 상대할지 아니면 그냥 보낼지 그걸 결정하는 것이 급하오."

"설마 저들을 그냥 보내잔 말이오?"

추방헌이 어이없다는 듯 물었다.

"내 생각에는 그게 좋을 것 같구려."

목검원이 대답했다.

"도대체 저들이 뭣이기에 대목산원의 부원주께서 이리 겁을 먹는단 말이오?"

"나중에 저들이 내력을 듣게 되면 그대도 내가 왜 이런 결정을 했는지 이해하게 될 거요. 아무튼 오늘 이곳의 책임자는 나이니 결정은 내가 내리겠소. 난 저들을 그냥 보내겠소."

"목 노사!"

추방헌이 노기까지 드러냈다. 그러자 목검원이 차갑게 말했다.

"이미 내 결정은 내려졌소."

"난… 인정할 수 없소. 오늘 우리가 이곳에 온 것은 만재방의 씨족 하나라도 멸절시키기 위함이오. 그런데 이렇게 그물에 들어온 고기를 그냥 놓아주겠단 말이오?"

"저들은 만재방과 직접 관련이 없는 사람들이오."

"그래도 만재방의 일을 돕는 자들! 그냥 보낼 수 없소!"

"그렇소? 좋소. 그럼 금가에서 그들을 상대하시구려. 우리 목산원은 이 일에서 빠지겠소. 이 노사!"

문득 목검원이 이세교를 불렀다.

"내 이름까지 알고 있구려."

"다른 사람은 몰라도 망산오선의 일선 이 노사의 이름은 분명히 알고 있소. 어쨌든 비록 우리 목산원이 금가와 잠시 손을 잡기는 했으나 망산오선과 원한을 맺고 싶지는 않소."

"하하, 나 역시 목산원과 목숨을 걸고 겨루고 싶지는 않소이다. 그럼 후일 좋은 인연으로 다시 만납시다."

"좋소이다. 목산원은 뒤로 물러난다! 물러나라!"

목검원의 명에 이십여 명의 인물 중 십여 명이 뒤로 물러났다.

"이건 약속을 파기하는 일이오!"

목산원의 무사들이 뒤로 물러나자 추방헌이 노한 눈으로 목검원을 보며 소리쳤다.

"아니오. 약속은 만재방을 상대하는 것이지, 다른 사람을 상대하는 것은 아니었소. 그리고 애초에 우리 목산원이 오늘 밤의 일에 동원된 것 역시 약속에서 벗어난 일 아니었소?"

목검원의 말에 추방헌이 얼굴을 붉힌 채 대답하지 못하다가 이내 고개를 끄덕이며 말했다.

"좋소, 목산원이 빠지겠다면 말리지 않겠소. 이 일은 우리 금가가 맡겠소."

"충고하건대… 저들을 그냥 보내시구려. 오늘의 승패도 문제려니와 저들과 원한을 맺고서는 금가도 편할 날이 없을 거요."

목검원이 정중하게 충고했다.

"우리 금가는 그리 허약하지 않소. 내 저들을 베어 금가가 결코 멸시받는 황금충만은 아님을 천하에 알리겠소."

"휴, 좋을 대로 하구려. 우린 이 일에 완전히 발을 빼겠소. 부디… 다시 뵙기를 바라오. 모두들 이곳을 떠난다!"

목검원이 목산원의 고수들을 아예 장내에서 떠나도록 명했다. 그러자 목산원의 고수들이 일제히 신형을 날려 해안가를 떠나기 시작했다.

"흥, 내림 목산원이 대단하다고 하더니 이제 보니 겁쟁이들이 아닌가. 겨우 일곱을 놓고 도주를 하다니. 이제 보니 그렇게 많은 대가를 치르면서까지 그들을 끌어들인 것은 실수였군."

떠나는 목산원의 고수들을 보며 추방헌이 한줄기 비웃음을 흘렸다. 그러자 건너편에서 지그시 돌아가는 사정을 보고 있던 박광이 입을 열었다.

"이보슈, 실수는 그가 아니라 당신이 하는 거요."

"뭐라고?"

"설마 목산원의 부원주 목검원이 당신보다 무공이 못하겠소, 담력이 부족하겠소? 그런 자가 물러났거늘 당신이 우릴 상대하겠다고 남는 것은 용기가 아니라 만용이라오."

"흥, 어디서 굴러먹던 자들인지 모르지만 도망이나 다니는 주제에 호기가 지나치구나."

"뭐, 귀찮아서 잠시 피하는 것이 도주라면 도주겠지. 어쨌든… 시간이 없으니 승부를 보려거든 얼른 한판 붙읍시다."

박광이 검을 꺼내 들며 소리쳤다. 달빛 아래 검을 빼 드는 박광의 기세가 자못 대단해서 도도하던 추방헌의 눈에도 언뜻 경계의 빛이 서렸다. 그러나 그는 금세 전의를 되찾았다. 이쪽은 금가의 무사 중 고르고 고른 자들이었다. 반면 상대는 겨우 일곱. 그중에 한 명은 아이였고, 다른 한 명은 아름답지만 나이 든 여인이었으며, 다른 한 명은 험상궂어 보이기는 해도 영락 없는 사냥꾼이었다. 그러니 이 싸움은 애초에 승부가 결정 나 있는 것이나 마찬가지였다.

"호굴로 들어왔으니 죽어도 원한이 없으리라. 쳐라!"

추방헌의 입에서 날카로운 명이 떨어졌다. 그러자 그의 뒤에 있던 금가의 무사들이 일제히 허공으로 날아올라 도검을 번쩍이며 허소산 일행을 덮쳐왔다.

"뒤로 물러나 있거라!"

금가의 무사들이 허공으로 떠오르는 순간 주오요가 허소산을 뒤로 밀며 앞으로 달려나갔다. 동시에 허소산과 허산왕을 제외한 다섯 고수, 목검원이 망산오선이라 부른 이세교 등이 일제히 땅을 박찼다.

차차창!

한순간 파도 소리만 요란하던 바닷가에 벼락같은 도검의 충돌음이 터져 나왔다. 개중에는 길게 달빛의 꼬리를 만들며 움직이는 도검도 있었는데, 그 빛은 모두 망산오선의 도검에서 나오는 것이었다.

그런데 싸움은 그 맹렬한 시작에도 불구하고 너무나 허무하게 끝이 났다. 그리고 승패를 가른 단 일 합의 격돌이 허소산 부자와 금가의 추방헌을 경악시켰다.

"이… 이게… 어떻게……?"

추방헌이 눈앞에서 벌어진 상황을 믿을 수 없다는 듯 고개를 저었다.

"으으으!"

죽은 자들의 시신 위에서 부상당한 자들의 신음 소리가 괴기스럽게 흘러나왔다.

두 배의 숫자로 망산오선과 부딪친 금가의 무사 중 살아 있는 사람은 겨우 넷. 그들조차도 심한 부상을 입어 더 이상 검을 들 수 없을 지경에 처해 있었다. 고려 최고의 상가 중 한 곳이자 만재방을 몰락의 지경에 몰아넣은 곳의 최정예 무사들이 당한 일이라고는 믿기 힘든 현실이었다.

"이젠 어떻소? 이제야 목검원의 충고가 이해가 가오?"

사람을 베고도 피가 묻지 않은 검을 들어 보이며 박광이 물었다.

"다, 당신들……?"

추방헌은 수하들의 죽음이 너무도 한순간에 일어났기에 여전히 혼미한 정신을 차리지 못하고 손을 들어 망산오선을 가리킬 뿐 제대로 말을 잇지 못했다.

"그러게 노련한 사람의 충고는 항상 귀담아들어야 하는 거요. 호기를 부리다 수하를 죽이고 자신도 저승으로 가게 되었으니 얼마나 어리석은 일이오?"

박광이 저벅저벅 걸음을 옮겨 추방헌에게 다가갔다. 그러자 추방헌이 주춤주춤 뒤로 물러나기 시작하다 이내 신형을 돌려 해안으로 달리기 시작했다.

"졸렬한 자!"

박광이 도주하는 추방헌을 향해 차가운 멸시의 말을 뱉어내더니 그를 향해 신형을 날리려 했다. 그런데 그때 문득 뒤에서 이세교의 목소리가 들렸다.

"그냥 두게."

"놓아준단 말입니까?"

박광이 불만스런 얼굴로 이세교를 돌아봤다.

"우린 시간이 없네."

"하지만……."

"돌아오게."

이세교의 말에 박광이 할 수 없다는 듯 신형을 돌렸다. 그런데 그때 문득 허산왕이 각궁을 꺼내 들더니 시위에 활을 걸었다.

"경고는 해줄 수 있겠지요?"

팡!

한순간 시위를 떠나 허산왕의 화살이 어둠을 뚫고 뇌전처럼 날아가 도주하는 추방헌에게 꽂혀들었다.

"헉!"

한순간 멀리서 추방헌의 다급한 목소리가 들려왔다. 그의 신형이 잠시 기우뚱하다가 이내 다시 어둠 속으로 사라졌다.

"왜 갑자기?"

싸움에 관여치 않다가 갑자기 활을 쏘아낸 허산왕의 행동에 놀란 허소산이 물었다.

"괘씸치 않느냐? 자신의 고집으로 수하들이 죽고 상했는데 혼자 살겠다고 도주를 하다니… 저런 자들이 있는 곳이 금가라면 금가의 운명도 순탄치는 않을 게다."

허산왕의 말에 박광이 호탕한 웃음을 터뜨렸다.

"하하하! 허 엽사님의 호협한 기질은 역시 내 맘에 쏙 든다니까. 아주 잘하셨습니다. 적어도 상처 하나쯤은 가져가야 수하들에게 면이 서겠지요."

"자, 이제 그만들 가세. 시간이 꽤나 지체됐네."

이세교가 쉴 틈 없이 일행을 재촉했다. 그리고는 자신이 먼저 한 척의 소선 위에 올랐다. 그러자 일행이 서둘러 이세교의 뒤를 따라 배에 올랐다.

가장 뒤에 남은 박광이 해안가 커다란 바위에 묶여 있던 밧줄을 풀었다. 그리고는 훌쩍 몸을 날려 배 위로 올라섰다.

"그럼 출발합니다."

배에 오르자마자 노를 들고 있던 윤웅전이 한마디 내뱉고는 힘차게 노를 젓기 시작했다. 그러자 작은 소선이 격류를 타고 거친 바다 속으로 순식간에 밀려들어가기 시작했다.


\*       \*       \*


배를 집어삼킬 듯 거대한 파도가 일어났다. 섬 사이라 파도가 잔잔해져야 옳거늘 오히려 대해로 나간 것보다도 높은 파도가 배를 뒤흔들었다. 그런 거친 파도를 일으킬 만큼 격한 해류는 배를 눈 깜짝할 사이에 두 개의 섬 사이를 가로질러 섬들의 반대편에 가져다 놓았다.

두 개의 섬 사이를 통과하는 순간 갑자기 파도가 잔잔해지며 시야가 넓어졌다. 그리고 들려오는 격렬한 소리.

카카캉!

"악!"

"모두 수장시켜 버렷!"

용섬은 화광에 휩싸여 있었다. 달빛과 타오르는 불빛 아래 수많은 사람들이 바다를 땅으로 삼아 격전을 벌이고 있었다. 동원된 배만도 얼추 십여 척에 이르는 듯했다.

"늦은 건가?"

민육이 걱정스럽게 입을 열었다.

"늦은 게 아니라 적들이 빨랐던 것이네."

이세교가 대답했다.

"역시… 황보가의 깃발이 있군요. 금가의 배도 보이고. 그런데 저건?"

문득 주오요가 고개를 돌려 같은 바다에 떠 있으면서도 장내의 싸움에 관여치 않고 있는 한 척의 배를 가리켰다.

"아무래도… 관선인 모양이우."

박광이 걱정스런 얼굴로 말했다.

"그래, 관선이군."

이세교가 고개를 끄덕였다.

"그런데 왜 싸움에 관여치 않는 거죠?"

주오요가 물었다. 그러자 이세교가 차가운 비웃음을 흘렸다.

"관이 사사로운 싸움에 관여했다는 오명을 쓰지 않기 위해서겠지."

"하지만 이미 이곳에 왔잖아요?"

"글쎄. 뭐, 말이란 건 전하기 나름이니까. 어쨌든 만재방을 향해 도검을 든 것은 아니고. 보자. 저기로 가세."

이세교가 손을 들어 단단해 보이는 세 척의 검은 배 중 가장 앞쪽에 나와 있는 배를 가리켰다. 그 배의 돛 위에는 검은색 깃발에 황금색 용이 새겨져 있었다.

"용선인가 보군요."

박광이 깃발을 발견하고는 말했다.

"그런 듯하이. 그 뒤에 있는 배가 금선인 듯하고, 추격자들과 격전을 벌이고 있는 배가 투선인 모양이야."

"음, 대단하군요. 만재방의 삼선이 무섭다는 말은 들었지만 투선 하나로 추격자들을 상대하고 있다니……."

"하지만 곧 용선도 따라잡힐 것 같아요. 보세요. 세 척의 배가 우회를 하고 있어요."

허소산이 손을 들어서 전장에서 멀리 떨어져 원을 그리며 회전하고 있는 배들을 가리켰다.

"음, 앞을 막으려는 것 같은데… 이상하군."

민육이 고개를 갸웃했다.

"뭐가 말입니까?"

박광이 물었다.

"내가 듣기로 만재방의 삼선은 천하의 그 어떤 배보다 빠르다고 들었네. 그런데 왜 추격자들이 우회해 앞을 막을 수 있는 기회를 주는 걸까? 왜 속도를 내지 않는 거지?"

"그러고 보니 그렇군요. 삼선의 주목적은 몸을 피하기 위한 건데… 지금은 오히려 싸움을 하려는 모습으로 보이는군요."

박광이 고개를 끄덕였다.

"설마 우리를 기다리는 건 아니겠지?"

뒤쪽에서 힘차게 노를 저으며 윤응전이 소리쳤다. 그러자 이세교가 고개를 저었다.

"그럴 리는 없네. 삼선이 만들어진 이유는 사지에서 만재방의 혈통을 잇기 위함이야. 그러니 우릴 기다리기 위해 위험을 자초할 삼선은 아니네."

"그럼 왜 빠르게 이곳을 벗어나지 않는 거죠?"

주오요가 물었다. 그러자 이세교가 대답했다.

"이유는 오직 하나지. 주인이 아직 오지 않았다는 것!"

"만재방주가 아직 도착하지 않았다는 건가요?"

"그렇지 않다면 저들이 대해로 나가는 것을 미룰 리가 없지 않은가?"

"그건 그렇지만… 적어도 우리보단 빨리 올 수 있을 거라 생각했는데……."

"우리야 사실 황보가에서 꼭 잡아야 할 사람들은 아니잖소?"

박광이 말했다.

"어쨌건 일단 용선으로 가세."

이세교의 말에 윤응전이 고개를 끄덕이고는 용선을 향해 노

308 독경

를 저어 가는데 문득 동쪽에서 다섯 척의 소선이 나타나더니 빠르게 전장을 향해 밀려들어 가기 시작했다.

"뿌우우!"

"막앗!"

"잡아라!"

다섯 척의 소선이 나타나는 순간 갑자기 바다에 길게 뿔피리 소리가 일어나며 전장이 한차례 요동쳤다. 그러자 배의 앞머리에 서 있던 이세교가 눈을 가늘게 뜨고 새롭게 나타난 소선들을 살피다 입을 열었다.

"서둘러야 할 것 같네. 만재방주가 온 것 같아. 그가 배에 타면 용선은 곧 속도를 내 전장을 벗어날 걸세. 그전에 용선에 타야 하네."

"알겠습니다, 대형!"

윤웅전이 고개를 끄덕이고는 더욱 힘차게 노를 젓기 시작했다. 그러자 배는 거칠게 흐르는 해류를 교묘하게 타며 바람처럼 용선을 향해 나아가시 시작했다.


허소산은 긴장한 눈으로 바다 위에서 펼쳐지는 싸움을 살피고 있었다. 싸움은 주로 화살로 이루어지고 있었는데, 간혹 상대의 배 위에 뛰어들어 칼부림을 하는 자들도 있었다.

윤웅전은 그런 전장 속으로 빠르게 배를 몰아 큰 분란 없이 용선에 접근했다. 그런데 그때 마침 동쪽에서 나타난 다섯 척의 배도 용선 근처에 도달하고 있었다.

"막아랏!"

"만재방주다."

"잡앗!"

예상대로 다섯 척의 소선 중 한 척에는 만재방주 전욱이 타고 있었다. 그가 탄 배를 다른 네 척의 배가 호위하듯 둘러싸고 있었는데, 하모극과 임후는 물론 만재방의 숨은 고수들과 칠대행수가 각기 배를 나눠 타고 만재방주가 탄 소선을 호위하고 있었다. 그리고 그 와중에 한 명의 얼굴이 허소산의 눈에 들어왔다.

'조명 아가씨!'

만재방주 전욱의 뒤에서 보현과 함께 어깨를 감싸고 있는 소녀는 분명 전조명이었다. 비록 보현이 그녀를 감싸고 있었지만 겁은 오히려 보현이 더 먹은 듯 보였다. 몇 차례 죽음의 위기를 겪어서인지 전조명의 표정은 침착해 보였다.

다섯 척의 배가 용선에 가까워질수록 그들을 가로막는 황보가와 금가의 배도 많아졌다. 급기야 중선에 가까운 두 가문의 배에서도 빠르고 날렵한 소선이 내려지고 소선에 올라탄 고수들이 빠르게 이동해 만재방주를 막기 시작했다.

"길을 터라!"

용선에서 누군가의 목소리가 들려왔다.

본래 투선이 용선을 호위해 싸움을 도맡아야 하지만 오늘의 상황은 그리 녹록치가 않았다. 워낙 적의 수가 많을뿐더러 투선이 삼선의 호위를 도맡는 경우는 용선과 금선이 속도를 올려 대해로 나갔을 때의 경우다. 오늘처럼 한곳에 세 척의 배가 모두 머물러 있는 상황에서는 용선과 금선에 탄 사람들도 싸움에서 자유로울 수 없었다.

파파팟!

용선에서 만재방주를 막아서려는 적들을 향해 화살비가 쏟아져 내렸다.

"악!"

"크아악!"

작은 배로 갈아타고 만재방주의 행로를 막으려던 자들이 배 위에서 살을 맞고 바다로 고꾸라졌다. 그러자 황보가와 금가의 중선에서도 용선을 향해 화살을 쏟아내기 시작했다.

쐐애액!

수십 대의 화살이 용선 위로 쏟아지자 용선의 궁수들이 급히 몸을 피하느라 용선에서 쏟아지던 화살비가 잠시 주춤했다. 그러자 금세 소선을 타고 만재방주의 앞을 막던 황보가와 금가 무사들의 사기가 올랐다.

"만재방주를 잡앗!"

"잡는 자에는 만금의 상금이 걸려 있다!"

독려의 목소리와 함께 소선을 오른 자들이 만재방주가 탄 배를 향해 돌진했다.

"이놈들!"

순간 만재방주를 호위하던 네 척의 배 중 한 척에서 하모극의 노성이 터져 나왔다. 그리고 다음 순간 그의 신형이 바다

위로 둥실 떠오르더니 다가오는 적의 배를 향해 날아갔다.

번쩍!

하모극의 검이 달빛을 받아 번쩍였다. 순간 소선 위의 적 셋이 동시에 비명을 지르며 쓰러졌다.

"악!"

"막앗!"

하모극의 놀라운 무공에 소선을 타고 있던 적들이 다급성을 토해냈으나 하모극은 마치 성난 호랑이처럼 소선에 탄 적들을 한순간에 쓸어버렸다.

"길을 막는 자는 모두 죽는다!"

하모극의 노성이 어두운 바다를 뒤흔들었다. 그러자 황보가와 금가의 무사들이 하모극의 기세에 질려 만재방주를 향해 달려들지 못하고 주춤거렸다. 그 틈을 이용해 만재방주를 실은 소선이 재빨리 용선으로 다가갔다.

"아버님!"

만재방주의 소선이 다가서자 용선 위에서 전무산이 얼굴을 내밀고 전욱을 맞이했다. 그의 곁에 만재사신 중 한 명인 최항의 모습도 보였다.

"용선을 대해로 몰아라!"

만재방주가 배 아래에서 소리쳤다.

"먼저 오르십시오."

"이곳을 빠져나가는 것이 먼저다! 일단 배의 속도를 높여라! 저들이 앞을 막으면 곤란해!"

만재방주가 바다를 우회가 거의 용선의 앞쪽에 다다른 세 척의 적선을 가리켰다. 그러자 전무산이 고개를 끄덕이고는 뒤를 향해 소리쳤다.

"돛을 펼라!"

전무산의 명이 떨어지자 용선 위로 우뚝 솟은 세 개의 돛대 위에서 동시에 돛이 펼쳐지기 시작했다. 보통의 경우 쌍돛까지는 흔해도 이렇게 한 배에 세 개의 돛을 세우는 배는 흔치 않았다. 그건 그만큼 용선이 단단하게 만들어져 있을 뿐 아니라 일단 바람을 타면 그 어떤 배보다도 빠르다는 걸 의미했다.

"아버님, 오르십시오."

돛이 펼쳐지는 사이 전무산이 다시 전욱에게 배에 오를 것을 권했다. 그러자 전욱이 전조명을 돌아보며 소리쳤다.

"조명, 배에 올라라!"

"아버님 먼저 오르세요."

"지금 말싸움을 하고 있을 때가 아니다. 얼른 오르거라."

전욱의 엄명에 전조명이 할 수 없다는 듯 용선에서 내린 사다리를 타고 용선에 오르기 시작했다. 돛을 펴면서부터 용선은 맹렬하게 움직이기 시작했으므로 전조명이 용선에 오르는 일은 그리 쉬운 일이 아니었다. 그러나 전조명은 이를 악물로 용선의 갑판에 발을 디뎠다.

"방주, 오르시지요."

그때 어느새 다가온 하모극이 전욱에게 배에 오를 것을 다시 권했다. 그러자 전욱이 고개를 끄덕이고는 배를 타고 오르기 위해 사다리에 발을 디뎠다.

"만재방주를 막앗!"

"화살을 퍼부어!"

배에 오르려는 만재방주를 발견한 적들이 일제히 소리를 지르며 화살을 날리기 시작했다.

차차창!

날아오는 화살을 하모극과 임후가 뛰어올라 막아냈으나 비처럼 쏟아지는 화살을 모두 막아내기에는 역부족이었다. 전욱이 화살의 비를 피하지 못하고 재빨리 다시 소선으로 내려섰다.

용선은 점점 속력을 내기 시작했다. 돛 세 개가 모두 펼쳐지자 용선은 바람처럼 파도를 가르기 시작했다.

"모두들 먼저 올라라!"

문득 전욱이 주위를 돌아보며 명을 내렸다.

"그럴 수 없습니다! 방주께서 먼저 올라야 저희들도 갈 수 있습니다!"

제일대행수 장익이 소리쳤다.

"내 명을 따르게. 이러다간 모두 죽어! 나 때문에 모두를 죽일 수는 없다! 이건… 방주로서 내리는 마지막 명령이다! 내가 살든 죽든 오늘 이후 만재방의 방주는 무산이다!"

전욱의 서슬 퍼런 목소리가 밤바다에 울려 퍼졌다.

"아버님!"

배 위에서 전무산의 애끓는 목소리가 들려왔다.

"모두 배에 올라라!"

전욱의 명이 다시 떨어졌다. 그러자 그를 호위하던 소선들이 흩어지더니 용선에서 멀어져 뒤를 쫓는 금선과 그 뒤의 투선으로 다가서기 시작했다.

"놈들이 흩어진다! 만재방주를 잡앗!"

만재방주를 호위하는 소선들이 흩어지자 용기백배한 황보가와 금가의 고수들이 일제히 만재방주를 향해 몰려들었다.

"아버님, 다시 오르세요!"

용선 위에서 전조명이 안타깝게 소리쳤다. 그러자 하모극이 전욱을 보며 말했다.

"방주님, 다시 오르시지요. 이번엔 저도 함께 오르겠습니다."

"음, 나로 인해 하 노사까지 위험에 처하실 것입니다."

"그런 걱정은 마십시오. 제 한 몸은 충분히 지킬 수 있습니다."

하모극이 짐짓 전욱을 안심시켰다. 그런데 그때 문득 허소산 등이 타고 있는 소선이 전욱의 배를 향해 다가왔다.

"우리가 돕겠소."

이세교가 하모극을 보며 외쳤다. 그러자 하모극의 얼굴에 희색이 돌았다.

"아, 이 노사께서 오셨구려. 그렇다면 이젠 걱정 없소이다. 어서 오시오."

하모극의 환대를 받으며 이세교가 신형을 날려 전욱의 배로 날아갔다. 그러자 민육 역시 이세교를 따라 몸을 날렸다.

"우린 우리대로 올라가란 말이군. 이보쇼, 사다리를 내려주시오!"

박광이 용선 위를 보며 소리쳤다. 그러자 용선 위에서 전조명이 허소산을 발견하고는 반색을 하며 소리쳤다.

"소산! 왔구나! 정말 왔어!"

"아가씨!"

"어서, 어서 사다리를 내려!"

전조명의 다급한 명에 배 위에서 다시 하나의 사다리가 떨어져 내렸다. 그러자 박광이 허산왕을 보며 소리쳤다.

"소산을 데리고 먼저 올라가십시오."

박광의 말에 허산왕이 고개를 끄덕였다.

"그러리다. 그럼 위에서 봅시다. 소산, 가자!"

"예, 아버지!"

허소산이 고개를 끄덕이고는 사다리를 타고 용선을 오르기 시작했다.

"쏴라! 모두 죽엿!"

어느새 속도를 낸 용선과의 거리가 점점 벌어지기 시작한 황보가와 금가의 배 위에서 적들이 악을 쓰며 소리쳤다. 그러자 다시금 화살이 비 오듯 쏟아져 내렸다.

"이놈들!"

순간 박광이 허공으로 치솟으며 허소산과 허산왕의 몸 위로 떨어져 내리는 화살들을 번개처럼 쳐냈다.

차차창!

박광의 몸은 거의 이 장여를 도약했으므로 단번에 용선의 난간에 도달했다. 그의 놀라운 무공에 용선을 타고 있던 만재

방의 사람들이 놀란 입을 다물지 못할 때 박광의 호위로 화살
비를 피한 허소산과 허산왕이 배 위로 올랐다.

"소산!"

배 위에 오른 허소산을 전조명이 반겼다. 그사이 이세교와
민육이 가세해 날아오는 화살을 막아내는 틈을 타 전욱도 용
선으로 올라서고 있었다.

"아버님!"

전무산이 감개무량한 표정으로 용선에 오른 전욱을 반겼다.

"오냐. 고생들 했다."

전욱은 담담한 얼굴로 용선의 만재방 식구들을 둘러봤다.
그사이 이세교와 민육, 그리고 하모극 등도 물새처럼 날아 용
선에 올라섰다.

어느새 용선은 세 개의 돛에 바람을 가득 안고 미끄러지듯
대해를 향해 질주하고 있었다. 허소산 등이 타고 왔던 소선들
이 금세 용선에서 멀어졌다. 사람들을 태우느라 잠시 속도를
조절하던 우두머리 사공이 본격적으로 속도를 내기 시작했던
것이다.

"아버지!"

허소산을 반기고 있던 전조명이 전욱의 품으로 달려들었다.

"이 녀석, 어린애처럼 왜 이러누?"

전욱이 눈물을 글썽이는 전조명의 머리를 쓰다듬으며 한줄
기 미소를 지었다. 그런데 그때였다.

"전욱!"

갑자기 한 척의 검은 소선이 바람처럼 용선을 따라붙었다. 그 소선에서 만재방주를 부르는 소리가 천둥처럼 들려왔다. 전욱을 포함한 용선의 모든 사람들 시선이 소선으로 향했다.

소선에는 모두 다섯 사람이 타고 있었다. 그런데 그중 셋이 배의 뒷전에서 바다를 향해 계속해서 강력한 장력을 쳐내고 있었다.

퍼펑!

그들의 장력이 바다에 부딪칠 때마다 소선은 십여 장씩 미끄러져 순식간에 용선과 어깨를 나란히 했다.

"저자들은!"

하모극이 눈을 가늘게 떴다.

"금가와 황보가의 수뇌들입니다. 앞에 선 자들은… 황보가의 이호와 금가의 유천입니다. 둘 모두 양 가문의 최고의 고수라는 자들입니다."

제일대행수 장익이 재빨리 입을 열었다.

"언젠가 다시 그대들의 얼굴을 볼 것이다! 이제 그만 배를 돌려라!"

전욱이 소선에 탄 자들을 보며 소리쳤다. 그러자 황보가의 고수 이호가 냉랭한 목소리로 소리쳤다.

"아니, 우린 다시 보지 못할 것이다! 떠나는 길에 선물을 주마!"

한순간 이호의 얼굴에 묘한 미소가 떠올랐다. 동시에 이호와 유천이 살짝 몸을 틀었다. 그러자 그 사이에서 검은 물체가 모습을 드러내더니 한줄기 빛이 번쩍였다. 그러자 벼락처럼 한 자루 강전이 세상의 그 어떤 물체보다도 빠른 속도로 전욱을 향해 날아왔다.

"앗!"

누군가의 입에서 경악성이 터져 나왔다.

깡!

빛처럼 날아온 강전이 막 전욱의 신형에 꽂히려는 순간 어느새 다가온 이세교의 은빛 장검이 강전을 쳐냈다.

"욱!"

천하의 이세교가 강전에 실린 힘에 놀라 뒤로 물러났다. 그 사이 전욱이 재빨리 배 안쪽으로 물러났다. 그런데 바로 그 순간, 또다시 한 자루 강전이 번개처럼 날아들었다. 그리고 공교롭게도 전욱이 몸을 피하는 틈에 전조명의 몸이 고스란히 강전에 노출됐다.

"안 돼!"

전조명의 뒤에 있던 허소산이 고함을 치며 전조명의 등을 향해 꽂혀드는 강전을 향해 본능적으로 몸을 날렸다.

픽!

날카로운 파열음이 허소산의 등에서 일어났다.

"소산!"

허산왕의 입에서 경악으로 물든 고함이 터져 나왔다. 그 찰나의 순간 강전을 맞은 허소산의 몸이 균형을 잃고 배의 난간에 나무토막처럼 걸치더니 아무도 손 쓸 사이 없이 속절없이 바다로 떨어져 내렸다.

"안 돼!"

허산왕이 야차처럼 변한 얼굴로 바다에 떨어진 허소산을 향해 몸을 날렸다. 그러나 그의 몸은 허공에서 다시 배 안으로 딸려 들어왔다.

"놔!"

허산왕이 자신의 어깨를 움켜쥔 손을 뿌리치려 몸을 뒤흔들었다.

"안 됩니다. 늦었어요."

"놔라! 놓지 않으면 죽인다!"

"나중에 죽더라도 지금은 허 엽사님을 놓아줄 수 없습니다."

박광이 다부진 손으로 허산왕을 끌어안으며 말했다. 허산왕이 재차 몸부림을 쳤지만 박광의 손을 벗어날 순 없었다.

"소산!"

허산왕이 덫에 걸린 호랑이처럼 검은 바다를 향해 포효했다. 그사이 물에 빠진 허소산의 몸은 어느새 검은 바다에 휩쓸려 사람들의 시야에서 사라지고 없었다.

『독경(毒經)』 3권에 계속…

# 용호객잔

## 龍虎客棧

설경구 新무협 판타지 소설

낙양 변두리에 위치한 허름한 용호객잔.
폐업 직전까지 몰렸던 용호객잔에 복덩이,
천유강이 저절로 굴러 들어왔다.
그런데… 이 객잔 좀 수상하다?

독문병기는 낡은 주판, 중원상왕을 꿈꾸는 객잔주인, 용사등.
독문병기는 마른 걸레, 끔찍이 못생긴 점소이, 용팔.
독문병기는 식칼, 긴 독수공방 끝에 요리와 혼인한 숙수, 장유걸.
독문병기는 이 빠진 도끼, 사연 많은 남장여인, 문우령.
독문병기는 얼굴, 기억을 잃어버린 절세미남 신입 점소이, 천유강.

### "중원의 상왕이 되리라!"

현실감각이라고는 찾아보기 힘든
용사등의 허황된 언언이 천하를 혼란에 빠뜨린다.
바람 잘 날 없는 용호객잔의 평범한(?) 일상에
중원의 이목이 집중된다.

Book Publishing CHUNGEORAM

유행이 아닌 자유추구 -
WWW.chungeoram.com

각사 新무협 판타지 소설

수호무사

소년은 오직 소녀를 위하여 검을 들었다
가슴에 담긴 지키고자 하는 뜨거운 열망.

"이제는 지킬 것이다."

단 하나 남은 소중한 인연, 무유화를 지키려
악의에 휩싸인 무림을 수호하기 위하여
윤, 세상에 서다!

그의 용혈검이 떨치는 무상류와 구천류가
모든 악을 쓸어내리라!

지키는 자!
'수호무사 윤, 그를 기억하라.

Book Publishing CHUNGEORAM

유행이아닌 자유추구
WWW.chungeoram.com